鳳心不悅

5

完

風 文創 517

桐心 著

目錄

第一百二十一章 認出……005
第一百二十二章 用意……013
第一百二十三章 惡心……023
第一百二十四章 銀子……035
第一百二十五章 終歿……047
第一百二十六章 迎接……057
第一百二十七章 以後……069
第一百二十八章 合作……077
第一百二十九章 忠僕……089
第一百三十章 贗品……101
第一百三十一章 妙計……113
第一百三十二章 疫病……125
第一百三十三章 背叛……137
第一百三十四章 瓦解……145
第一百三十五章 財富……157
第一百三十六章 蠢動……165
第一百三十七章 選擇……177
第一百三十八章 入套……189
第一百三十九章 歸來……201
第一百四十章 穿孝……213
第一百四十一章 錯位……221
第一百四十二章 遺將……231
第一百四十三章 拒絕……243
第一百四十四章 配合……251
第一百四十五章 證據……263
第一百四十六章 人質……271
第一百四十七章 反撲……279
第一百四十八章 謀算……291
第一百四十九章 前世……301
第一百五十章 今生……309

第一百二十一章　認出

退朝後，蘇清河跟在明啟帝的身後回了乾元殿。

等到屋裡只剩下福順，蘇清河才垮下臉。「父皇，女兒這一回可是被哥哥給坑慘了。」她有些無奈地道：「女兒今日在朝上說的話是否不適合？」

明啟帝看著閨女，眼神有些複雜。「妳若是個兒子，父皇大概就真得愁死了。」

這是在誇她吧？蘇清河有些不確定地道：「沒給父皇和哥哥丟人吧？」

「不，妳說得很好。」明啟帝有些感慨地道：「要是天下的官員都能恪盡職守、清廉自律，那便真的天下太平了。」

蘇清河不知道該接什麼話才好。即便在現代，法制逐步健全，還不是一樣杜絕不了貪污？這不是她能力範圍內可以解決的事情。

她轉移話題，吩咐福順道：「福公公，今兒我還沒顧得上吃早飯呢，快擺飯啊。」

「哎喲。」福順趕緊道：「殿下怎麼不早說，老奴這就讓人去準備。」

蘇清河笑著點頭。「父皇也陪女兒吃一點。」

「妳吃吧，朕早上陪妳娘用過了。」明啟帝笑道。

蘇清河一僵。「娘她知道了嗎？」

明啟帝不自在地笑了笑。「妳吃完飯去給妳娘請安的時候，看情況再說吧。」

也就是說，若是娘親認出來她是誰，她就得負責安撫；要是認不出來她是誰，她就得繼續裝下去。

蘇清河嘴裡發苦，悶悶不樂地喝了碗百合粥，又吃了一籠煎餃，寧壽宮就來人請太子過去一趟。

明啟帝擺擺手道：「去吧，好好說話。」

蘇清河這才站起身來，深吸一口氣，往寧壽宮而去。想必母后是聽說自己小產了，急著找太子問一問。

可憐天下父母心啊……自己這個閨女沒事了，可是兒子卻又跑到涼州去，還是一樣得掛心。

至於會不會被認出來，蘇清河只能無奈地笑了笑。這天下間，應該沒有認不清孩子的父母吧。

寧壽宮

白皇后面沈如水。「出了這麼大的事情，也沒人跟我打一聲招呼？」

梅嬤嬤小聲勸慰道：「公主殿下想必是無礙吧，要不然，太子肯定來給您送信了。」

「他們父子倆除了國事還是國事，連帶的清河那丫頭都閒不下來。這公主當得怎就那麼累心呢？妳說說，她懷著身子，都能累得把孩子給掉了，該多操心啊。」白皇后心疼得直抹眼淚。「當初就該把清河接到宮裡由我自己照看。駙馬也是，怎麼如此不經心？」

梅嬤嬤知道，現在說什麼都是錯，這當娘的心疼閨女，沒有任何道理可講。「還好公主年輕，養兩年也就無礙了。」

「哪裡就是那麼容易養好的？以清河的性子，不是實在起不來，絕不會閉門靜養。再說了，要不是情況凶險，她也不會讓駙馬通知冽兒。」白皇后越想心越痛。

梅嬤嬤正不知道該怎麼勸，就聽見外面的宮女稟報，太子殿下來了。

白皇后臉上依舊布滿寒霜。「讓他滾進來。」

梅嬤嬤心驚膽戰，從沒見自家主子如此發過火。

蘇清河聽見裡面白皇后惱怒的聲音，腳步不由得頓了頓。

「站在門口幹什麼，等著我去請你啊？」白皇后催促道。

蘇清河苦笑一聲，跨了進去。

白皇后一抬頭，剛要罵，就頓住了。

這不是自己的兒子，絕對不是！

她上下打量了一番，手頓時就顫抖了起來。「妳……」

這是她的閨女，是清河啊……

蘇清河心想，果然瞞得了別人，也瞞不過親生母親的眼睛。

「娘別生氣，皇妹無事。」蘇清河笑了笑，然後扭頭對梅嬤嬤道：「嬤嬤在外面守著吧，孤跟母后還有話要說。」

白皇后深吸了一口氣。「妳跟我進來。」她的語氣聽起來很嚴厲，神情也很惱怒，但蘇清河看得出來，她很緊張，也很害怕。

蘇清河跟著白皇后進到內室，關上門，白皇后才一臉怒容地問：「你們父子三個，又在搞什麼鬼？」

蘇清河面露無奈地笑著。「娘，女兒也是被趕鴨子上架的呢。」

「別裝可憐。」白皇后瞪著蘇清河。「妳哥呢？」

「在宮外有事。」蘇清河實在不想說哥哥去了涼州。能讓堂堂太子趕去涼州處理的事，不用想都知道有多嚴重，要是讓娘親知道了，也不過是白白擔心罷了。

「什麼事情嚴重到需要妳替他出現在人前？」白皇后問道。

「有一些必須要由哥哥親自處理的事。」蘇清河搖搖頭。「很繁瑣，但是宮裡又不能沒有太子。」

「可有危險？」白皇后問。

「危險肯定是有的。」蘇清河先說了這麼一句，在白皇后變臉之前，趕緊道：「不過，父皇能答應讓哥哥出去，肯定是做了萬全的準備。再說了，哥哥也不是手無縛雞之力，他是一路從戰場上拚殺過來的悍將，只要我這裡不出錯，哥哥那邊就不會有事。另外，我還按照養父的方子調配了保命丹給哥哥，您放心吧。」這保命丹的藥材是不好找，但在皇家還不算難弄到。

白皇后這才吁了一口氣。「我差點沒被你們氣死。」

「娘別擔心。」蘇清河想扯住白皇后的袖子撒嬌，但又想到自己如今的裝扮，不由得惡寒了一陣。

「妳的嗓子是怎麼弄的？」白皇后問道。

蘇清河解釋道：「沒事，就是聽起來沙啞些，但不會覺得不舒服。不過，您看女兒這模樣，到底哪裡跟哥哥不一樣，您怎地一眼就看出來了？今兒在早朝上，那滿朝的大臣，可是沒一個人能瞧出破綻。」

白皇后再次打量了一遍。「娘也說不上來哪兒不對，但就是一眼能分出來。」

「到底是親娘啊。」蘇清河狗腿地道。

「行了，也耽擱不少時候了，妳去忙吧。」白皇后替蘇清河整理了衣衫。「為了妳哥哥，也是委屈妳了，如今想過個安生的日子也不能。」

「娘，咱們的戲還得再唱下去。以後，您要多賞賜公主府，讓梅嬤嬤常常代替您去探望『靜養中的公主殿下』才好。」蘇清河叮囑道。

「這一點不用妳說，娘也明白的。」白皇后催她。「去忙吧。」

蘇清河這才收斂神色，闊步朝外走去。

剛跨出正廳，就見沈菲琪和沈飛麟兩人迎面走過來，她差點就破功撲了過去。

「舅舅安好。」兩個孩子遠遠地行了禮，然後才走過來。

蘇清河臉上的笑有些僵硬。母親能認出孩子，孩子自然也能認出母親，她真是怕這兩個孩子一不小心嚷了出來。

「咦？」沈菲琪盯著蘇清河，有些疑惑。

沈飛麟則知道得更多一些。一早起來就收到消息說娘小產了，他一開始也是十分擔心，隨後就有些懷疑。

自家娘親的醫術不俗，有如此醫術，怎會讓自己不小心小產了呢？要說什麼勞累太過，那都是胡說八道。一個大夫，怎麼可能不清楚自己的身體狀況呢？

再說了，他早就知道娘親和爹爹近期都沒有要再生一個孩子的打算，所以這件事就更蹊蹺了。一個醫術高手，不可能連避孕都出問題的。

所以，對於娘親小產一事，他心中更多的是懷疑。

而就在他看見眼前這個「舅舅」的那一刻，心裡就已經有了答案。娘親的小產是假的，因為她正在扮演舅舅。

什麼都可以隱藏，只有眼神騙不了人。這個「舅舅」在見到他們姊弟的那一刻，迸發出來的喜悅跟克制，他清楚地感覺到了。

見沈菲琪疑惑地盯著「舅舅」看，他就知道她也起了疑心。

怕她不小心拆穿了娘親，他趕緊道：「咦，舅舅的聲音怎麼啞成這樣了？」說著，便捏了捏沈菲琪的手，暗示她別多話。

沈菲琪本來不確定，被沈飛麟這麼一捏，心中反倒明白了。這個「舅舅」，肯定就是自己的娘親。

她又不傻，自然知道這件事牽扯有多大，哪裡敢隨便說話？為了防止自己的表情露了餡，她馬上垂下眼瞼，微微低了頭。

蘇清河心裡五味雜陳。看著閨女的樣子，又是驕傲，又是心疼，但更多的是欣慰。「無事，只是上火罷了。」

「舅舅去忙吧。」沈飛麟笑道：「我跟姊姊在外婆這裡很好，娘……娘親叮囑咱們要聽話，咱們都沒有淘氣。」

蘇清河伸手揉了揉兩個孩子的頭。「乖，去陪外婆吧。」這才轉身離開了。

等身邊沒人的時候，沈菲琪才小聲地對沈飛麟道：「肯定是的，對不對？」

是誰，沈菲琪到底沒說出來，即便只有兩個人在，沈菲琪也學會了謹慎。

這讓沈飛麟很滿意，他點點頭。「對，妳的感覺是對的。」

「這樣也好，都在宮裡，說不定每天都能見到。」沈菲琪笑道。

沈飛麟笑了笑，沒說話。

他在想，究竟是出了什麼事情，要讓娘親代替舅舅？

那麼舅舅呢？是受傷了，還是怎麼了？難道出門了？

蘇清河回到東宮，正對著滿案桌的奏摺發呆。

這都是一些什麼鬼東西啊？

既然是奏摺，就事論事不就好了？可每一份奏摺的前幾百字，幾乎都是一堆廢話，好似不把心中那澎湃洶湧的情感給抒發了，後面的話就沒法子說。

能不能乾脆索利一點，直接標明時間、地點、人物，以及事情的起因、經過和結果，最後再附上自己的建議。

本來奏摺該是記敘文的，硬是寫成了抒情散文。

全都不合格！

第一百二十二章 用意

詹事府是負責東宮太子處理政務的機構，而謝雲亭則是剛上任不久的少詹事。

他本是前科的探花郎，是粟遠冽將他從翰林院提出來的，也算是破格任用了。他出身寒門，沒什麼根基，如今能被提拔為四品的少詹事，粟遠冽對他可以說是有知遇之恩。

往常都是他幫助太子殿下整理奏疏和條陳，今兒也是如此。他將奏摺分門別類的歸置好，卻見太子的臉色越來越陰沈。

「太子殿下，可是臣什麼地方做得不好？」謝雲亭有些忐忑地問道。

蘇清河抬眼，看見眼前的青年也就二十來歲的樣子，但倒是沈穩幹練。知道他就是張啟瑞特意提點過的人，是太子的屬官，其實也就是太子自己選的機要秘書。

她擺擺手。「不是你的問題，而是這些大人們的問題。」她指著摺子對謝雲亭道：「緊急的事務揀出來，不緊急的就打回去重寫。告訴他們，別說廢話，說重點，別囉哩囉嗦的沒完沒了。」

謝雲亭一愣，這是什麼意思啊？怎樣才不算囉嗦了？總得有個標準吧。太子今兒猛地來這一招，究竟是為了什麼？

蘇清河見謝雲亭不動，就拿了一份加急的摺子給他看，是奏請朝廷安置流民的。

摺子中用了幾百字陳述災情，幾百字抒發自己的愛民情懷，又用幾百字表述了流民的危害，最後幾百字則表達了期盼朝廷救災的心情。

蘇清河左手拿起筆，改寫道：「雲州數日大雨，夏糧顆粒無收。災民約萬餘人流離失所，已近京畿重地，請朝廷予以撫恤。雲州知府朱立。」

謝雲亭一比較下來，就懵了。這是什麼奏摺？完全沒有文采可言。這些大人們可都是兩榜進士出身，哪個筆下不是文采風流、筆力非凡？可即便如此，還是會養著一些師爺和幕僚來專職處理這些文書工作。讓太子殿下這麼一改，謝雲亭深深覺得，其實當官，真的不必非得寫得一手好文章。

他如今都能夠想像得到，太子的這個動作，會讓下面的朝臣們愁得扯掉大把鬍子。

「臣這就去。」謝雲亭沒有分辯，便先去處理了。

蘇清河想了想，又道：「再把戶部尚書宣進來吧。」

謝雲亭應下後，才趕緊出去。今兒太子殿下的火氣，似乎有些大啊。

東宮一有動靜，明啟帝就知道了。

福順低聲道：「殿下這麼做，是不是不妥當啊？要不要老奴去提醒一聲？」

明啟帝搖搖頭。「她可比你機靈。」

福順不解地呵呵一笑。「老奴愚笨，總覺得這般大動干戈，會不會露出破綻？」

「人跟人再怎麼相像，也肯定有許多不同之處，真的假不了，假的也真不了。何況，用左手書寫，這麼大的破綻，有心人自會有疑問。若是她戰戰兢兢，極力地模仿，反倒不如這般在小事上計較。你想啊，要是太子是假的，敢這麼折騰嗎？」明啟帝問。

「自然不敢。」福順恍然大悟。

「對，她越是表現得有底氣，越是敢行事，反而沒有人會去懷疑她。」明啟帝呵呵一笑。「如今，這些人的注意力全被她給轉到其他地方去了，誰還在意字跡的問題？他們此刻大概想著，太子此番動作是什麼意思啊？是不是想方設法在整他們啊？畢竟，洌兒新居東宮，一直在施恩，如今也該立威了。就隨她去吧。」

福順吁了一口氣道：「老奴這就放心了。」

「不過是改一改奏摺書寫的方式，又不是大事。只要把該辦的事情辦妥了，出不了岔子就好，沒什麼要緊的。」明啟帝又低頭看起了奏摺。以前不覺得，可現在一看，廢話還真是挺多的，難怪閨女不耐煩。

繼而他又失笑。大部分官員他壓根兒就沒見過面，奏摺是唯一可以溝通情感的渠道，沒有了這個渠道，臣子如何表忠心？他又如何招攬人心呢？差點被這丫頭牽著鼻子走了。

接著他悚然一驚。這孩子如此聰慧，怎會想不到奏摺的作用呢？那她這樣做，是不是還有別的用意？

被打回的奏摺已經回到每個人的手中，眾人都是一愣。

謝雲亭苦笑著解釋了幾句，就將蘇清河寫的那份範例，張貼在牆上。一份幾千字的奏摺，濃縮成了四、五十個字，這讓人可怎麼寫？頓時「嗡」的一聲，眾人就議論開了。

「請大人們儘快啊，若是因為各位延遲了上奏摺的時間，誤了大事，罪責可得自己背。」謝雲亭強調了一遍，就苦笑著趕緊離開了。

輔國公離開的時候，那些大人們還都鬧哄哄的，各自在琢磨著摺子該怎麼寫？只有他急著去宜園。那公主掉的可是他的孫子啊。

沈懷孝見到輔國公的時候，還一陣詫異。「您怎麼來了？」

「出了這麼大的事情，我能不來問問嗎？」輔國公嘆道：「你也別太失落，你們還年輕，孩子總會再有的，千萬別因為這次的小產，而淡了夫妻之間的情分。」

沈懷孝這才明白是怎麼回事，看來外面已經傳開了。他點點頭，道：「兒子知道的。」

「你多在家陪陪公主吧，這兩天就別出門了。」輔國公又叮囑了一句。

沈懷孝呵呵一笑。「公主還不至於這般嬌氣，時時刻刻要人陪著。再說了，陛下和太子那裡還有許多差事，哪有放下不管的道理。您放心，兒子知道該怎麼安排。」

輔國公搖搖頭。「讓你別出門，主要是因為今天的風向變了。」

沈懷孝心裡咯噔一下。難道蘇清河做了什麼不成？不會是露了馬腳吧？他不動聲色地看著輔國公。「到底出了什麼事？」

輔國公詳細地跟沈懷孝說了朝堂上太子炮轟吏部尚書的事，又說了摺子被打回來，人心惶惶的情形。「也不知道誰惹毛了太子？聽說太子傷了手臂，不知道是不是又被人……」

被人刺殺嗎？沈懷孝心裡一笑。這兄妹倆可不就是抓住了這些人慣愛猜疑的心性，好好地利用了一把。還刺殺呢，他真想喊一聲，你們想多了。

「你這一出去，還不得被人圍起來？眾人都知道你跟東宮的關係，可不得找你打聽太子的心思啊。」輔國公叮囑沈懷孝。

沈懷孝應了一聲，心裡卻想著蘇清河如此做的用意。

這番動作，很是不得人心，人最怕的就是打破慣例。

可話又說回來，蘇清河又不是真的太子，自然無所顧忌，而且，她本身就不能做得太好。這世上沒有永遠的秘密，如果涼州的事情成了，總會有風聲傳出來，蘇清河代為理政的事情，也就瞞不住了。

她如今要是做不好，就會引人懷疑，無法為太子打掩護；可她要是做得好了，將來事情曝光，豈不是顯得她的能力不比太子差？

所以，此刻她的做法，就是要鬧得怨聲載道。她若是真太子，這些人自然不敢說什麼；可她要是假太子，將來大家知道真相，一定沒人為她叫好，也恰恰是她所求的。

太子也是君，是君就得好好地敬著，即便是親近的兄妹，也該有所顧忌。蘇清河最聰明的地方，就是不觸及君王的底線，她是在用心經營跟太子的這份兄妹感情。

沈懷孝想到這裡，就有些心疼。媳婦的日子，過得一點也不輕鬆。

輔國公見沈懷孝久久不語，不由問道：「怎麼？是想到了什麼嗎？」

沈懷孝回過神來，搖搖頭，輕聲道：「都說新官上任三把火，太子也是新上任，立威在所難免的嘛。」

蘇清河面前坐著的戶部尚書，此刻額頭上的汗已經滴了下來，差點被蘇清河問個底掉。

蘇清河皺著眉頭，總結道：「反正說來說去，就是沒錢唄。孤就覺得奇怪了，國庫的錢怎麼如此不經花呢？」

戶部尚書直接給跪了。「老臣絕對沒有貪污一兩銀子啊，殿下。」

蘇清河擺擺手。「快起來吧，孤不是說這個。老大人的品行，孤是信得過的。咱們就說說這每年的預算……」

「何為預算？」這位老大人擦擦汗，聽到太子沒懷疑他的品行，不由得先鬆了一口氣。

於是，蘇清河不得不詳細地說一說預算是什麼。

等終於打發走戶部尚書，她心裡多少有些暴躁，原來這麼大一個朝廷，花錢是沒有計畫的。才半天時間，她就已經體會到坐在太子這個位置上意味著什麼，還真是不能出絲毫的差錯啊。全天下的人都用放大鏡在盯著太子瞧，就算是一個小小的失誤，對太子而言都是大事。

「這就不是人幹的活兒。」蘇清河低聲咒罵道。

張啟瑞嚇得險些一屁股坐到地上。

「殿下，該用午膳了。」張啟瑞小聲道。

「時間過得可真快。」蘇清河站起身來，扭了扭腰肢，在大殿裡走了兩圈，活動了一下身子，才道：「那就傳膳吧。」

「是。」張啟瑞這才吩咐在大殿外候著的小太監傳膳。

蘇清河看著太監魚貫而入地上菜，心裡數了一下。整整三十六道菜，這也太奢侈了。蘇清河知道粟遠冽不是個奢侈的人，但他為什麼沒有改這個規矩呢？她有些疑惑。

張啟瑞小聲道：「殿下，東宮一向都是三十六道菜。」

蘇清河恍然。原來前太子也是三十六道菜，若一當上太子就改規矩，豈不是顯得前太子驕奢過頭了？她心裡暗暗點頭，也更加警惕起來。哪怕吃飯這點小事，一個不謹慎，都可能引發事端。

她指了兩道菜賜給七皇子和八皇子。剛想著接下來要賞給琪兒和麟兒，才突然意識到如今的身分，她馬上道：「賜給源哥兒跟涵哥兒。」

張啟瑞鬆了一口氣，將菜端下讓專人送去，才回來等著蘇清河的吩咐。

「將奶糕給渺姊兒送去，讓側妃看著她，不許貪嘴。」蘇清河想起東宮那個存在感不強的姪女，吩咐道。

張啟瑞詫異了一瞬，馬上讓人送去。

想了想，又指了兩道給太子妃，接著是詹事府的屬官。最後桌上就剩下七、八道菜，蘇清河這才開始用飯。

張啟瑞還真怕公主吃不飽呢。

午飯過後，蘇清河才知道太子沒有午休的習慣。看來想睡一會兒肯定是不行了，她得繼續坐回去，處理奏摺。

「泡杯濃茶過來吧。」蘇清河吩咐道。

張啟瑞趕緊去了茶房，親自泡茶。

小太監問：「張爺爺，您這大中午的，怎給殿下上熱茶？」

張啟瑞嫌他多嘴，斥道：「閉上你的嘴。主子的身體情況，也是你能打聽的？」可卻也刻意透露了主子是因為身子不爽才要喝熱茶。

小太監趕緊掌了一下嘴，噤聲了。

整整一個下午，她都在奏摺中度過。她也感覺到了，父皇分給太子的事務龐雜得很，各個方面都有涉及，但都不是最緊要的。如此做法更像是要讓太子學著瞭解朝廷、熟悉官員。

等到大殿裡的光線昏暗下來，蘇清河才知道這一天就這樣過去了。她想孩子，也想沈懷孝了。

「殿下，您該回後殿了。」張啟瑞提醒道。

蘇清河點點頭。她不走，詹事府的人就沒辦法走。

「走吧。」蘇清河走出大殿，見眾人都還是一副忙碌的樣子，便吩咐送她出來的謝雲亭道：「讓大家都早點回吧，辛苦諸位了。」

謝雲亭忙惶恐地道：「不敢稱辛苦，都是臣子們的本分。」

得，她還是不多話了。蘇清河乾脆直接走人。

詹事府上下今兒可真是提著心在做事，一點也沒看懂這位太子啊。今兒又是賞菜，又是慰勞的，讓人受寵若驚，就怕太子明兒又要立威，拿他們開刀。

這位太子還真是一天一個樣，怪不得人人都說「君心難測」，果然如此啊。

而蘇清河剛回到後殿，白嬤嬤就來求見。「太子殿下，太子妃親自做了您愛吃的菜，還請您過去一趟。」

蘇清河瞬間覺得頭大了。她怎麼就忘了，太子還是有太子妃的，而這個太子妃也需要自己安撫。這兩人可是夫妻啊，夫妻那可是……

蘇清河不由得看向張啟瑞，就見他頭低得都要埋到胸口了，她不由得翻了個白眼。

如今該怎麼辦？去陪著太子妃用膳嗎？萬一萬氏讓自己留下來過夜怎麼辦？可要是不去，也太難看了，這不是擺明了不給太子妃面子嗎？

斟酌再三，蘇清河才道：「妳去回太子妃，孤一會兒就過去。」

白嬤嬤總算吁了一口氣，就怕被太子給攆回去。

粟遠冽對萬氏已經冷落了很長一段時間，不想今兒卻賞了兩道菜過去。萬氏覺得，這或許是一個契機，才打算主動來請太子的。

蘇清河要是知道是賞菜惹的禍，還不哭死。

見白嬤嬤出去了，蘇清河才看向張啟瑞道：「說說，現在該怎麼辦？」

張啟瑞低著頭，有些無奈地道：「其實太子殿下跟太子妃，已經很長時間沒有……」他頓了頓。「太子殿下已經很久沒去內院了。」

但願主子回來後，不會怪他把這些私事說給公主聽。

蘇清河一臉震驚地看著張啟瑞。「你怎麼不早說？」

「殿下，您讓老奴怎麼說？」張啟瑞有些委屈地道。

所以，你就坑我是吧？蘇清河狠狠地瞪了張啟瑞一眼。

這該怎麼辦？要是萬一萬氏有留她的意思，那不就糟了？拒絕肯定是要拒絕的，但是萬氏總有一天會知道真相，要是知道自己在小姑子面前挽留丈夫，羞也要羞死了。

「先走吧。」蘇清河吩咐張啟瑞。「到時候機靈點，見機行事。」

張啟瑞趕緊應下。

方嬤嬤送兩人出門時，在蘇清河耳邊小聲提醒道：「太子妃是大家閨秀，行事說話一向有分寸，規矩極好。」

蘇清河心裡就有了譜。想來大家閨秀做不出求歡的事情來，這讓她心裡放鬆了一些。

第一百二十三章　惡心

果然，萬氏看著蘇清河，笑得十分端莊。「謝殿下賞光。」她規矩地行禮，不像是迎接丈夫回家，倒像是在迎接上門的貴客。

「有勞……」蘇清河說了兩個字，就不知道該怎麼接了。有勞誰？該怎麼稱呼才好？夫妻間總有自己的稱呼方式啊！

她稱呼沈懷孝叫孩子他爹，她記得范春花稱呼葛大壯是當家的，有些妻子還會稱呼丈夫為掌櫃的，也有親暱地叫彼此名字的，但蘇清河還真不知道自家哥哥是怎麼稱呼萬氏的？哥哥對她談起萬氏的時候，總是用「妳嫂子」這三個字代替。

如今，她有些尷尬，還好「有勞」兩個字雖然簡單了一些，但意思是完整的。

萬氏見太子一如既往的冷淡，心裡不由得一緊，臉上的笑意也收了收。「殿下要不要先梳洗，再換身衣裳？這大熱天的，出汗肯定不舒服了。」

「不用。」蘇清河趕緊回道，見萬氏臉上的笑意快撐不住了，才解釋道：「一會兒還要去乾元殿。」女人暗示男人沐浴更衣，可不就是留宿的意思，讓她嚇得心肝直跳。

萬氏這才勉強笑了笑。「那就先用飯吧。嚐嚐妾身做的菜，看看殿下喜不喜歡？」

蘇清河「嗯」了一聲，就沈默下來。不是她想冷淡，而是她怕多說多錯，畢竟夫妻之間，總比別人更熟悉幾分。

菜一樣一樣的端上來，整整二十八道，蘇清河心裡還真是不怎麼開心了。

這些菜，只怕都不是萬氏做的，最多也就是在廚房指揮罷了。一個妻子，要是真的在意丈夫，怎麼可能不親自動手？大菜做不了，涼菜還拌不了嗎？哪怕親手煲個湯也好啊。

她是見過萬氏煲湯、做點心的，就在寧壽宮的廚房。在婆婆面前能求好感，在婆婆看不見的地方為丈夫煲湯又怎麼了？不求滿桌子菜都要她動手，只是用心做上兩、三道家常菜，就真的那麼難嗎？她現在還經常為沈懷孝親自下廚呢。

而且這滿桌子菜，有一半都是現在不能吃的。因為對外宣稱的是太子上火，要吃點下火清淡的菜色。這滿桌子的油膩，真是夠了！

就算沒聽說太子上火的事，可她的嗓子都沙啞成這樣了，萬氏也不曾主動問過一句。從頭到尾，她都只記得她的目的，就是緩和關係，儘量留下太子。

真是一個冷情的女人。

蘇清河不由得有些心疼自家哥哥。哥哥哪一點配不上萬氏了？她怎麼就沒一點真心呢？而且兩人相對而坐，她竟一點也沒發現這個丈夫是假的。她真不知道該慶幸自己的演技好呢，還是該為哥哥哭上一哭？

萬氏不是傻子，一見布膳的太監專揀素菜給太子，她就知道自己又做了件蠢事，不禁暗自懊悔。

蘇清河對萬氏失望到了極點，一吃完飯就面無表情地離開了。

她做了一天的太子，知道坐在這個位置上有多難。要是回到家，連個說知心話的人都沒有，那得多淒涼。

就算是父皇，不也有母后相伴嗎？

當明啟帝見到蘇清河的時候，她整個眼圈都紅了。

明啟帝嚇了一跳。「這是怎麼了？受委屈了？」

蘇清河跪下身，趴在明啟帝的腿上，眼淚直往下掉。「太子……不好做，女兒心疼……心疼哥哥……」

明啟帝失笑道：「小沒良心的，就知道心疼妳哥哥，怎麼不心疼一下父皇啊？妳哥哥的太子不好做，難道父皇這皇上就是那麼好做的？」

「不是……不是那個意思。」蘇清河哽咽地道：「就是嫂子不好，才心疼哥哥。」

明啟帝揉了揉蘇清河的腦袋。「世上哪有十全十美的事？有得就有失啊。」

「這不公平。」蘇清河道。

「這公不公平，又該怎麼評斷呢？要是哪天妳哥哥真有心上人，那個時候他跟源哥兒和涵哥兒的關係，又該如何處理呢？萬氏畢竟是他們的親娘啊。這一得一失之間，端看妳哥哥怎麼選擇了。」明啟帝安撫道。

蘇清河一點也沒被安慰到，只覺得現實怎麼就如此殘酷，想要兩全其美，根本是奢望。

「萬氏……太可惡了！」蘇清河低聲道。

明啟帝點點頭，眼裡閃過一絲複雜。「是啊，她的確可惡。進了皇宮的女人，總是會被權利與尊榮迷花了眼睛。」
「女兒不會。」蘇清河仰起頭，認真地道。
「朕的閨女，天生就擁有這一切，妳不必貪心就能擁有的東西，自然不會動心。」明啟帝笑道。
蘇清河撇撇嘴。「這太子的位置，不好坐。」
明啟帝搖搖頭，無奈地笑道：「真是傻話。」
父女倆說了一會兒體己話，就開始忙了。
主要是明啟帝在忙，蘇清河打下手。她謹慎地跟在一邊學習，慢慢地也就瞧出了一些門道。
明啟帝滿意地點點頭。這個孩子悟性真的極好。
兩人一直忙到接近子時，才停下來。
明啟帝笑道：「我該回去陪妳娘了。妳今晚是歇在乾元殿，還是回東宮？」
「天長日久的，女兒也不好賴在乾元殿啊，還是得回東宮去。」蘇清河皺眉道。
明啟帝知道她怕萬氏糾纏，就笑道：「再冷萬氏幾個月，無礙的。」他見閨女一臉可憐巴巴的，又道：「還有什麼不方便的，或者是想要的，妳都一併提出來。」
「女兒想讓駙馬陪我，您能答應嗎？」蘇清河笑道。
「妳這不害臊的。」明啟帝笑罵了一句，才往寧壽宮去了。
蘇清河則是認命地回了東宮。

書房裡有著方嬤嬤已經放好的熱水。「殿下先泡一泡吧。」

蘇清河大喜。上身的皮衣和手上的手套再怎麼透氣，那也是皮質的，身上雖沒起痱子，但也不怎麼好受。

她就這樣在方嬤嬤的伺候下，將全身上下梳洗了一回。梳洗完，她乾脆只穿了紗衣，一點也不想沾那身皮衣。

方嬤嬤在書房的內室床邊，扭動了一下機關，地面就出現了一個洞口。「殿下，這下面是密室，您在下面歇著吧，老奴會守在上面。」

蘇清河這下才真正放心。若不想被人發現，最好的辦法就是連睡覺都要裝扮好，可這大熱天的，如何受得了？

那麼最保險的辦法，就是晚上露出真容的時候，乾脆躲起來。

地下的密室中，桌上放著夜明珠，佈置得十分溫馨，也特別涼爽。

她躺在床上，舒服地嘆了一口氣。

密室裡特別安靜，她越發覺得床上空蕩蕩的。少了一個人，就像是少了半個世界，心裡沒有著落。

宜園

沈懷孝住在前面的書房，就見沈大進來問道：「主子，明兒咱們什麼時辰進宮？」

「幾時有空就幾時唄。」沈懷孝心不在焉地應了一聲。

沈大作為不多的知情人之一，也挺同情自家主子的。主子是老婆、孩子都有的人，如今卻過著孤家寡人的生活。

沈懷孝這邊正要歇下，就見沈二急匆匆地進來。

「你真是越來越沒規矩了，怎麼不打個招呼就闖進來？」沈大呵斥道。

沈二連連告罪。「大哥，你別惱啊，真是有急事。」

沈懷孝出聲道：「行了，就趕緊讓他說吧。」

「主子，小的發現陳浩了。」沈二歡喜地道。

沈懷孝一驚。「在哪裡發現的？確定是他嗎？」

「就是那小子沒錯，小的絕不會認錯。」沈二拍著胸脯道。「那時候主子跟陳家少爺一起玩，咱們這些跟著主子的小廝，彼此也是極為熟悉的，怎麼可能認錯？」

「那就好。」沈懷孝又追問：「如今人在哪裡？」

「您一定想不到這個小子在哪兒。」沈二神秘地道。

「少賣關子。」沈懷孝瞪了沈二一眼，斥道。

「對了凡動手的，就是陳浩。」沈二低聲道。

「那他豈不是躲在巡防營？」沈懷孝驚訝地道。

蘇清河當初推斷，對了凡下手的人，肯定在跟白坤一起審問了凡的人之中。這個範圍已經很小了，白坤只要一查，很容易就能確立目標。

沈二收到白坤的消息，本來只是好奇想去看一眼，沒想到還真看到了熟人。

原來，陳浩這些年一直在巡防營當差，幹得不好也不壞，可因為出手大方，人緣很好。審訊室後面隔著很多間牢房，裡面本沒有人在，所以，在提審了凡之前，他就悄悄地潛入了後面的牢房。在緊要的關頭，他用一個小小的箭弩，將針射入了凡的體內。要不是這傢伙撤退的時候被人瞧見了，還真能讓他躲過一劫。

沈懷孝一愣。這雖然跟蘇清河的猜測有些出入，但大方向都是對的。

「現在是個什麼情況？」沈懷孝問道。

「白大人已經將人看管起來了。」沈二道。「不過陳浩至今都不開口，不僅不開口說話，也不吃飯，開始絕食抵抗。」

沈懷孝撓了撓頭。「如此倔強之人，就該讓他看看公主是怎麼開膛破肚的。」到時候還不嚇得他什麼都招了。

沈二見沈懷孝提到蘇清河，才忐忑地小聲問道：「主子，公主沒事吧？」

沈懷孝這才想起沈二是不知情的。他一臉無奈地點點頭。「沒事，挺好的。」

沈二覺得自家主子有點強顏歡笑，也不好多待，就道：「主子還是趕緊去陪公主吧，公主如今身子不好，您要是住在書房裡，多不適合。」

「忙你的去吧，別多話。」沈大起身就把人給轟了出去。

「明早先去一趟巡防營。」沈懷孝躺下之後，交代沈大。

蘇清河累壞了，也許是暗室的環境確實安靜，讓她一晚上睡得極為踏實。
暗室的門一響，蘇清河就醒來了。「何事？」
「殿下，該起了。」方嬤嬤在門口喊。
蘇清河認命地坐起身來。「進來吧。」這身皮衣她一個人可穿不好。
等穿戴梳洗好，她一出門，就見張啟瑞遞了一把劍過來。
她這才想起張啟瑞說過，太子早上起來的第一件事，就是晨練。哥哥肯定長年都保持著這個習慣，但是她不會舞劍啊……
來到演武場之後，蘇清河深吸了一口氣，先動一動身子，活動開了之後，把軍體拳耍了一遍又一遍，直到出汗了，才又玩起了太極。
張啟瑞看著蘇清河的拳頭虎虎生風，才吁了一口氣。他剛才還真擔心蘇清河應付不了，這演武場中，不知有多少雙眼睛盯著呢。
見時辰差不多了，張啟瑞才道：「該用膳了，殿下。」
蘇清河這才收了動作，回去又簡單地梳洗了一次。
等坐到倚子上，看著滿桌的早點，她方才活動過後的美妙心情，頓時被破壞殆盡。
原來早點有一半都是萬氏親手做的，還打發人送了過來。
「娘娘半夜就起來，為殿下準備了這些，還請殿下多用一些。」說話的是萬氏身邊的一個丫鬟，而不是白嬤嬤。
蘇清河知道，白嬤嬤是因為知道今兒過來不僅不會討巧，反而會招人厭棄，所以才早早地躲了。

「有心了，下去吧。」這種為討好而討好、為關心而關心的行為，讓蘇清河心裡噁心到不行。

她將人打發了，卻一點都不動太子妃送來的幾樣菜。

蘇清河已經熟悉了太子的作息和日常，第二天應對起來也就更加輕鬆。但即便如此，她還是格外的小心謹慎。

謝雲亭將收上來的奏摺重新擺在几案上，有些忐忑地等著太子發話。

蘇清河翻開看了看，險些沒笑出來。這些老大人們早就習慣了八股文，文章承轉自有規矩，如今卻連意思都表達不清楚了。

「太子殿下，這些都還可以吧？」謝雲亭看著蘇清河似笑非笑的臉，憂心地問道。

「就這樣吧。再改下去，也不知道是難為他們，還是難為孤。」蘇清河淡淡地道。

反正她的目的也不是真的為了改規矩，就這麼著吧。

謝雲亭鬆了一口氣。他也被那些大人拉著看奏摺給看怕了，昨晚他根本沒能睡覺。

「沒休息好吧？」蘇清河戲謔地笑道。

「太子殿下英明。」謝雲亭不好意思地道：「還好，臣年輕，扛得住。」

「該休息的時候就得休息。」蘇清河笑道。「孤今兒上午就處理這些摺子，沒旁的事，你先去休息吧，下午你再來當值。」

謝雲亭見蘇清河說得誠懇又不容置疑，也怕自己因為精力不濟不小心出了差錯，忙感恩戴德地退下了。

他如今有些看不懂這位太子殿下，風格倒是比以前稍微軟和了一些。

謝雲亭退出來，迎頭就看見沈駙馬大步而來。

「駙馬來了。太子殿下那裡暫時沒有外人，下官為您去通報一聲。」謝雲亭客氣地道。

沈懷孝一見謝雲亭從大殿裡出來，心裡就有些不爽。年紀輕輕的探花郎，還長得一表人才，一天到晚在自己媳婦眼前晃悠，他能開心才見鬼了。

但他到底還是壓住了心裡的不忿，淡淡地道：「有勞了。」

謝雲亭心裡有些莫名其妙。今兒這位駙馬爺的態度可真奇怪，算了，都是貴人，不是他這個小小的少詹事可以腹誹的。

蘇清河聽說沈懷孝求見，心裡一喜，連眼睛都亮了起來，馬上道：「快請。」

謝雲亭心想，還是護國公主受寵啊，瞧瞧，連駙馬的待遇也越來越好了。

沈懷孝進來，先是恭敬地行禮，然後目不轉睛地看著眼前的人。她這身裝扮，自己實在有些不大習慣。

張啟瑞咳嗽一聲。「太子殿下，奴才去外面守著，您和駙馬儘管說話。」

蘇清河馬上點頭，打發了張啟瑞。

「你可算來了。」蘇清河驚喜地道。從昨兒進宮，她心裡就滿是不自在。

沈懷孝對著這樣的蘇清河，實在做不出親密的舉動。

看著他彆扭的模樣，蘇清河失笑道：「你怎麼來了？我還想著你得過兩天才能進宮呢。」

沈懷孝扭過頭，不看蘇清河。「怕妳在宮裡不自在。」

「可不是不自在嘛。」蘇清河開始吐槽。「一點也不自由。我好想你，也想孩子，想得厲害。」

沈懷孝點點頭。「我知道。」

兩人又聊了幾句體己話，沈懷孝就道：「陳浩已經抓住了，在他的身上，有這樣的一個紋身，妳看一下。」說著，就從懷裡掏出一張紙來。

蘇清河展開一瞧。「這紋身跟那枚印章的圖案有些相似，但又不同。」

「沒錯，如果不仔細看，還真看不出差別。」沈懷孝道。「我猜測是不是因為他們負責的事情不同，所以，印信上的圖案也有所不同？」

「照這麼說，你當初看到那刀柄上的圖案，跟這兩個圖案應該也是有差別的吧？」蘇清河沈吟道。

「這個……只能等涼州那邊傳來消息，然後再比對了。」沈懷孝有些不確定。「他們的組織應該相當嚴密。至於圖案為什麼會不同，也許是級別不同，也許是輩分不同。這一點得繼續往下查了。」

「要是能找到一些有關南越的史料就好了，說不定會有什麼線索。畢竟，像這樣的圖案，一定是有什麼特殊意義的。要不然你找一些老史官問問，或者派人去南越故地查一查，也許能找到咱們想要的線索。」蘇清河提醒道。

沈懷孝點點頭。「交給我辦吧。」這南越就像是一顆毒瘤，割了舊的，未必不會再長出新的來，掌握更多關於南越的資料，對他們來說，才是有利的。

蘇清河笑著點頭。「以後有什麼事，你就進宮來說。」

沈懷孝知道，她這是想藉機天天見到自己，心裡頓時就舒暢起來。

兩人還要說話，就聽見張啟瑞在門外稟報道：「太子殿下，六部的大人求見。」

蘇清河只能作罷，乖乖地坐回去，看著沈懷孝離開。

第一百二十四章　銀子

六部大人，好嚇人的名頭。

蘇清河此刻心中煩躁極了。這些大人們鬧來鬧去，不過是都想讓朝廷給他們撥錢下去。但問題是，國庫沒錢啊！

兵部要革新武器，戶部說沒錢。

吏部要對考核優等的官員嘉獎，戶部還是說沒錢。

禮部要修繕宗廟，戶部依然沒錢。

工部要修水利，戶部打死也沒錢。

國庫就那點銀子，只能辦一件事，該給哪個部門好呢？

而戶部尚書這位老大人不管其他幾人說什麼，他始終就兩個字——沒錢。

看著站在眼前的這幾個人，蘇清河真是愁得想揪頭髮。

當著蘇清河的面，幾人的爭吵聲都能衝破了天，怪不得父皇會把這些大人們推到她這裡來。

「太子殿下，別的倒也罷了，只是戰船正督造了一半，朝廷遲遲不撥款下來，後續該怎麼辦？總不能半途而廢吧。」兵部侍郎痛心疾首，表示兵部的事情十分緊要。

蘇清河點點頭，這事可不能耽擱。

「太子殿下，吏部此次考核的官員，都是幾十年來清廉如水的好官啊。如今他們已到了卸任之際，朝廷若不予以嘉獎，是會讓臣下寒心的啊。」吏部尚書被蘇清河炮轟過，於是就將歷年考核過的清官都提了出來，證明自己還不昏聵。此時他話說得鏗鏘有力，證明這次被他選上的人都是真金不怕火煉，難道不該獎勵嗎？

蘇清河朝吏部尚書點點頭，對他的話也頗為認同。

「殿下，宗廟祭祀可是國之大事。」禮部侍郎只淡淡地說了一句，但蘇清河卻知道這句話的分量。

宗廟祭祀確實不容小覷，子民們都期盼著上天賜下福澤，此事絕對是重中之重。就算蘇清河不迷信，卻不得不承認，在古代神靈的力量，一直是人民心中最為敬畏的。

「殿下，今年雨水比往年多；再說欽天監已經看過了，今年秋季只怕也是多雨，得防患未然啊。」工部尚書憂心忡忡地道。

蘇清河點點頭，抬手壓了壓，示意他坐下說話。

「老大人，戶部究竟能動用多少銀錢？」蘇清河問道。

「真的沒有了，太子殿下。餘下的銀子，都是給皇上的聖壽和皇后的千秋準備的。」老大人無奈地道。

蘇清河看了看刑部的這位大人，見他呵呵地笑了兩聲，就明白這是個看熱鬧的。

「確實不好辦。」蘇清河看了一圈，才道：「幾位臉上的褶子原來都是憂國憂民的褶子啊。」她摸了摸自己的臉。「孤也覺得自己要長褶子了。」

幾位大人看著蘇清河，都尷尬地笑了笑。

蘇清河抹了一把臉。「這麼著吧，戶部先將能動用的銀子給兵部，海船的建造不能中斷。」

戶部尚書臉色不變。「但聖壽……」

蘇清河擺擺手。「孤聽聞，民間老人做壽，都是子女為父母辦的。孤為人子，為父母做壽，不必動用到國庫的銀子。再說了，孤還有兄弟姊妹，必不會委屈了父皇和母后。就這麼辦吧。」

這幾位大人不由得對太子殿下肅然起敬。在公與私之間，太子殿下的抉擇，令人動容。可別以為貴為太子就不需要銀子了，事實正好相反。沒有銀子，太子拿什麼培養自己的勢力呢？可太子如今的表態，就證明他胸懷的是天下。

蘇清河見幾位大人的神色有些緩和，沒有像剛才那般爭搶，就道：「兵部的事，沒銀子絕不能辦。所以，這銀子先給兵部。」

「至於吏部的嘉獎，這個倒簡單。」蘇清河想起了獎章、獎狀、獎盃等嘉獎方式，就解釋給吏部尚書聽。「您覺得這樣成嗎？也算是朝廷對他們的肯定嘛。」

吏部尚書愣了許久才道：「太子殿下高明……實在高明。」

其他幾人有些幸災樂禍，這辦法還真是連一點實惠的東西都沒有啊。

蘇清河覺得這辦法似乎不大理想，想到那得獎的人除了獎狀，好像還有獎品和獎金，於是她看了刑部尚書一眼道：「刑部那裡，一定有不少抄沒的田產和莊子，都按等級賜下去給要受嘉獎的官員，應該就差不多了。」反正就是要銀子沒有，國庫是真掏不出錢來了。

戶部尚書看著蘇清河的眼神，已明晃晃地寫著「您比臣摳」。

刑部尚書今兒真的就是湊熱鬧來的，沒想到最後，倒變成他掏腰包了。

刑部每年收繳的產業，都要到年底才會上繳，一年中多得的收益都歸刑部支配，這是大家心知肚明的事。今兒，刑部可算是荷包大出血了。

蘇清河撓撓頭。「至於水利，這個也好辦，採取自願的方式。咱們一直倡導百姓開荒，甚至減免賦稅，也只為了讓百姓多開墾一些荒地，但成效並不顯著，說到底，還不是百姓拿不出銀子來。一畝荒地也得二、三兩銀子，就算是山地，也得一兩銀子。咱們呢，就按照做工的多少，折算成田地給他們，不是兩全其美嗎？」

工部尚書和工部侍郎在心裡琢磨了一下，相互對視一眼，都覺得行得通。雖然要設定標準，還要跟地方縣衙配合是麻煩了一些，但確實也是能把事情繼續辦成的好法子。

工部尚書立刻表態。「臣會抓緊擬定章程的。」

蘇清河點點頭，一副「你辦事、我放心」的樣子。

然後，她看向禮部侍郎。「宗廟修繕……這是大事，必須辦。」蘇清河示意張啟瑞給這位老大人倒茶，心裡卻急著在想辦法。

宗廟代表著皇家的臉面，還真不是用幾畝荒地去換幾個民夫的勞力就能辦成。

在蘇清河眼裡，修繕宗廟是面子工程，但又是不得不做的面子工程。別說國庫沒錢，就算有錢，也不能這麼消耗下去啊。

她將手放在几案上，一下一下地敲著。

宗廟的事，說大了是國事，說小了它本身就是皇家的事，保佑粟家的江山千秋萬年。那乾脆讓皇室出力好了！

她再三斟酌，覺得可行，就道：「你把需要修繕的、需要添置的，都列在一張單子上，給孤送來。孤再將這件事分攤給宗室，你看行嗎？到時候，禮部只要派官員驗收就成，不合格的讓他們重來。」

「這……這……」禮部侍郎有些遲疑。太廟非今年就修繕不可嗎？那倒也不是。他原是想在太子沒辦法的時候，賣太子一個面子。可如今倒好，這不是逼著皇家宗室掏銀子嗎？這不是讓他把整個宗室都給得罪了嗎？

蘇清河抬手，止住他要說出來的話。「成了，諸位，事情解決了，都去辦吧。」

幾位大人站起身來，恭敬地退下。他們還真是領教到太子的手段了。

等幾人出去後，蘇清河就往椅背上一靠，呼出了一大口氣。

蘇清河咒罵。「真是一群老狐狸。」非得把事情湊在一塊兒來給她添堵……若要說是巧合，那才真是見鬼了。

張啟瑞剛才還真是怕殿下被這幾位大人逼得下不了臺，還好殿下技高一籌。他小聲地提醒道：「殿下，該用膳了。」

「去乾元殿，陪父皇用膳。」蘇清河道。

乾元殿

明啟帝正聽著福順的稟報，眼裡的笑意越來越濃。「原來也沒想著她能解決，不過是想讓她推託掉罷了，如此也好。」

福順呵呵地笑道：「就是這辦法麼，有點無賴。」

明啟帝笑道：「她坑了自己，坑了兄弟姊妹還不夠，還要把整個宗室都坑了。但這件事，大家還真怪罪不到她身上。六部的這幾隻老狐狸想發難，如今倒是被反制了吧。」

福順點點頭，跟著附和。

蘇清河進來的時候，明啟帝的心情很好。「怎麼想起過來了？」

「一個人吃飯沒趣，過來陪父皇一起吃。」蘇清河坐到明啟帝跟前。「還想跟您說說銀子的事。」

「不都已經解決了嗎？」明啟帝問道。

蘇清河搖搖頭。「這種被人逼著要債的感覺，實在不好，國庫得有足夠的銀子才成。」

「妳有辦法就說。」明啟帝示意福順去傳膳，自己則懶懶地靠在軟墊上，聽著蘇清河說話。

「先把今年要用的銀子籌措出來再說吧，如今還有半年呢，可怎麼熬？夏稅還沒有收上來，秋稅更遠，指望不上啊。」蘇清河訴苦道。

明啟帝心裡發笑。這些大臣就是看著夏稅還得一個月之後才能入庫，如今這般鬧騰，不過是提前打個招呼，省得到時候排不上他們。

可如今被她這麼一解決，其實就相當於省下不少銀子，這就是收穫了。不過他倒真想聽聽，閨女還能有什麼高見？

「要不，女兒先替父皇的私庫撈一筆銀錢進來，到時候要是國庫的銀子不夠，從私庫撥過去就行了；或者像是修宗廟這樣的事，都由您的私庫出銀子。」蘇清河道。

「妳這是坑完了自己，坑兄弟姊妹；坑完了兄弟姊妹，連宗室一起坑。如今，還要來坑妳老子我……妳可真是有能耐。」明啟帝嘴裡罵著，語氣卻不見不喜。坐在他這個位置上，哪裡還有什麼公私之分？

蘇清河呵呵一笑，一臉的賴皮相。「大河有水小河滿，大河沒水小河乾，這道理大家會明白的。等以後有了銀子，再想個名目賞下去不就得了？就算是在普通人家，手裡轉不開的時候也還相互借著呢。」

「得了，總有妳的道理。」明啟帝點了點她的鼻頭。「說說吧，妳要怎麼為朕的私庫攢銀子？」

「這個麼，得先跟豫王叔商量之後才能決定。」蘇清河賣了一個關子。「女兒會儘快拿出章程，請父皇過目。」

明啟帝暢快地笑了起來。他有些明白閨女的意思了，她這是要不停地製造一點動靜，好轉移眾人的注意力啊。

父女倆開開心心地吃了一頓溫馨的午飯。

明啟帝打發蘇清河道：「去屏風後頭的榻上歇一會兒吧。要不然，時日一長，朕還真怕妳扛不住。」

蘇清河打了個哈欠，點點頭。「就睡半個時辰。」然後讓張啟瑞安排人去傳旨，宣豫親王去東宮。

她估計約半個時辰左右，豫親王應該就進宮了。

榻上鋪著涼蓆，旁邊就放置著冰堆，涼爽得很。她躺下後，閉上眼睛就睡著了。

明啟帝有些心疼地嘆了一口氣。「難為了這孩子。」

福順點點頭。

到點之後，福順還是叫醒了蘇清河。

蘇清河記得自己要見豫親王，便趕緊起身梳洗一番，就回了東宮。

她才剛坐下，就聽外面稟報，豫親王奉詔前來了。

「王叔快坐。」蘇清河請豫親王坐下，又示意張啟瑞拿帕子過來。「王叔擦擦汗吧，大熱天的叫王叔跑一趟，真是辛苦了。」

「太子還不知道本王嗎？閒著也是閒著。」豫親王抹了一把臉。「馬車上都帶著冰呢，沒受什麼熱。」他正好奇太子突然叫自己來，是為了什麼？

「那就好。」蘇清河將自己面前的酸奶，遞過去一碗。「喝一口解解暑吧。」白瓷的碗中，盛著跟豆腐腦似的酸奶，上面還澆著玫瑰滷子，透著絲絲涼爽跟甜意。

豫親王接過來，也沒客氣。「本王記得太子不怎麼吃這些東西，如今改性子了？」

張啟瑞嚇得差點將手裡的拂塵給扔了。

蘇清河面不改色地道：「母后打發人送來的，奶腥味不重。這要是旁人做的，孤還真是吃不下去。」

豫親王嚐了一口。「嗯，還真不錯。」

蘇清河知道豫親王只是隨口一說，她倒也不怎麼緊張。她的口味跟哥哥的很相似，也受不了乳製品的腥味。

兩人吃完後，心裡沒了燥熱之氣，開始進入正題。

蘇清河問道：「王叔，如今國庫沒銀子了，父皇正為這件事發愁呢。」

「是打算縮減內務府的開支？」豫親王問道。

蘇清河趕緊搖頭。「那倒不是。錢是賺來的，省能省出幾個銀子來？」

「這話也有理。」豫親王沒有駁斥太子，只是道：「可內務府卻是不能經商的。」

內務府要是經商，那就是存心坑人。誰敢賺皇上的銀子啊？不要命了。誰跟內務府做生意，那就得賠死。

「孤的好王叔啊，孤還能沒這點子成算？」蘇清河也不惱，說道：「孤打個比方給王叔聽。比如母后用的胭脂，以往都是內務府採買的，字號也是五花八門，什麼都有，其實認真說起來，能有多大差別呢？不如將這些成色還不錯的商家聚集在一起，然後咱們就拍賣『皇家特供』這個字號，價高者得。每兩、三年，或者三、五年一換，也好讓他們彼此競爭一下。」

豫親王眉頭一皺。「皇家特供？這個東西……」

「就是個招牌。」蘇清河解釋道：「您想啊，能成為皇家特供的，百姓們還不得趨之若鶩？不僅價格能往上提一提，而且必然受到追捧，生意肯定好做啊。對他們來說，花一筆錢買下這個招牌幾年的經營權，是划算的，而咱們呢……」

「其實什麼也沒幹，空手套白狼來著。」豫親王直接道。

「王叔現在可是越發直接了啊。」蘇清河不好意思地笑了笑。「咱們也不能說什麼也沒付出，至少皇家的牌子，就值那個價。」

「照妳這麼說，能拍賣的皇家特供可就多了。首飾珠寶、衣裳布料、繡品、胭脂水粉、香料、配件等等，無所不包啊。」豫親王想了想道。

蘇清河笑了笑。「這樣不是能快速地賺進不少銀子嗎？」

豫親王豎起大拇指……真是不服不行。

事情談完之後，豫親王便出了宮，直到鑽進馬車裡，渾身才放鬆下來。

別看他在太子面前貌似隨意，其實心一直都是提著的。

皇上當朝，正值壯年，一向身康體健，因此太子將來會如何，他還不敢確定。可如今皇上又一副放權的樣子，由著太子折騰。

再加上太子突然一改作風，強硬地立威，讓人有些摸不著頭腦。東宮站穩腳跟不是壞事，但有時也未必就是好事，端看皇上如何看待這件事了。往好處想，會覺得太子頗具威望，將來後繼有人，沒什麼可擔憂的；往壞處想，說不定會以為太子這般急切的做法，是想奪權啊。

從昨兒風向一變，豫親王的心就提了起來，暗道太子也太沈不住氣。尤其今兒一聽太子宣他入宮，他的心更是寒了下來，想著太子不會是想拉攏宗室吧？

結果太子還真是有正事要同他討論，而且是天大的正事。看太子的樣子，也不像是跟皇上有嫌隙，這倒叫他越來越看不懂了。

馬車一路晃晃悠悠的回到了豫親王府，就聽下人來說王妃有請。

「本王剛進門，就被妳給堵上。」豫親王坐下來。「是有什麼急事？」

王妃瞋了他一眼。「沒事就不能叫王爺過來了？」

「本王這不是剛從宮裡回來，正一腦子要緊事呢，妳有什麼事趕緊說吧。」豫親王一邊說著，一邊灌了兩杯涼茶。

「宮裡的事妾身也不多嘴問了，就是想跟王爺商量一下，護國公主那邊，王爺是個什麼打算？」王妃皺眉道：「另外，醇親王的側妃給他新添了一個兒子，剛落地。」

「妳消息倒是挺快啊。」豫親王一愣。「本王剛從宮裡回來，卻還不知道呢。」

「王爺應該是跟宮裡報信的人剛好錯過了。」王妃應付了一句，才道：「王爺，咱們得有個謀算啊。護國公主那邊倒還好辦，禮送過去也就行了，畢竟公主不見客。可醇親王那邊，卻叫人重不得、輕不得，還不知道宮裡是個什麼意思。」

豫親王沈吟半晌才道：「跟誠親王家的兩個郡主當日的禮送一樣的吧。兩個郡主雖是姑娘，但到底是嫡出；而醇親王這邊雖是小子，卻是庶出。不過因著好歹是長子，就按這個例走吧。以後，凡是醇親王府的事，都跟誠親王一個待遇。別偏著誰，也別向著誰，都一樣是姪兒。」

王妃這才點點頭。「妾身這就去準備。等宮裡的賞賜下來了，咱們再送賀禮過去。」

豫親王站起身來。「妳安排吧，妳辦事一向是妥貼的。最近本王有差事要忙，妳多擔待些。」

王妃笑著送他去了前院，這才忙著準備賀禮。

福順進乾元殿的時候，腳步有些匆忙，笑得也十分歡暢。「陛下，好消息。」

明啟帝連眼都沒抬。「怎麼了？誰的好消息？」

「醇親王側妃左氏，在半個時辰前誕下醇親王的長子，母子平安。」福順笑著回稟道。

「當真？」明啟帝抬起頭，有些驚喜。得到福順的再次確認後，才連聲道好。「賞，重賞！」

醇親王這一輩子，只怕不會有原配嫡子了，這個庶長子的身分自然就尊貴起來。

蘇清河得到消息的時候，也吩咐張啟瑞按最高規格賞賜。別人對醇親王送禮，都得先看太子的眼色行事，就怕顯得太親厚，讓太子多想。而作為太子，卻要把對前太子的恩寵擺在明面上，才是最有利的。

第一百二十五章　終歿

醇親王府中，左側妃看著懷裡的孩子，心裡多少有些複雜。這個孩子，本來可以有更顯赫的身世、更尊貴的身分，但現在，一切都化為泡影。

太子的長子，無論嫡庶，都是極為顯耀的。可如今，變成了先太子的庶長子，卻是尷尬中的尷尬。

她不由得慶幸沈懷玉沒有了生育能力，讓這孩子永遠沒有嫡子能壓在他的頭上。

看著孩子的臉，她不禁覺得，自己的想法會玷污了他。其實這樣也挺好，只要沒有野心，就能富貴平安到老。

抱著孩子，她覺得自己曾經分外可笑。

她想過要用這個孩子報復沈懷玉，想看看在她的嚴防死守下，自己生下王爺的長子後，她會是什麼樣的表情。

可現在，沈懷玉早已跌落塵埃，而自己卻因為曾經的想法，在面對孩子的時候，莫名地多了幾分愧疚和歉意？

那些曾經的算計，一點一點離她遠去，這個孩子，就是她的全世界。

此刻，醇親王府的正院裡，沈懷玉正拚命壓制著要呻吟出聲的衝動，問道：「今兒是怎麼了，外面怎麼如此熱鬧？」

瑤琴勉強地笑了笑，看著眼前被折磨得不成人形的主子，莫名有些心酸。她故作不在意地道：「可能是宮裡又有什麼封賞送來了吧。自從王爺出了宮，皇上總是三不五時的賞賜一回，今兒可能是又有大賞了。」

沈懷玉點點頭，道：「不過都是假惺惺的情誼罷了，太子之位豈是這些東西能代替的？」

瑤琴不好接話，只是道：「主子不用操心這些閒事，趕緊把藥喝了。」

「還喝？」沈懷玉的臉上出現了猙獰之色。「明知道治不了，還喝這些勞什子做什麼？蘇清河那個賤人害我至此，我不會放過她的。」

瑤琴還真怕自家主子的言行被護國公主知道。她小聲道：「主子，您已經報仇了。公主……她小產了，可不就是報應？聽說傷了身子，如今正在休養，怕是以後也難好了。」

「當真？」沈懷玉突然覺得自己渾身都舒坦了起來。「報應啊！蘇清河，妳也有今天。她那兩個小崽子要是死了才好呢，讓她這輩子都別想再有孩子。」

瑤琴點點頭，哄道：「主子，先吃藥吧。」只要主子昏睡過去，就不覺得難熬了。

布棋提著食盒，滿頭大汗，怒氣沖沖地進來。「真是一個個狗眼看人低，都攀高枝去了。咱們這正經的王妃，還得靠邊站了是嗎？」

「布棋。」瑤琴呵斥了一聲，使了個眼色給她，才道：「又怎麼了？跟誰置氣都不能吵到主子跟前來，真是越大越不懂事了。食盒給我，趕緊忙妳的去。」

布棋突然醒悟地點點頭，轉身就走。

「站住。」沈懷玉喝住了兩人。「好啊，學會糊弄妳們主子了。我身子不爽，不代表腦子壞了。說！究竟發生了什麼事？」

布棋轉過身，跪在沈懷玉面前道：「主子。」她委屈地叫了一聲，低下頭卻不敢說話。

「快說！」沈懷玉掀翻瑤琴手裡的藥碗，發出刺耳的聲音。

布棋打了個冷顫道：「主子恕罪，奴婢不敢說。」

瑤琴也在一旁跪下來。「主子，保重身體。」

「快說！」沈懷玉有些暴躁。

布棋看了瑤琴一眼，才道：「左側妃一個時辰前，生下了王爺的長子。」

沈懷玉一愣，不敢置信地道：「妳說什麼？」

「左側妃生下了王爺的長子。」布棋又重複了一遍。

「不可能。」沈懷玉搖頭。「姓左的那個賤人她一直被王爺禁足，怎麼可能生下孩子？什麼時候懷上的？」

瑤琴看著沈懷玉。「只怕，王爺罰左側妃，就是為了不讓人打攪她養胎。那個時候，應該就已經懷上了。」

沈懷玉愣愣地想了半天，才道：「原來是這樣啊。」

她揚起嘴角，露出譏諷的笑意，不知道是在笑左氏，還是在笑她自己。她臉上的笑容越來越大，接著開始放聲大笑，笑著、笑著，眼淚就跟著落了下來。

瑤琴跪行過去。「主子，您怎麼了？您千萬要保重自己啊，往後的日子還長呢！」

「還長嗎？」沈懷玉有些失神。

她這輩子究竟得到了什麼？一場空罷了。或許，唯一剩下的就是這兩個忠心的丫鬟了。

沈懷玉收斂了神色。「去把梳妝匣拿來。」

布棋不敢馬虎，趕緊拿了給主子遞過去。

沈懷玉打開暗格。「這是妳們的賣身契，拿走吧。」

瑤琴大驚。「主子，您這是要做什麼？」

「妳想多了。」沈懷玉安撫二人。「只是突然想開了。如今只有妳們對我好，我自然也要對妳們好。原本我對王爺好，也盼著王爺對我好，可如今不管怎麼盼，也盼不來了。我就想著，好歹能讓妳們看見盼頭。」

瑤琴大哭。「主子，您要想開點。只要咱們沈家不倒，只要主子還在，左側妃的孩子就只能是庶子。」

「妳說得對。」沈懷玉笑道。「都吃飯去吧。我要睡一會兒，記得再把藥煎來，我會好好喝的。」

瑤琴心裡大定，帶著布棋下去了。

等兩人吃完飯回來，沈懷玉已經沒了氣息，自縊身亡。

醇親王府的長子出生不到兩個時辰，嫡母就亡故了。

左側妃接到消息時苦笑。這個女人真狠心，臨死還擺了她一道。這孩子生下來就剋死了嫡母，能有什麼好名聲？

而醇親王卻當即就請旨扶正左氏。這一番動作，一點也沒有顧念沈家的面子；或者說，他想透過這番動作，向皇上表明他已經跟沈家徹底斷了關係。

沈懷玉的死，在京城裡沒有掀起多大的波瀾。

皇上准了醇親王的摺子，左氏被立為醇親王的正妃，並賜剛出生的醇親王長子為世子，賜名粟廣澈。蘇清河知道後，也給這孩子取了一個小名，叫「天福」。

醇親王心中欣然。這孩子一出生就死了嫡母，對孩子而言，絕不是個好名聲；可東宮太子給的這個小名，讓別人再不敢小瞧這孩子。皇上護著他，還可以說是念在祖孫之情，若是連太子也護著他，那就是一種對醇親王府寬和的態度。

醇親王看著左氏懷裡的兒子，長長地嘆了一口氣，有些感慨地道：「本王不及老四。」左氏有些惶恐。「王爺……」這話叫人要怎麼往下接？

「別怕，本王說的是實話，單這心胸，本王就不及他。」他安撫地拍了拍左氏。「既然東宮都說咱們的兒子是天家的福澤，那他必會一輩子平安健康的。」

左氏的眼淚一下子就流了下來。「王爺……妾身替王爺感到委屈。」

醇親王笑了笑。「沒事，妳歇著吧。」他還沒脆弱到要讓自己的女人來替他自憐。

而乾元殿裡，明啟帝聽了蘇清河的做法，不由得一笑。「這孩子就是傻大膽，什麼樣的決定都敢替老四做。」

福順呵呵一笑，卻知道皇上心裡是熨貼的。這位公主以東宮的身分對醇親王釋出的善意，讓皇上特別動容。他接話道：「想必太子的意思也是一樣的。若沒有這樣的把握，公主殿下不會貿然賜那樣的名字。」

明啟帝點點頭。他最放心的就是這兩個孩子的心性了，他果然沒有看錯。

日子就在蘇清河的日日忙碌中，如流水般的逝去。

沈懷孝已經讓人去南越故地蒐集消息了。而白遠派出去打聽無塵和黃斌消息的人，卻還沒回來。

沈二把人撒了出去，時刻都監視著各方的消息，但卻一直沒有動靜。只有萬家的李青蓮託萬迅在城裡的地痞和小偷中，打探那枚丟失印信的消息。

蘇清河不但不急，反而鬆了一口氣。只要京城中平靜，涼州那裡動起手來才沒有顧忌。

不知不覺，七月的日子就這麼過去了。當京城添上一絲涼意的時候，突然就熱鬧了起來。

內務府要拍賣「皇家特供」字號的消息一傳出去，引來各地的鴻商富賈。與此同時，理藩院也迎來了各國的使臣，熱鬧無比。

豫親王雖然負責此次的拍賣，但畢竟從沒幹過這樣的事，恨不得天天往東宮跑上個七、八趟。

「王叔啊，孤也很忙，拍賣的事，您看差不多就得了。」蘇清河揉了揉腦袋。「別太較真啊。」

豫親王皺眉道：「本王不進宮還能上哪兒去啊？家門口熱鬧得都快被人群給淹沒了。」

蘇清河明白，這是有人想走後門。「這孤可不管。今年的夏稅收上來了，孤最近得仔細盯著呢。您那邊，孤是真顧不上。」

「要不讓沈駙馬幫我一把？」豫親王提議道。他是真擔心過手的都是大筆銀錢，到時候要是一個沒弄好，可就有理也說不清了。

「孤信得過王叔。再說了，瑾瑜那邊也是忙得暈頭轉向，各國的使臣都必須要應酬。這些人都是些什麼心思，誰也拿不準，還得瑾瑜盯著呢。」蘇清河想也不想的就拒絕了。「或者，王叔另外再找人來幫你就是了。」

豫親王嘆了一口氣。「清河那丫頭，身體還是不見好嗎？要是她能出來理事，我就真輕鬆了。」

蘇清河心裡一頓。這隻老狐狸，還真是一點事都不想擔啊。

她搖搖頭，道：「清河的身子一直不大好，得靜養，母后不讓孤打攪她。要不然，孤也不會如此忙啊。」她想了想，又道：「不如叫老五去給你幫個手吧？老五閒著也是閒著，能跟著王叔一起歷練、歷練。」

豫親王心裡想大罵。這一個個的都不是好糊弄的。

老大、老二需要冷一冷，暫時不能用，能用的只有老五和老六。老五是個萬事不操心的，老六則是個啥事都想操心的，都不是理想的人選。若論起太子的親信，除了護國公主和駙馬，再沒有別人。但如今太子把英郡王拋出來，他不接著還不行呢。不過想想，這個萬事不管的，總比啥事都想管的省心吧。

他就算再不甘願，也只能認命地應下。

蘇清河當即就把英郡王宣了進來。

這位英郡王還真算得上是一位富貴閒人。除了進宮請安，差不多所有時間都宅在王府裡，打死也不出門，可說是標準的宅男一枚。

英郡王到了東宮還有些拘謹，這讓蘇清河頗為無語，由此可見，英郡王躲得有多徹底。

豫親王在一旁看了，差點沒笑出來。

「四哥喚我過來，可是有什麼事？」英郡王靦覥地笑了笑。

蘇清河心裡一嘆，英郡王還真是個聰明人。到了書房，不稱呼她為太子，只稱呼四哥，就是很明智的做法。稱呼太子時，說的是公事；稱呼四哥，就只能談家事。

蘇清河示意他坐下。「叫你過來，也不是要緊事，就是王叔那邊忙不開，讓你去跟著打打下手。」

英郡王看了豫親王一眼，心想，如今京城最火的就是豫親王手裡的差事了，那差事可不好沾手啊。只要跟錢財有關的，就乾淨不了，稍微處理不好便會惹得一身腥。

他一臉的為難之色。「四哥，你還不知道弟弟嗎？弟弟是真不懂那些事。」

「不懂就去學。」蘇清河瞪了一眼。「你說你也不長點出息，你不為你自己想，也該為康平想想啊。」

康平縣主，是英郡王如今唯一的嫡女。

「閨女大了，就得要嫁妝，就你那點俸祿，還有幾個田莊和鋪子，能攢下幾個銀子？」蘇清河恨鐵不成鋼地道：「這次的事，不是公事，跟朝廷沒關係，不過是內務府的差事。內務府就是咱們自家的事，有什麼不能作主的？那些富商們要巴結，你就讓他們巴結，若送了什麼，你收什麼就是，真出了差錯，父皇還能拿你問罪嗎？說到底，那都是父皇自己的錢袋子。就算有人說貪污，那也沒事，兒子貪了老子的錢，能怎麼著？不是天經地義嗎？」

英郡王的嘴角抽了抽。「四哥，這不是光收錢、不辦事嗎？」

「傻啊，奉旨受賄你都不會？」蘇清河翻了個白眼。「那些個富商，只要能把禮物遞到你跟前，他們就滿意了，即便事情辦不成，他們也不會說什麼，不過就是為了跟你套交情罷了。他們這些人，就跟圈養的肥豬差不多，怕上面沒人護著，被人宰了吃，懂嗎？」

「四哥，」英郡王連忙擺手。「弟弟可不敢收這樣的門人，也不想庇護誰，弟弟沒這個本事。」

「噗哧！」豫親王沒忍住，實在是被眼前的這對兄弟給逗得受不了。

太子的意思他已經明白了。這些話是說給英郡王聽的，也是說給自己聽的。太子是想告訴自己，跟人打交道少不了人情往來，哪裡就真的能清白如水？有些事在所難免，太子能理解，並且也允許。

蘇清河見豫親王明白了，而英郡王卻還在裝傻充愣，險些被他給氣死。「他們只圖個心安，又不是真求你辦事，你怕什麼？你去打聽打聽，就連那些世家大族出來的管家，也都一堆商人捧著銀子要巴結，能攀上這些個管家的商家，就算是燒高香了。」

「四哥的意思是讓家裡的下人出面？」英郡王一副恍然大悟的模樣。
「哈哈哈哈哈……」豫親王再也忍不住了，只管哈哈大笑。
蘇清河知道，這老五一定是在裝糊塗。
她瞪大眼睛道：「趕緊滾蛋！讓你撈銀子還得孤求著你，再不滾蛋，孤就踹你出去。」
英郡王不好意思地撓撓頭。「那弟弟就多謝四哥了。」
「趕緊滾。」蘇清河擺擺手。果然，就沒有一個好應付的。
豫親王站起身來。「那我就先跟老五出宮了，也帶他熟悉熟悉這件差事。」
蘇清河點頭。「張啟瑞，送客。」
等出了宮，豫親王拍了拍英郡王的肩膀。「小子，你行啊。」
英郡王還是那副靦覥的樣子。「都是四哥寬厚，往後還要王叔多多指點了。」
指點？指點個毛？這些皇子一個比一個精明，連看著最老實的一個，也精得跟猴似的。
如今老五得了偌大的好處，還不用背責任，真是一代比一代強啊。

第一百二十六章 迎接

官道上，一行馬隊赫赫揚揚地朝京城趕去。

他們的裝束不同於漢人，顯然都是異族的裝扮。而他們身上的嗜血之氣，直讓人退避三舍，路上行人見了，都遠遠地避開。

耶律虎騎在馬上，儘管精力不濟，還是堅持向前行。

他現在對蘇清河真是恨不得啖其肉、啃其骨。這個女人的手段歹毒，卻又讓人防不勝防。

自從被那個女人捅了一刀，他的身子就明顯變得孱弱起來。騎不得馬，拉不得弓，連房事也頗為力不從心。那些下雨天的痠疼都是小事，他還能忍受，但卻無法忍受自己變得弱了、病了。

遼人只願意追隨強者，就如同草原上的動物一樣，若是領頭的病了、傷了，就只能被同族拋棄。他不能接受這樣的命運！

當他意識到身子出問題的時候，他幾乎把整個涼州都翻了過來，發誓要找到那個可惡的女人。

緊接著，他就收到消息，原來涼州還有一個安郡王的同胞妹妹。他這才意識到，那個女人根本就不是別人，而是大周的公主。

他恨這個女人，但也敬佩這個女人。他覺得，只有這樣的女人，才配得上他。

想起那個替她擋了一箭的男人，耶律虎心裡多少有些嫉妒。自己身上的那一刀，就是蘇清河在為那個男人報仇吧？

他心裡冷笑。即便蘇清河成了親、有了孩子又如何？北遼可不像漢人那般注重什麼名節，他看上的女人，就是搶也要搶回來。

若不是因為吃了敗仗，有許多事情還要周旋，他早就趕到大周的京城，好好地會一會那個女人。

「大王，前面就是大周的京城了。」侍衛跟在耶律虎身邊，提醒道。

耶律虎看了看。官道上人來人往，好不熱鬧，沿途更是店鋪林立，做著來往客商的生意。

「單單這京城外，就比咱們的京都更繁華。」侍衛有些羨慕地道。

「是啊。」耶律虎貪婪地看著這一切。「這些如果都是咱們的就好了。」

那侍衛點點頭。他們族人在草原生活，太過清苦艱難，而這裡百姓們個個都是臉色紅潤，衣衫整潔。這樣的落差，難免會讓人心中有些不平。

「走吧。」耶律虎笑道：「現在還不是說這些話的時候。」

「是。」那侍衛應了一聲。「大王，可要跟以前的客人聯繫？」

「先別動。」耶律虎呵呵一笑。「咱們先靜觀其變就好。」

城門外，沈懷孝為了迎接北遼使團，坐在帳篷下等著。理藩院的官員道：「駙馬爺，如此是不是太簡單了？」就搭了一個破帳篷，放上兩桶涼茶，真是太失禮了。

「敗軍之將，有如此的待遇就夠了。」沈懷孝漫不經心地道。

那官員不敢再說話。過於禮遇戰敗的敵國，確實是沒骨氣的事，他不敢反駁。

「快到了，主子。」沈大輕聲道。「來的確實是耶律虎，不過還有北遼的一位公主耶律鶯。不知道北遼王打的是什麼主意？」

「要和親吧？」沈懷孝挑眉道：「這位公主多大年紀了？只怕沒有年齡相當的和親人選。」

「年紀在十八、九歲左右吧。六皇子不是還沒大婚嗎？」沈大壓低聲音問道。

「皇上不會答應，太子也不會答應的。」沈懷孝笑了笑。「要是北遼真有和親的意願，頂多也就是從宗室子弟中選擇一個。」

沈大呵呵一笑。「那最近京城的媒婆，估計生意會很好了。」

誰也不希望娶一個異族的媳婦，即便是公主也不成。沒訂親的公子，只怕這會兒都著急了。

雖然沈懷孝不爽北遼，更不爽那耶律虎，但該有的禮節還是要遵守的。畢竟，這是一個國家的體面。

耶律虎一到城外的驛站時，就看見身穿緋紅官服的沈懷孝站在那裡。

他翻身下馬，寒暄道：「原來是沈將軍啊！涼州一別，真是風采更甚。」

「大王的氣色看起來可不怎麼好。」沈懷孝關心地道。「一路上辛苦了。」

聽起來像是關心的話，卻讓人怎麼也舒服不起來。說他氣色不好，這不是故意的嗎？不管是誰被下了毒，氣色都好不了。

「多謝將軍關心。」耶律虎哈哈一笑。「有勞將軍久候。」

「大王客氣。」沈懷孝淡淡地回應。「京城中已備好酒菜，還請大王挑選五十名親隨，隨在下一起進城。」

耶律虎挑挑眉，道：「本王只帶了區區五百人，難道你們就怕了不成？連城門都不給進，豈是待客之道？」

「凡是踏入我大周國境的人，都得遵循大周的律法，任何人不得逾越。」沈懷孝沒有絲毫的退讓。「難道我大周的京都，會是虎狼之地，讓大王不敢踏足？」

耶律虎哈哈一笑。「別說不是虎狼之地，就算真是虎狼之地，本王又何曾膽怯過？」

「如此甚好。」沈懷孝看著耶律虎，嘴角挑起嘲諷的笑意。

兩人正說著話，後面突然走來一名身形婀娜的女子。「兄長，這位大人是何人？」

耶律虎回頭一看，露出似笑非笑的表情來。他對他這個妹妹太瞭解，她就喜歡美貌的男子，想來眼前的沈懷孝已成功地入了她的眼。

「哈哈，沈將軍，本王忘了介紹。這位是本王的妹妹，格桑公主，這次是一起跟著本王來見識一下大周的繁華。」耶律虎笑道，一副準備看好戲的模樣。

「沒關係，於大周而言，不過是添雙筷子的事，不是大事。」沈懷孝沒看耶律鶩，淡淡地對耶律虎道。

沈大覺得，自家主子的爛桃花似乎來了。要是讓如今在宮裡的那位知道了……那還真是一件了不得的大事。

耶律鶩朝沈懷孝上下打量了一番，才要說話，就見沈懷孝轉身躍上馬背。「客隨主便，還請儘快進城吧。」

耶律鶩挑起嘴角。「這就是哥哥說的那位駙馬？長得還不錯。沒想到大周的護國公主跟我一樣，也是個好美色的。」

耶律虎冷笑一聲。「妳最好安分點，那位公主可不是妳這種看見小白臉就走不動路的傢伙。」

「你又能好到哪裡去？」耶律鶩不屑地道。「妹妹知道你看上了那位公主，不過女人的心思女人最懂，她才不會看上自己的手下敗將。」

耶律虎也不跟她鬥嘴，只冷笑一聲，挑了五十個護衛，其餘人留在驛站安頓。隨後他翻身上馬，追著沈懷孝而去。

他這次來，還有更要緊的事，絕不會因為一個女人而壞了大事。不管這個女人是讓他心動的女人也好，或是親妹妹也好，都不能打亂他的計畫。

沈懷孝將北遼一行人交給理藩院，就急忙進了宮。他相信，今兒在城外的事情，宮裡肯定已得了消息，而且是知道得鉅細靡遺。

該報備一聲的，還是要報備一聲，他一點也不敢挑戰蘇清河的脾氣。

蘇清河對於政事，如今是越發得心應手了，效率提高了一倍不止。如今，偶爾也能停下來喝口茶、吃點點心，歇上一歇。

宮外的消息，她自然知道，但也不過一笑罷了。

張啟瑞將沈懷孝請進去的時候，臉上的表情十分微妙。

沈懷孝心裡咯噔一下，覺得大事不妙了。

「來了？」蘇清河抬起頭，隨意地問了一句。

「來了。」沈懷孝瞬間就覺得自己矮了半截，心裡不由得道：我又沒幹什麼壞事，怎就這般氣短呢？

「今兒可是遇上什麼人了吧？」蘇清河上下打量沈懷孝，然後皺了皺眉，道：「你怎麼穿了官服？駙馬的禮服穿不得嗎？」

不好！他就知道要出事。

沈懷孝坐到蘇清河身邊。「那什麼……今兒不是得先去衙門嗎？我也不能一直穿著駙馬的禮服轉悠啊，太打眼了。」

「換一下很難嗎？」蘇清河挑眉道。

「下次一定換。」沈懷孝斬釘截鐵地道。「我一會兒回去就立刻換上，最近就都穿駙馬的禮服了。」

蘇清河伸手抬起沈懷孝的下巴，仔細地端詳了一下。「是挺俊的，挺招人喜愛的。」

沈懷孝一把將她摟過來。可發現她的臉不能看，太像她哥哥了……她上身又有皮衣隔著，連想拉個小手，都有手套擋著。

他找了半天，都沒找到能下手的地方，急得滿頭都是汗。

蘇清河頓時笑得不能自已，卻讓他更加地惱怒。

這對夫妻倆不知道的是，沈菲琪和沈飛麟早之前便在隔間裡，偷偷聽見了明啟帝跟白皇后說的話。

「朕看那什麼狗屁格桑公主，一點規矩都沒有。如今凝兒那裡肯定是知道了，可別一時控制不住情緒，惹出什麼事來。妳也記得勸著點，瑾瑜那孩子是有成算的，讓她放心，別多想。」明啟帝擔憂地說。

白皇后笑道：「你也太小心了，不過是一個敵國的公主罷了，咱們閨女還不至於吃醋。就算要吃醋，那也得對方配得起才行啊。」

沈菲琪和沈飛麟對視一眼，大致明白了。

兩個小惡魔偷偷地伸出了邪惡的翅膀，覺得很有必要給那個遼國公主一些教訓。

豫親王躺在床上，頭嗡嗡地疼著，而王妃正在一旁替他揉搓，一邊輕聲細語地說話。

「王爺聽說了嗎？那北遼公主從早到晚都跟著沈駙馬，這也太不知道廉恥了。清河還真是好涵養，若是妾身，早就找上門去了。」豫親王妃有些氣憤地道。
豫親王先是愣了一下，才問道：「這是什麼時候的事？」
「聽說北遼使團進京的時候，這北遼公主就看上沈駙馬了。如今進京也快五天了吧，她天天如此，都快成了京城一景。清河還真是能沈得住氣啊。」王妃又補充道。
豫親王心裡突了一下。這不像是蘇清河的作風啊。
他不動聲色地問：「照妳們女人慣常的做法，該怎麼做才能解氣？」
「以清河的身分，抽她一頓都沒問題呢。」豫親王妃明顯是看熱鬧不嫌事大的。
豫親王心裡的違和感更甚了。他擺擺手，站起身來。「不用揉了。本王這才想起來，還有點事沒想明白，得去書房再琢磨琢磨。」
「王爺怎麼就那麼多事呢？還能不能好好休息了？」王妃不樂意地道。
「妳先歇著吧。」豫親王覺得自己像是抓住了什麼似的，得好好想一想。
到了書房裡，豫親王將燭火挑亮。
最近，護國公主很低調，低調得彷彿不存在一般。說是小產了，可他現在突然意識到，清河的醫術少有人及，這麼一個醫術出神入化的人，居然沒察覺到自己懷孕，還能勞累到小產，沒能保住孩子？如此也就罷了，竟然還傷了身子，得養上一段日子？
這件事不多想還不覺得有什麼，可一多想，就哪兒都不對勁了。最巧合的就是，同一日，太子的右胳膊也受傷了。
是這兄妹倆同時被暗殺，才導致一個失了孩子，一個受了傷嗎？

豫親王搖搖頭，排除了這種可能。從皇上和皇后的態度能看得出來，肯定沒發生過這樣的事，要不然京城裡不會如此太平，一點風聲都沒有。

如果不是這樣，還有什麼可能呢？

先前，他想請清河那丫頭來幫他一把，一起處理拍賣的事，可是太子一口回絕了。

如今，一個外族女子整天追著駙馬跑，一點也沒有顧及護國公主的面子，但蘇清河還是一點作為也沒有。

這不正常！到底是什麼原因，讓她不願露面呢？難道她根本就不在京城？

豫親王倏地站起來。如果她不在京城，那麼一切就都說得通了，她肯定是秘密為皇上和太子辦事去了。

但如果是這樣，那麼太子的胳膊受傷，又該怎麼解釋？是真的受傷了嗎？

如果蘇清河沒有受傷，太子手臂受傷的可能性也不大；但如果沒有受傷，為什麼還要用左手寫字呢？

左手寫的字，跟右手是不一樣的。難道是為了掩蓋筆跡？

豫親王不敢置信地瞪大眼睛。

為什麼要掩蓋筆跡？或許是因為在宮裡的太子，根本就不是太子。

如今在東宮的那一位，應該就是在宜園閉門休養的護國公主。

這就對了！這樣所有的事情，都解釋得通了。

豫親王後背密密麻麻地起了一層汗，他被自己的猜測給驚住了。

他在心裡苦笑。要不是這段時間他跟太子接觸的機會多了許多，肯定也發現不了。滿朝的大臣不都沒發現嗎？至今消息都沒有洩漏，就證明保密工作做得極好，應該很少人知道這件事。

況且，蘇清河也扮演得太像了。他們兩個的長相本就有八、九分像，再加上太子的身分，敢正面看他的人並不多，而那渾身的氣質和處事的能力，更是讓人不容懷疑。

這段時間，她也確實做得很好。雖然因為摺子的事情讓朝臣怨聲載道，但在大事上，卻從未出過一點紕漏，難怪皇上敢讓她代替太子坐鎮東宮。她的手段，讓他想起來都膽戰心驚。

想到這裡，他一點都不敢往下想了，真正的太子去了哪裡，他更不敢猜測。

他覺得自己如今就算是睡覺，也不敢說夢話。這樣驚天的秘密，千萬不能從自己的嘴裡洩漏出去。

第二天，蘇清河一早便去了寧壽宮，陪著白皇后和兩個孩子吃早飯。

沈菲琪瞟了蘇清河一眼，才對白皇后道：「外婆，我今兒想回家。」

白皇后手一頓，抬頭看了蘇清河一眼。她並不知道兩個孩子已經認出了蘇清河，就道：「妳娘身子不好，照顧不到你們，就跟外婆在宮裡好不好？」

「琪兒想回去看看。」沈菲琪玩著自己的手指。「我跟麟兒都不進屋，在外面給娘請安就好。咱們也想爹爹了，想回去看看爹爹。」

蘇清河看了閨女一眼，又扭頭看向兒子。這兩個小冤家，又在鬧騰什麼？

白皇后還真說不出不讓孩子見親爹的話。「要不外婆叫你們爹爹進宮來，看看你們？」

沈飛麟接過話頭，嘻嘻地笑。「外婆，咱們想回去看看娘，順便看看爹，回來的時候路過街市，也想瞧瞧熱鬧。聽說京城最近很熱鬧，來了許多異族的人，他們帶了很多新奇好玩的東西，咱們想去瞧瞧。要是外婆能再給咱們一點散碎銀子，就更好了。」

「這促狹鬼。」白皇后笑道：「鬧了半天是想出去玩啊？成，外婆讓人跟著你們。」

蘇清河給了沈飛麟一個威脅的眼神，提醒他最好別惹事。

沈飛麟呵呵一笑，表示知道了。

宜園

沈懷孝聽說兩個孩子回來了，還嚇了一跳，趕緊迎出來。

閨女臉上肉肉的，唇紅齒白，可愛極了。

兒子則板著小臉，背著小手，一本正經，太萌了。

「爹爹。」兩個孩子喊道。

「你們怎麼回來了？」沈懷孝問道。

沈菲琪跑過去抱住沈懷孝的腿，就往上爬。「想爹爹了，就回來看看。」

沈懷孝把閨女拎起來，在懷裡掂了掂，是沉了不少，於是心情更加愉悅起來。

「爹爹今兒要去衙門嗎？」沈飛麟問道。

「是啊，最近挺忙的。」沈懷孝安撫道：「你們先在園子裡玩，爹爹儘早回來陪你們。你們的娘她……」

「咱們都知道了，爹爹。」沈菲琪抱住沈懷孝的脖子，小聲道：「咱們認得出娘來。」

沈懷孝認真地看了閨女一眼，又看了兒子一眼，心裡不由得有些驕傲。

蘇清河在宮裡是陪著太子家的孩子，以太子的身分吃過飯的，也算是天天見面，但是兩個孩子卻沒認出那不是他們的親爹。反觀自己的孩子，怎麼就如此得人疼呢。

「謹慎起見，作戲還是要作全套。」沈懷孝吩咐兩個孩子。「去請安。」

沈飛麟點點頭。「那您今兒帶著咱們去衙門吧，咱們不搗亂。」

「哪有帶著孩子去衙門的？」沈懷孝搖搖頭。「你們在家裡玩。」

「沒人會說什麼的。」沈飛麟有些不高興。「以咱們的身分，哪裡去不得？」

沈懷孝實在不知道該怎麼說這宮裡的教育。什麼都好，只有唯我獨尊這一點，不好。

雖然不知道這兩個孩子想幹什麼，但還是把他們帶在了身邊。

第一百二十七章　以後

五城兵馬司的衙門裡，一眾衙役發現自家高冷的上司，今兒居然帶著兩個萌娃來了。這就是傳說中養在皇上和皇后身邊的郡主和侯爺吧？就跟觀音座下的金童玉女似的。

一路上都在曬娃的沈懷孝，此刻的虛榮心得到了極大的滿足。誰不樂意自己的寶貝被人誇獎啊？可是到了監獄門口，他的心情瞬間糟透了。

「沈將軍，我等了你好長時間，今兒你來晚了呢！不過沒關係，我有的是耐心。今兒咱們上哪兒去玩呢？你來決定好不好？」耶律鶯笑語嫣然，看著沈懷孝。

聽這話，倒像是自己跟她提前約好似的。

沈懷孝瞇了瞇眼。「沈大，去看看衙門的門房是不是不想幹了？居然什麼人都敢往裡面放。」

「沒錯，是得小心一些。這可是朝廷辦公的地方，萬一遺失了什麼重要的機密文書該怎麼辦？」沈菲琪從沈懷孝的懷裡鑽出來，看著眼前的女人，擰著小眉頭。「我看不如先抓起來，再慢慢地審問，若真竊取了朝廷機密，那就是奸細。」

沈懷孝愣愣地看著自家閨女。這才進了皇宮多長時間啊，竟如此長進了。

耶律鶯看著眼前一大一小頗為相似的兩張臉，驚豔極了。在北遼，她可從沒見過這般漂亮的小姑娘，嘴裡不禁嘖嘖有聲。「還真是個漂亮的小人兒。」說著，就要伸手去摸沈菲琪的臉。

「這位嬸嬸。」沈菲琪這般叫著耶律鶯。「妳的指甲裡都是泥垢，是多長時間沒洗手了？」

沈飛麟噗哧一聲笑了出來。

耶律鶯頓時就拉下臉來。

別以為她不是漢人，就不懂漢話。北遼有不少漢人奴隸，也收留了許多在大周混不下去的作奸犯科之人，她的漢話，學得可好了。

「嬸嬸」是對已婚婦女的稱呼，可她還沒嫁人呢！

她看了看自己的手，挺乾淨的，可是跟這小丫頭帶著肉窩窩的手比起來，還真是上不了檯面。

北遼的女子騎馬射箭，本就養得粗糙一些，哪怕是公主，就算再怎麼精細，也無法跟大周世家大族的閨女相比，更遑論沈菲琪了。

沈菲琪本就幼小，肌膚細膩柔滑；再加上出生後，蘇清河懂得醫理，在兩個孩子身上捨得下本錢。進了宮，她更是被千嬌萬寵著。

她們一大一小兩個人伸出手來，可不就把耶律鶯的手襯成了黑爪子嗎？

還不待她說什麼，沈大便領著一隊人馬過來。「請格桑公主儘快離開。」

沈懷孝吩咐沈大。「將她交給北院大王，讓他管束好他們北遼的公主。」

耶律鶯冷笑一聲，轉身就走。

「爹爹，這個公主究竟想幹什麼？」沈飛麟皺眉問道。「她能被北遼的君王派過來，肯定不是不長腦子的人，即便她不長腦子，耶律虎也是個精明的人。如今她這般肆無忌憚地鬧騰，究竟圖什麼？或者說，是在算計什麼？」

沈懷孝欣慰地點點頭。「你能想到這些，爹爹很高興，她不過是想轉移大家的視線罷了。放心吧，耶律虎那裡，爹爹派人看著呢。」

「那就任由她這麼鬧下去？」沈飛麟問道。

「耶律虎不過是想了個辦法，讓格桑公主明目張膽地監視我的一舉一動罷了。」沈懷孝將兩個孩子領到房裡，讓他們坐在榻上，才接著道：「他們要是覺得這麼看著我才安心，那就讓他們看著好了。」

「不，爹爹。」沈飛麟搖搖頭。「我覺得爹爹更應該讓人看住這個格桑公主才是。」

沈懷孝一愣，不由得露出沈思之色。

他從不認為格桑公主真是一個淺薄的人，否則，她不會得到北遼王的寵愛。此刻兒子的話提醒了他。

她所表現出的放浪不羈，顯然不是她的本性。如此大張旗鼓地跟在他身後，鬧得人盡皆知，她整個人的行蹤可以說是都擺在眾人的眼皮子底下。可越是這樣的人，才是最危險的。

隱藏在暗處的敵人雖狡猾，但偽裝成無害的敵人，更加難以防範。人在叢林裡，會提防隱藏在草叢中的毒蛇，可從不會提防那時不時蹦躂到自己跟前的野兔。這是同一個道理。

沈懷孝看著兒子，嘆道：「你的聰敏隨了你娘。」

「也隨了爹。」沈飛麟答道。

沈懷孝笑了，發自內心的笑，他整個人都愉悅起來。

他快速地處理完衙門的事，才帶著兩個孩子上街。父子三人就這樣四處看看雜耍、逛逛鋪子，轉眼間就到了午飯時刻。

京城裡，凡是算得上不錯的酒樓，都是人滿為患。

沈懷孝帶著孩子，進了京城最大的酒樓如意軒。

這酒樓極會做生意，凡是京城裡惹不起的權貴，都特地準備了各家的包廂。雖然不大，但勝在獨一無二。就算貴人一輩子都不會踏足這裡，但這個地方卻永遠替貴人留著。

自從京城來了護國公主這一號人物，這間酒樓也馬上就收拾出極好的雅間來。

人麼，都講究個面子，如意軒就把面子做到了極致。所以，在京城，也少有人不給如意軒面子的。

如今京城亂，沈懷孝帶著孩子吃飯，唯一能想到的地方就是這裡。這裡不管什麼時候來，都能感覺賓至如歸，而且絕對乾淨高雅，沒有一些亂七八糟的事。

「想吃什麼就點什麼。」沈懷孝替兩個孩子斟了茶水，才道。

「這間酒樓難道還應有盡有？」沈菲琪好奇地道。

「這裡有大菜，也提供小吃。就算是其他酒樓的招牌菜，只要想在這裡吃，他們也會打發人買來，不是什麼難事。」沈懷孝道。

「倒是挺會做生意。」沈飛麟讚了一聲，又問：「可知道這間酒樓是誰家出資的？」

「這個……爹爹也不知道。」沈懷孝隨意地應了一聲。

沈飛麟心想，爹爹不是不知道，是不想說吧？在京城這樣的地方，貴人如雲，能撐起這份產業的人，身分必然不低。但比護國公主身分還高的，就只剩下太子舅舅和外公。若是舅舅，那不大可能，據說這間酒樓是老店了。那只能是外公了。

沈懷孝一看兒子了然的神情，就知道這孩子大概猜到了。這地方確實是皇上暗衛營的一處產業，皆由歷代皇帝派人掌管，這也是他最近才知道的。

在這裡吃飯，兩個孩子的安全就不用操心，酒樓的人可比他還緊張。

而沈飛麟此時想到的，就是那個時不時躲在暗影裡說話的人。他的眼神閃了閃，沒有再說話。

沈懷孝按照兩個孩子的喜好點了菜，果然樣樣精緻美味。

「宮裡的菜色也好，不過偶爾換換口味，倒覺得挺新鮮的。」沈菲琪往嘴裡扒飯，吃得津津有味，還不忘點評。

「住在天底下最好的地方，吃的都是御膳，就換來妳『也好』兩個字啊。」沈懷孝打趣道。

「可能是吃慣了吧。」沈菲琪不在意地道。

沈飛麟卻看著眼前的菜色，微微皺眉。

「怎麼？不合你的胃口嗎？」沈懷孝見兒子一臉嚴肅地盯著菜，就道：「還想吃什麼，再叫就是了。」

「爹爹，這道菜是蛇肉做的吧？」沈飛麟問道。

「你不吃蛇肉嗎？」沈懷孝問道。「前段時間在家裡的時候，可是捉了菜花蛇燉湯的，我以為你能吃呢，不行就撤下去吧。」

「不是的，爹爹，你看這蛇肉的做法。」沈飛麟看著沈懷孝低聲道：「我最近在宮裡，常聽到外公和龍鱗說起閩南的事，還有南越。於是兒子就去了宮裡的藏書閣，在一本遊記裡記載了南越的皇宮御膳，說是只有南越的宮廷菜色裡，才會是這般料理蛇肉，而且有些蛇，只產自武夷山。」

沈懷孝放下筷子，問道：「你確定嗎？」

沈飛麟謹慎地看了一下四周。「應該錯不了。」

如此事情可就有些嚴重了。難不成皇宮的暗衛裡，也混進了南越的人？沈懷孝身上的冷汗頓時就流了下來。

「先吃飯，吃完飯送你們回宮。」沈懷孝低聲道。

沈菲琪和沈飛麟不敢耽擱，迅速地吃完飯。

吃飽後，父子三人一路往宮裡去。

「爹爹，咱們自己進去吧。」沈飛麟攔住沈懷孝。

剛從如意軒出來就急著進宮，總是太過打眼。但要是只有兩個孩子回宮裡去，誰也不會多想。

沈懷孝看了一眼兩個孩子身後跟著伺候的下人，點點頭，道：「那你們進去吧。」

沈飛麟拉著沈菲琪的手，往宮裡頭去了。

沈懷孝看著兩個孩子的背影，心裡沈甸甸的。

這個孩子，也不知道蘇清河是怎麼教導的，他的聰慧真是讓人心驚。

沈飛麟進宮後，第一時間就是跑到了東宮，還藉口是今兒出門給兩個表哥帶了好玩的東西。但按照禮數，得先去向太子請安。

母子倆難得有了一會兒獨處的機會。

「南越的事，難為你都記在心裡了。」蘇清河抱住兒子，小聲道。

「知道有人要對咱們不利，兒子怎敢不經心？」沈飛麟搖搖頭。「就算是被人算計丟了性命，兒子也得知道是為了什麼，斷不會輕易地將性命交託到他人手裡。」

孩子這麼想，是對的，但於他的身分而言，又是不對的。

他沒有一絲臣服之心，可他偏偏又只能是臣子。

蘇清河還真不知道該怎麼跟這個孩子說這些話。

「想過以後嗎？」蘇清河揉了揉兒子的腦袋，問道。

沈飛麟沒有回答，而是反問道：「娘，妳如今代替舅舅坐在這個太子的位置上，可曾有過不甘？可曾想過只因為妳是女子，就失去了整個天下？其實，娘的能力是擔當得起這個位置的，不是嗎？」

不是，當然不是。若沒有父皇的提點，她處理起政務不會如此順手。這孩子高估了她的能力，但卻對他自己的能力充滿信心。

源哥兒和涵哥兒壓不住這個孩子。

蘇清河第一次感覺到了一絲絲危機。她的心有些煩亂，一時之間不知道該怎麼回答這個孩子。

她沈默良久才道：「我不信命，但又不得不信命。覺得命運不公的時候，娘會選擇反抗。所以，娘無法阻止你的選擇。」

沈飛麟燦然一笑。「娘心裡還是將我和姊姊看得更重。」他說出這樣大逆不道的話，娘卻並未斥責，是他所沒有預料到的。「放心，兒子不是那等為了野心不顧一切的人。只要沒人逼我，只要我能活得下去，還是會謹守本分。」他這樣承諾。

蘇清河的心沒有放下，反而提得更高了。

源哥兒太磊落，涵哥兒心胸太小，可都不是為君的好料子啊。

第一百二十八章　合作

蘇清河知道兒子剛才的話，不是無緣無故說出來的。那麼，一定是有什麼事刺激了他。可究竟是什麼事，問題又出在哪兒，蘇清河還真是一無所知。她深覺對孩子的關心不夠，有些自責。

「今兒留下來吃飯吧。」蘇清河揉了揉兒子的腦袋，然後揚聲喊張啟瑞。「將源哥兒和涵哥兒叫來，晚上一起吃飯。」

張啟瑞看了看外面的天色，心想現在吃晚飯是不是有點早？但還是趕緊讓人傳膳去了。他想，大概是這位主子想跟小侯爺多待一會兒吧。

「要請郡主過來嗎？」張啟瑞問道。

「公公不用忙，姊姊玩累了，估計正在睡呢。」沈飛麟馬上回道。

他就知道，什麼事都瞞不住娘。他對這兩個表哥，確實都談不上喜歡。

源哥兒和涵哥兒來得很快。

源哥兒的一言一行、一舉一動，都跟用尺子丈量好似的。這樣的人對自己要求嚴格，對下面的人也要求嚴格。

可上位者手鬆，下面的人才好辦事；上位者手緊，下面的人只能戰戰兢兢。源哥兒若是真上位，與他親近的人只怕會更累。

蘇清河一笑，問道：「內務府這次辦的皇家拍賣，源哥兒怎麼看？」

源哥兒眉頭一皺，顯然是不滿，也沒有絲毫隱藏自己情緒的意思。但這件事的提倡者就坐在他眼前，還是他的「父親」，說話委婉一些卻是應該的。也許是孩子還小，還不能好好地隱藏自己的心思。

其實從另一個角度看，蘇清河倒是挺讚賞這孩子的一片赤誠之心，她想聽聽這孩子心裡最真實的想法。

「父親。」源哥兒站起身來回話。「兒子即便在深宮中，也知道五叔和叔祖父的府門前熱鬧非凡。商人重利，行事也多以利開道，才會奉上金銀珠寶，期待能得到一些優待。因此，五叔跟叔祖父應當自律才是。」

看來，源哥兒是不滿英郡王和豫親王在此次拍賣中收禮受賄了。

蘇清河不好直接評價他的認知，於是指了指站在自己身後的張啟瑞，又問道：「孤要是沒記錯，孤每次給你賞賜，你的奶嬤嬤都會打賞張啟瑞，並且也會從張啟瑞嘴裡打聽其他的事，想必這些事你是不知道的。那你說說，你這奶嬤嬤的作為，可對？」

源哥兒的臉一下子就紅了。「兒子並不知道她的作為，若是知道，兒子萬萬不會留她。」

「她也是一片好心，一切都是為你打算。」蘇清河提醒道。

「對就是對，錯就是錯。」源哥兒紅著臉道：「不管為了什麼，不該做的，就絕對不能做。」

蘇清河心裡倒吸一口涼氣。

這孩子心裡倒是有滿腔正義，但這非黑即白的認知，卻有些不知變通。

蘇清河看了自家兒子一眼，彷彿能感覺到他的委屈。這孩子一定是用心跟源哥兒相處過了，否則不會生出別樣的心思。

蘇清河抹了一把臉，神情有些凝重。

就連張啟瑞聽了源哥兒的話，心裡都不由得緊了緊。

還不待蘇清河說什麼，涵哥兒就笑道：「哥哥未免太薄情了一些。朱嬤嬤照顧哥哥也算盡心，哥哥說攆走就攆走，半點情誼也不留嗎？」

「我自會安排好朱嬤嬤往後的生活，但我的身邊，她是不能待了。」源哥兒道。

蘇清河看著涵哥兒，也有些頭疼。

他的話並沒錯，卻不該在她的面前嚷出來，這不是針鋒相對是什麼？小小的孩子，怎會有這樣的心思？只怕是受到身邊的人影響。

這兩個孩子身邊，除了奶嬤嬤和貼身伺候的丫鬟，其餘都是太子給的，那問題只可能出在原先伺候涵哥兒的人身上。畢竟只有主子體面了，下面的人才能雞犬升天，而兩個嫡子，誰又比誰差呢？下面的人難免動了不該有的心思。

接下來，蘇清河沒再說話，看著三個人的互動。

這時，她才發現自己兒子的處境有多艱難。

麟兒要是跟源哥兒親近，涵哥兒就不樂意了；跟涵哥兒親近，源哥兒雖沒有不悅，但是麟兒回頭再跟他說話時，五句裡倒有三句是不搭理的。

蘇清河心中頓時就難過了起來。

看著沈飛麟夾在中間，兩邊不是人，那滋味真是不好受。

她總安慰自己孩子還小，沒關係。但一想起「三歲定八十」這句話，又不由得冷汗淋漓。

送走三個孩子，蘇清河煩躁極了，偏偏現在還不是考慮這些的時候。

只能盼望哥哥長壽，活久一點，只要哥哥還在，一切都不是問題。

蘇清河暫時放下了這件心事。她相信等哥哥回來，張啟瑞一定會如實稟報今日之事，這不是自己該操心的。

她如今真算得上是既有遠慮，又有近憂啊。

昨晚帶著對幾個孩子的遠慮好不容易睡著了，今兒一早，近憂又來了。

遼國的北院大王耶律虎，帶著格桑公主前來求見。

明啟帝是不會在此時接見他們的，但蘇清河作為太子，不見卻是不適合的。

在蘇清河的眼裡，耶律虎早已沒了當日戰場上相見時的彪悍，想必這些日子以來，他所受的折磨也夠多的了。

她不懷好意地笑道：「大王看著清減了不少，可是水土不服的緣故？」

「承蒙太子關心。」耶律虎哈哈一笑。「水土倒是沒有不服，只是身子確實有點小小的不適，正想在大周找找看有沒有神醫能根除本王這個舊疾。自從進入大周境內，便時有耳聞護國公主醫術不凡，一直想前去拜訪，若是護國公主肯出手相助，本王感激不盡。」

蘇清河心裡冷笑。看來這傢伙已經知道自己是被誰暗算的，此次前來，只怕也是為了治好身上的病痛。

她呵呵一笑。「皇妹身體欠安，怕是不能為大王分憂了。不過我大周人才濟濟，孤隨後會安排太醫院的太醫為大王看診，大王不要客氣才好。」

耶律虎心裡暗罵。一個堪稱神醫的人會身體欠安？根本是胡扯！以那個女人的彪悍，他是說什麼也不會信的。

不會是知道他要來，所以提前躲起來了吧？

耶律虎臉色沈了沈，笑道：「原來護國公主身體不適啊，那本王更得前去看望才行。說起來，本王和護國公主頗有淵源，咱們在涼州，可是曾經有過比一面之緣更深的交情呢。」

一刀見血的交情，自然比一面之緣要深，而且深得多。

黃斌的事，還得從耶律虎身上找到突破口，要是能以護國公主的身分見一見耶律虎，談談條件，或許能有意外的收穫。不過，還得小心謀劃才成，畢竟這耶律虎的城府還挺深的。

她沒有一口拒絕，只是道：「這個麼，孤還真作不了主，父皇和母后疼皇妹更甚，若是知道孤又要煩勞她出面，只怕不喜。回頭，孤找皇妹說說看，她若應允見大王，想必父皇和母后也不會阻攔。既然大王身上的是舊疾，想必也不急在這一時。」

耶律虎點點頭，沒有一口回絕就是還有希望。他笑道：「那就多謝太子了。還請太子轉告護國公主，就說本王可是帶著誠意來的。」

「這個自然。」蘇清河呵笑著舉起茶杯，示意耶律虎喝茶。

「你們中原的茶，可真是一點滋味也沒有。」坐在耶律虎身邊的耶律鶩，突然說了這麼一句。

蘇清河連頭都沒有抬，吩咐張啟瑞道：「給格桑公主換奶茶。」

「原來太子殿下特意為本公主準備了奶茶嗎？」耶律鶩的聲音裡透著一絲恰到好處的驚喜。

蘇清河的眼睛微微一瞇。這個耶律鶩，肯定沒有表面看起來的那麼簡單。

不過，既然北遼大王派了耶律虎過來，又為什麼派耶律鶩跟隨？難道真是為了聯姻？

蘇清河心中產生了懷疑。

這位公主看似在談茶，卻更像是在證明她的存在。

如果，她跟耶律虎是同一個陣營的，就不該失禮地突然插話，而且說話還頗有幾分不中聽。

如果，她真是耶律虎的跟班，那麼在剛才那般失禮的情況下，耶律虎不是該出面喝止嗎？他又為什麼事不關己地半句話也沒說，一副看熱鬧的架勢。

除非，他們根本就不是同一個陣營的，所說的聯姻更是藉口。這個公主代表的，應該是北遼的太子耶律豹。

想到這裡，蘇清河嘴角挑起一絲笑意。這下子，可真有意思了。

看來耶律虎在北遼的日子並不怎麼好過，此次能來，想必也是付出了一定的代價。即便是這樣，也沒能擺脫耶律鶯這個他的暫時合作者和監視者。

蘇清河放下茶杯，客氣地笑了笑。「孤自然要讓來客感到賓至如歸，因此公主的口味，也在咱們的考慮之中了。」

「我的口味……」耶律鶯咯咯直笑。「我的口味很好滿足呢。」

這句話，聽起來話中有話。

蘇清河挑眉看向耶律虎，就見他眼裡閃過一絲惱意。

「舍妹不懂中原禮節，還望太子勿怪啊。」耶律虎暗暗地瞪了耶律鶯一眼，示意她閉嘴。

蘇清河微微一笑，沒有說話。

乾元殿

「妳說妳要去跟耶律虎談談？」明啟帝問道。

「沒錯。耶律虎只怕在北遼被處處為難，他現在最需要的不是施展他的抱負，讓北遼向外擴張，而是重新豎立威信。女兒相信，他很樂意跟女兒合作一次的。」蘇清河笑道。

明啟帝見她這樣說，也就不多管了。「宮裡的事情朕會安排，妳晚上跟著龍鱗出去就好；另外，暗衛內部的事情，龍鱗也已經去查證了。放心吧，龍鱗的能力毋庸置疑。」

蘇清河這才笑了笑，點點頭退了下去。

到了晚上，明啟帝讓人傳話給東宮，說是有要事商議，請她過來一趟。

蘇清河就知道，這是要找藉口將她留在乾元殿。

乾元殿比東宮安全，就算她出去一晚，也不會被人發現。

一到乾元殿，蘇清河便換了女裝，跟著龍鱗從密道出了皇宮。

緊接著他們被一輛不起眼的馬車載著，進了一座別院。

沈懷孝就等在別院門口。

「我接到妳的消息，就替妳約好了耶律虎。現在就去嗎？」沈懷孝打量了蘇清河一番，見沒有不妥當的地方，才道。

「那就走吧。」蘇清河活動了一下身子，問道：「你把他約到哪兒了？」

沈懷孝沒有回答，只是牽著她走。「跟我走就好了。」

蘇清河沒有多問，跟著沈懷孝在別院裡轉來轉去，之後便進入了一座假山。從假山中的暗門進去，走了約莫一炷香的時間，才又轉了出來。

「這裡是理藩院的客院，耶律虎就住在這裡。」沈懷孝小聲地解釋道。

「你不怕被人發現？」蘇清河問道。

「有人進來找耶律虎並不稀奇，畢竟都在耶律鶩的監視之下。但一旦耶律虎出門，妳說，耶律鶩會不會跟著？」沈懷孝不由得問道。

蘇清河點點頭。「那就走吧。」

耶律虎看著走進來的女人，不禁恍了神。

原來這個女人穿女裝，是這樣子的。他的眼睛瞬間就亮了起來。「公主殿下可真是個美人。」這話說得就有些輕佻了。

沈懷孝臉上一怒。蘇清河趕緊扯了扯他的袖子，示意他別衝動。

她從沈懷孝的身後走出來。「多謝大王的誇讚。」她逕自走到主位上坐下。「涼州一別，大王的身子可還好？」

耶律虎的面色頓時變得難看至極。「託公主殿下的福，還算康健。」

「本公主實在佩服大王是個漢子呢。如此孱弱的身子，還能堅持騎馬而來，想必路上受了不少苦楚吧。」蘇清河笑得分外無辜。「讓本公主猜猜。大王倒是不想逞英雄，卻也不敢露出疲態，想必耶律豹讓耶律鷲跟著大王過來，可沒安什麼好心。

「大王以前是頭猛虎，如今卻只是病虎，盤踞在大王面前的那頭豹子，可是時刻等著一擊必中呢。大王該知道，除了本公主，大王沒有任何選擇的餘地。」蘇清河撣了撣袖子上不存在的灰塵，如是道。

「果然是妳。」耶律虎臉上露出危險的笑容。「妳這麼做，可是言而無信啊。當日在涼州城外說好的……」

「兵不厭詐，這個道理你比我懂；還有一句話，叫做『形勢比人強』。當時你也未必沒想過我會耍詐，卻依舊選擇了妥協，因為當時對你來說，妥協是唯一的辦法。所以，這些指責，恕本公主不能領受。

「如今，本公主依然要說『形勢比人強』。你除了本公主，沒有第二個選擇，這就是形勢。」蘇清河盯著耶律虎的眼睛，沒有一點退縮。

「但是，本王已經無法相信妳。」耶律虎坐下來，看著蘇清河。「妳的手段太過隱晦，本王可不想再被妳算計第二次。」

蘇清河點點頭。「本公主要是你，也不會相信這份誠意。」她看著耶律虎道：「但是，在如今的情況下，算計你不符合大周的利益，所以，本公主不會算計你。你應該知道，當日替本公主擋箭的，是本公主的駙馬，你傷了他，本公主自是不會放過你的。如今，你也受了折磨，而且是比他還痛苦十倍的折磨，那麼，這筆債就一筆勾銷了。本公主是大周的護國公主，大周的利益高於一切，斷不會為了私仇而不顧及大局。大王身為遼國的北院大王，相信這一點你是能理解的。」

耶律虎看了沈懷孝一眼，才又轉頭對蘇清河道：「原來本王活著，是有利於大周的？」

「只有北遼虎豹相鬥，彼此內耗，才無暇時刻想著擾我大周邊境，這與我大周的邊境安全是有利的，本公主又何樂而不為呢？」蘇清河嘴角綻放出笑意，將自己的算計說得坦坦蕩蕩。

「呵呵……」耶律虎冷笑兩聲。「護國公主真是看得起本王。本王既然知道了妳的算計，妳就不怕本王不按著妳的計畫走嗎？」

「本公主相信大王的心性，為了北遼，你會放棄與耶律豹做那些無謂的爭奪，但本公主不相信耶律豹的人品。他既然派了耶律鶯跟著你一起過來，就代表他不會因為你如今勢頹，就輕易地放過你。難道你覺得你不爭了、退讓了，他就會收手，跟你兄友弟恭嗎？咱們都不是三歲的孩子，也一樣身處皇家，還有什麼好不明白的。」蘇清河露出幾分嘲諷的笑意。「再說了，大王即便要退，也不會拿自己的身家性命開玩笑吧？你們兩人之間，注定和平不了。」

耶律虎看著蘇清河的眼神，越發陰鷙起來。「妳要本王怎麼做？」

「本公主要黃斌叛國的證據。」蘇清河低聲道。

「妳竟然知道了？」耶律虎詫異地道：「那為何不殺了他，還依舊留他身處高位？」

「本公主自有本公主的道理。」蘇清河笑道：「這是大周的事情，本公主無須向你交代。」

「不就是漢人那套迂腐的規矩嗎？」耶律虎嗤之以鼻。

「本公主只要證據。」蘇清河重申道。

「這種事情，怎麼可能留下證據？」耶律虎不屑地道。

「只要你在，證據自然就在。」蘇清河挑眉道。

「妳要本王主動跟黃斌聯絡，然後將他引到妳設的圈套裡？」耶律虎問道。

「還是大王的主意好，本公主就沒想到。」蘇清河笑道。

最好是沒想到！這個無恥的女人只是不願意說出來罷了。

耶律虎壓了壓心頭的火氣。「黃斌身為大周丞相多年，他可是不好糊弄的，本王沒有把握他一定會掉進圈套。」

「不，他會的。」蘇清河斬釘截鐵地道：「如果他所有的路都被本公主封死了，只剩下你這條路可以選，他定會兵行險著的。」

「既然妳能將他逼入絕境，又何必大費周章？」耶律虎久居上位，還是想不明白其中的蹊蹺。

蘇清河心裡一嘆。還能為了什麼？不就是為了安定人心，讓人們都知道，先皇對明啟帝這個兒子，是寄予厚望的。有了證據，不僅可以為先帝正名，也能為明啟帝正名。

天下悠悠眾口，不得不防啊！

再說，先帝的一道密旨，就如同是黃斌的護身符，若貿然殺了黃斌，南越的餘孽或許會藉此鬧事。

想要永除後患，唯一能做的，就是名正言順地將黃斌逆謀一事辦成鐵案。

第一百二十九章 忠僕

蘇清河沒有多解釋，只是看著耶律虎。

耶律虎想了想，點點頭，道：「事成之後，本王身上的毒……」

「自會解開。」蘇清河答道。「若是本公主食言，沒遵守諾言，你大可四處宣揚咱們之間的交易，別人定會以為是本公主勾結了你，陷害忠良。你怕什麼？」

「本王倒是不怕什麼，只不過，公主就不怕本王在得到解藥以後，再將這樁交易嚷嚷出來嗎？」耶律虎看著蘇清河，驀然變色，沒好氣地道：「妳不可能沒想到這個風險，既然如此，就證明妳早有應對之策。那麼，妳還跟本王囉嗦這些做什麼？護國公主是把本王當成三歲小兒在耍嗎？」

「你可以選擇合作，也可以選擇不合作。」蘇清河擺出一副無賴的面孔。「沒有你，本公主一樣能製造出證據，本公主相信耶律鶩會很樂意合作的。再說了，身中劇毒的又不是本公主。」

「妳這女人……」耶律虎惡狠狠地瞪著蘇清河。「還是一樣的奸詐狠毒。」

「多謝誇獎。」蘇清河站起身來。「希望咱們這次合作愉快。天色不早了，本公主就不打擾大王休息了。隨後的事情，自然會有人與你聯絡，還希望你能配合本公主的時間。」

「成交。」耶律虎看著蘇清河冷笑道：「妳最好信守承諾，否則，本王也不是好糊弄的，即便拚死一搏，本王也要妳付出代價。妳貴為護國公主，本王可能拿妳無可奈何，但是想想邊關的大周百姓……本王相信，公主妳是不願意看到百姓遭受戰火荼毒的。」

蘇清河冷冷地看了耶律虎一眼，臉上突然綻開了笑意。「本公主記下了。」

耶律虎被蘇清河的笑臉給迷了眼，一時沒有說話。

蘇清河轉身就往外走。

沈懷孝臨走時，狠狠地看了耶律虎一眼。真想把那雙盯著自己妻子的眼睛給挖出來。

等回到別院，蘇清河疲憊地往榻上一躺，渾身才放鬆下來。「這個耶律虎，還真難糊弄。」

夫妻倆已經許久沒單獨相處了，說不想念是假的。可沈懷孝知道蘇清河明天還有得忙，因此也不糾纏，只是挨著她坐下，手上過過乾癮就罷了。

「像耶律虎這樣的人，沒有不惜命的。手裡捏著他的命，即便他不信妳沒有藏後手，他還是願意冒險一試。不過這份決斷，也絕非易事。」沈懷孝一邊在蘇清河的腰上輕輕地揉捏，一邊說道。

蘇清河被揉得直哼哼，頓時覺得腰上鬆快了不少，她舒服地嘆了一聲。「現在，咱們得把消息放出去，該打草驚蛇了。」

「我明兒就將從四叔那裡得到的島嶼地圖和路線，都給皇上呈上去。相信黃斌那裡，很快就能得到消息。」沈懷孝低聲道。

「斬斷了他的退路，他會做些什麼呢？」蘇清河閉起眼睛，呢喃道。

「他若真的只是為了南越，那未必會跑，咱們的謀劃可能就落空了。」沈懷孝又笑了笑。「不過，只怕是這些年的高官厚祿，讓他滋長了野心。幫助南越復國，或許更像是他的藉口和助力，是他向上爬的動力。」

「沒錯，上哪兒找完全沒有私心的人呢？」蘇清河翻了個身。「不管到哪兒，都有這種藉著別人的勢力，為自己謀福利的人，人性本就如此。」

「太子如今在涼州，只要等他的消息一到，咱們就能動手了。」沈懷孝皺眉道：「就是不知道黃斌還有什麼底牌沒有？」

「底牌麼，必然是有的，所以咱們才更要謹慎行事。只要他手裡還有底牌，他就敢鋌而走險，只要鋌而走險，咱們就能抓他個罪證確鑿了，耶律虎也不過是催化劑而已。像黃斌這種人，不會將生死交託到別人手上的，他誰也信不過。」蘇清河挪了挪身子，用胳膊環住沈懷孝的腰，在他身上蹭了蹭。

「別鬧了。」沈懷孝的手撫著蘇清河的脊背。「外面有人守著，想幹點什麼人家都會知道。我倒是無所謂，但妳的臉面可就要丟了啊。」

「我也沒說要幹什麼啊。」蘇清河笑道：「你怎麼如此禁不住撩撥？」

「快別鬧，我送妳回去。」沈懷孝真怕再這麼磨蹭下去，他會忍不住想做點什麼。

蘇清河回到宮裡時，已經半夜了。

她去向明啟帝簡單地交代了一下與耶律虎談判的結果，才回到東宮。

第二天一起來，她整個人都懶洋洋的。她不會為了政事，不要命地忙著，該歇息的時候她可是從不馬虎。所以，昨兒回來後，便讓張啟瑞在門口守著，她一個人在密室裡睡了大半天。

起來後，她打著哈欠跟張啟瑞抱怨道：「這就不是人幹的活兒。」

她不知道的是，僅半天時間，明啟帝和沈懷孝都沒閒著，該洩漏出去的消息，都已經洩漏出去了。

黃斌面色有些陰沈，看著眼前的黑衣人，問道：「你親自確認過了嗎？」

「是。」黑衣人低聲道：「圖紙是真的，雖然不是全部，但只要摸到了路線，找起來其實並不難。」

「是沈中玨吧。」黃斌肯定地道。

「沒錯，他如今在沈懷孝手裡。和咱們比起來，沈中玨更相信沈懷孝。」黑衣人分析道。

「沒有海船，咱們的海島對於他們來說，依然是鏡中花、水中月，看得見卻摸不著。」黃斌並不著急。

「屬下明白，普通的商船沒有絲毫戰力，根本就靠近不了咱們的海港。」黑衣人吁了一口氣。

「別院那邊怎麼樣？」黃斌又問道。

「別院一切安好，沒有被發現。」黑衣人回道。

「護好那裡，哪怕我出事，那裡都不能出事。只要別院裡的人在，咱們就不算敗，遲早會東山再起的。」黃斌叮囑道。

「是。」黑衣人不敢辯駁，只是道：「要不要聯繫……」

「不用。」黃斌笑道：「你以為咱們求助，他們就會無償幫忙嗎？老夫這些年身居高位，對老夫不滿的人多了去了，盼望老夫死的人大有人在。只有老夫死了，那片海上的世外桃源才能歸他們所有，那老夫這輩子，可就算是為他人作嫁衣裳了。粟懷恩當年為什麼會那麼做，老夫早些年就已經理解，因為就算為了主子再怎麼拚命，在主子眼裡，咱們還是奴才。」

「主子，您也是皇族……」黑衣人辯解道。

「不過是庶房旁支，血脈早就遠了。」黃斌的眼裡閃著一絲恨意。「當年，他們派人來中原，選的也不過是一些老實本分的人，要來送死罷了。」

「主子。」黑衣人有些不忍地道：「還不至於如此，若不是當年……」

黃斌擺擺手。「不說這些了。老夫一旦折進去，你帶著別院裡的人撤吧，不要寄望於那些人，他們不是如今這位皇上的對手。」

「大師他……主子也不管了嗎？」黑衣人問道。

「我的這位師傅啊……」黃斌搖搖頭，一副不知道該怎麼評價的樣子。「他就是太自負，蘇清河去見他的時候，他就該意識到自己已經暴露了，可他偏偏心存僥倖，他太小看蘇清河。如今他已是別人的盤中飧，可笑他恐怕尚未察覺。這些年若不是我護著他，他早就死不知道多少次了，他若是想撇開老夫，另開一路，那就隨他吧。」

黑衣人低聲勸道：「主子是不是該提醒一下大師？」

「他自己作死，就不要怨別人。」黃斌冷漠地一笑。「當年我受過他的恩惠，這些年也已經還完了，沒必要再與他糾纏。咱們各自有各自的命，誰也別怨誰。」

黑衣人第一次發覺，黃斌居然是這般厭憎無塵。

「若不是無塵出現，老夫依舊是那個甘於平淡、甘於清苦的農家小子。我不會如此汲汲營營，為了所謂的血海深仇，為了所謂的國仇家恨，拋下父母，就為了出人頭地，幹下不少違心的事。可誰也不是天生就會幹殺人越貨的事，誰也不是生來就是鐵石心腸，這一切都是拜無塵所賜……」黃斌像是陷入了某種回憶中，臉上閃過痛苦之色。「他教會了我很多，因為他，我得到了許多，但同樣的，也失去了很多。而今，也說不上來是我拋棄了他，還是他拋棄了我。」

「主子，咱們也未必會輸。」黑衣人發現黃斌有些頹然，趕緊安慰道。

「山腹已被發現，但山腹中的密室還在。你想個辦法，將三具屍體都帶出來吧。」黃斌收斂神色，轉移話題道。

「是。」黑衣人嘆道：「可惜那麼好的地方。真不知道這位護國公主是怎麼看出山腹中有問題的？這個地方已相傳數百年了，怎麼就被她瞧出了破綻？」

「有兩種人，你永遠不要去猜測他的想法，一種是聰明人，一種是蠢人。這兩種人都屬於不能掌控的，你永遠也不知道他們下一刻會做什麼，腦子裡想的又是什麼。」黃斌失笑道。

「謝主子教誨。」黑衣人躬身道。

乾元殿

明啟帝問著暗影裡的人。「還是沒有太子的消息嗎？」

「是。」龍鱗回話。「應該快了，太子知道咱們正等著他的消息呢。」

「你再傳信過去，就說安全第一。寧可未竟其功，也要他毫髮無損地回來。」明啟帝吩咐道。

龍鱗應了一聲。

此時，福順疾步走了進來，低聲稟報道：「陛下，黃貴妃求見。」

「你說誰？」明啟帝愣了一下，一時沒反應過來。

「黃貴妃。」福順又重複了一遍。

「她怎麼來了？」明啟帝嘀咕了一聲，才道：「那就叫進來吧。」

福順腳下不停，趕緊出去請人了。

黃貴妃一進來後，先給明啟帝見了禮，卻沒有開口說話。

明啟帝道：「有什麼話，坐下說。」

兩人雖是夫妻，還孕育了一個孩子，但說實在的，他們已經有好些年沒單獨說過話了，也就是年節裡在宮宴上能見一面。到今，半輩子過去了，看到彼此，就像是看到了兩人都曾身不由己的過往，不由得唏噓了起來。

「有什麼為難的事嗎？」明啟帝聲音和緩。「黃家的事，與妳和淞兒都不相干，妳安安心心地過日子就好，沒人會為難妳。」

「陛下。」黃貴妃看著明啟帝。「妾身這次來，是有重要的事要說，關於黃斌的。」

作為女兒，哪怕身為貴妃，直呼父親的名諱也是不妥的，但黃貴妃卻這樣叫了，且不帶任何感情色彩，這倒是讓明啟帝聽出了一絲不同的意味。

他看了福順一眼，福順便將宮裡的人都打發出去，只剩自己守在明啟帝的身邊。

「那就說吧，現在沒有外人。」明啟帝將身子往後靠了靠，低聲道。

「妾身知道陛下的為人。陛下雖然不喜歡妾身，但對兒子，卻是放在心裡的。不管黃家如何，您都不會遷怒淞兒，這一點，妾身很明白。即便是妾身，陛下也會看在淞兒的面子上，多加照拂，不會讓人苛待妾身，所以，妾身要說的話，跟自保沒關係。」黃貴妃抬起頭，看著明啟帝。「妾身為的，是報殺母之仇。」

明啟帝眉頭一皺，心裡閃過一絲詫異。他面上不動聲色，笑道：「要是朕沒記錯，黃斌開始有大動作，是在朕登基、妳進宮之後。這都二十多年了，妳從未出過宮，跟黃家也沒太多的來往，對於黃家和黃斌的事情，妳又能知道多少？」

「妾身雖然不知道，但有人知道。」黃貴妃嘴角牽起一絲嘲諷的笑意。「他以為妾身的外家式微，翻不起風浪，也以為妾身當年年幼，什麼都記不得了。可是，他不知道，世上有他這種狼心狗肺、忘恩負義的東西，就也有知恩圖報、重情重義之人。妾身要說的這個人，對黃斌的事，雖不能說是知道十成，但也能知道個六、七成。」

「誰？」明啟帝問道。

「啞奴。」黃貴妃說出這個名字，眼淚就流了下來。「啞奴，他一直跟在黃斌身邊，他不一定是黃斌最信任的人，但一定是知道最多的人。」

「黃斌這樣的人，要是真有讓他信任的人，倒也算一件奇事。不過，既然不信任，怎麼會讓他知道私密之事？」明啟帝挑挑眉，不置可否。

「他能知道那麼多，是有原因的。啞奴是一個啞巴，一個從小就養在黃斌身邊的小啞巴。這樣的人，就算知道了什麼也有口難言，所以有什麼不能讓他知道的呢？」黃貴妃嘲諷地一笑，繼續道：「啞奴本也是好人家的孩子，父親是秀才，家境也不錯。他三歲跟著父親啟蒙，聰慧異常，而一家人不說大富大貴，也算是小康之家，過得和樂安康。不料，一場意外，啞奴的父母都去了，族裡奪了啞奴的家產，將他趕出家門，那年，啞奴只有六歲。

「也是那一年，黃斌要去趕考，母親則帶著妾身去廟裡上香，在路上撿到了奄奄一息的啞奴。他發了高燒，母親帶他回府，請了大夫醫治，命雖保住了，但是卻壞了嗓子，再也不能說話了。所幸他還認得字，母親這才知道了他的過往，於是就將他留在家裡，讓他陪著妾身玩耍。那年，妾身只有三歲。

「母親死的那天，不僅妾身在屋裡，啞奴也在屋裡，咱們倆看著母親活活地疼死在咱們面前。啞奴曾經想要出去求救，但母親已經意識到了黃斌的殺心，對啞奴諸多暗示，不許他有異動。當時妾身年幼，並不理解那是為什麼，直到慢慢長大後，妾身才知道，若當時妾身跑了出去，也不過是多搭一條命進去罷了。

「母親的葬禮後，妾身病了好長一段時間，等慢慢地好起來，啞奴已經是黃斌的書僮了。妾身心裡曾經深恨啞奴，只覺得他背叛了母親，但直到妾身有了繼母之後，才知道啞奴的用心。若是沒有啞奴看顧，妾身在黃家的內院，根本就長不大。

「妾身一直是聽話的、柔順的，從來沒有忤逆過他和繼母，所以，等需要有人進宮的時候，他就將妾身這麼一個聽話的孩子送了進來，而啞奴，就一直待在黃斌的書房伺候，黃斌從不避他。一則是那是他養大的孩子，二則他是個啞巴。但黃斌從不知道啞奴識字，當年只有六歲的孩子，他想不到也是正常的。」

黃貴妃露出幾分笑意，眼裡閃過一絲冷意。「這麼多年過去了，他身邊的人來了又去，可唯一留下的就是啞奴。如今，妾身再也不是當年那個只能藏起來的孩子了。這些年，啞奴也不是沒想過要找機會殺了黃斌。但只殺了他怎麼夠呢？必須讓他身敗名裂，永世不得超生！」

明啟帝深吸了一口氣。「看來，這個啞奴算得上是一個忠僕了。」

他何止是忠僕……於她而言，啞奴是兄長、是親人，也是依靠。在沒有孩子之前，他是除了母親之外，唯一讓她記掛的人。

黃貴妃站起身來，緩緩地跪下，哽咽道：「妾身知道黃家罪不可赦，妾身也不會為黃家的任何一個人求情。唯有啞奴，請皇上看在他能戴罪立功的分上，赦免他、保全他，妾身只求他能活著。」

明啟帝久久沒有說話，很感慨地長嘆一聲。「妳起來吧，朕也不是那般不近人情的人。若他是個忠僕，放了他又有何妨？」

黃貴妃抬起頭，眼裡有了感激之意。「謝陛下。」她從脖子上摘下一個小木牌。「這個木牌是啞奴在妾身進宮前給妾身的，是他親手雕刻的，為的就是保平安。皇上若是想跟他聯繫，只要拿著這個木牌去找他，他就會知道時機成熟了。」

福順上前接過木牌，親自扶黃貴妃起來。

黃貴妃擦乾眼淚道：「妾身告退。」

「去吧，有消息朕會讓人通知妳的。」明啟帝揮手讓黃貴妃退下。

黃貴妃退出去後，明啟帝才翻看著這個木牌。「若果真如黃貴妃所言，那這個啞奴知道的事情可就真的不少呢。」

這個啞奴，成了一個至關重要的人物。

明啟帝吩咐龍鱗。「一定要保證這個啞奴的安全。不光是因為啞奴重要，更因為他難得的忠心。」他沒說出口的是，黃貴妃親自來求，可見對啞奴的感情非同一般。

她也是個可憐的女人，幾十年了，就這一個要求，他不能不滿足她。

龍鱗低低地應了一聲「是」。

明啟帝剛把事情吩咐下去，外面就有人來報，說皇后娘娘請他過去一趟。

他一愣，這還真是從來沒有過的事。只要是他處理政務的時間，皇后是從不會打攪的。

他站起身來，看了福順一眼。「寧壽宮今兒有什麼事？」

福順把頭微微一低，尷尬地笑了笑。「老奴還真不知道。」心裡卻道，還不是為了剛才您跟黃貴妃獨處的事。

明啟帝腳下不停，快步趕往寧壽宮。

「玫兒，怎麼了？」他一進屋子，就急忙問道。

白皇后坐在榻上，見皇上真的過來了，反倒有些不好意思，她不自然地一笑。「想著你一坐就是半天，也該起來走動一下。從乾元殿到寧壽宮雖不遠，但好歹也算是活動過了。」

明啟帝就算再遲鈍，也知道這是藉口。他抬頭一看，見對方眼神有些躲閃和羞惱，一下子就愣住了。他想起白玫剛進宮的日子，每次他歇在別處，再見她都是如此一副模樣。他想到自己剛才見了黃貴妃，心裡頓時醒悟，輕笑一聲。「玫兒說得對，是該活動一下了。」

白皇后偷偷地瞥了他一眼，問道：「今兒忙什麼了？」

明啟帝笑得越發歡快。「得了，都老夫老妻了，醋勁怎麼還這麼大？今兒她找朕說的是正事，真的。」

白皇后不好意思地抿嘴一笑。她恨過他，也怨過他，可到了如今，她心裡還是在意這個男人的。

更何況，兒子還在涼州，閨女扮作太子，他們都需要這個心裡裝著他們的父親。

第一百三十章 贗品

黃斌作夢也沒想到，自己的女兒會迫不及待地要取他的性命，他向來沒把這些女子放在心上。

而如今，除了宮裡貴為貴妃的嫡長女，還有一個他從未承認過的女兒，也正一點一點拼湊著自己的記憶，想尋找黃斌的老巢——這個人就是江氏。

江氏對黃斌的恨意，可謂是刻骨銘心。大駙馬的遭遇，時刻吞噬著江氏作為一個母親的心。她有多心疼自己的孩子，就有多恨傷害孩子的黃斌。

她知道，她不能自己去殺了他，她太清楚黃斌這老賊的勢力，一旦她有異動，第一個倒楣的一定是大駙馬。所以，為了不危害到自己的孩子，她必須忍。

但忍耐，並不等於什麼都不能做。至少，她長大的那處別院，一定有許多黃斌不想讓人知道的秘密。

紅兒被她打發去了城外的廟裡上香，江氏這才讓人將輔國公沈中璣請來。

「還有什麼事？」沈中璣沒有坐下，皺眉道：「大駙馬的身子已無礙，妳無須記掛。」

「不是這件事。」江氏也不管沈中璣的態度，急切地道：「我需要見沈懷孝一面，有些事，我必須告訴他。」

「由我轉達就可以了。」沈中璣看著江氏。「別再為了大駙馬的事折騰，現在不是說這些的時候。」

「不是孩子的事。」江氏焦急地道：「是跟黃斌那老賊有關的事。若是護國公主的身體允許，能面見公主，自然是最好不過了。」

沈中璣深深地看了江氏一眼。「妳說的最好是實話。」

江氏苦笑道：「我也是孩子的母親，我不會放過黃斌的。他對不起我娘，對不起我，更對不起我的孩子。我恨不得啖其肉、飲其血。」

「早知今日，何必當初？」沈中璣轉過身。「我會替妳安排的。」

江氏看著沈中璣的背影，露出幾分淒然的笑意。

突然間，她不知道自己這一輩子，究竟還擁有什麼？

沈懷孝在上次見面的茶館，見了沈中璣和江氏。

「有什麼事就說吧。」沈懷孝每次面對江氏，都有些厭煩，說話的語氣算不上好。

「我知道你恨我。」江氏看著沈懷孝道。

「我恨不恨妳，與咱們要說的事應該無關。」沈懷孝一點也不想聽她說廢話。

江氏看著沈懷孝道：「等我看著黃斌不得好死，並安置好我的兒子，我就親自去地下跟你的生母請罪。」

「呵呵……」沈懷孝輕笑。「臨死之前，妳都想著要顧好妳的兒子，妳怎麼不想想我的娘親是不是也想安置好自己的孩子？別說得好似多悲壯。前日因、今日果，一切都是命中注定的。」

江氏的臉色頓時就白了。因果報應，難道全都報應在自己的孩子身上了嗎？她的心頓時就一揪一揪地疼了起來。

沈懷孝也不跟她廢話。「有話就說吧，我的時間有限。」

江氏這才穩住心神。「我長大的那處別院，應該是黃斌的老巢，可惜我不知道那個別院的確切位置，只希望我提供的一點線索，能幫助你找到它。」

沈懷孝點點頭。雖然現在還不知道江氏所說的這處地方，究竟有沒有價值，但該查的還是要查的。畢竟對黃斌的事情能多一分瞭解，就多一分勝算。

「妳說吧。」沈懷孝擺出一副洗耳恭聽的樣子。

「小時候，黃斌每隔一段日子就會去看我，這就證明那處院子離黃斌住的地方，算不上多遠。按我的年齡推算，那時候他已經進了京城，所以這處別院一定在京城附近，而且是在一天之內就能來回的這個範圍之內。」江氏沈思道。

沈懷孝點點頭，承認這種推測。但這個範圍太大，哪裡是那麼容易找的？

江氏回憶道：「黃斌每次過來，鞋底都是濕的，有時候衣服的下襬還會沾上水，所以，他來時的必經之路上，一定有水阻道。這水應該還是靠近別院的，若是離別院遠的地方，沾的水應該早就乾了才是。」江氏回憶道：「每到春、秋兩季，我都會催促他先換衣裳，就怕他著涼。」

這就把範圍再進一步縮小了。沈懷孝看了江氏一眼。這個女人果然了不得，也是個心細如髮的人。

「我沒有走出過院子，院子裡都是一些家常的花木。我也說不上來那個別院到底有多大，但我知道那裡面不是只有我這處院子，且好似每個院子裡都有住人。他們跟我的處境應該是一樣的，都是不得自由之人。我在那裡長大，卻從沒見過一個來串門子的人，偶爾院子外面會有人路過，但也都是腳步匆匆。那時候，我偶爾會在晚上聽見不知從什麼地方傳來的絲竹之聲，不知道是有人在學，還是什麼別的原因。」江氏皺眉道：「不過，我記得最深刻的，就是那裡的槐花。每當槐花盛開的時候，香味特別濃郁，那絕不是寥寥幾棵槐花樹就能有的氣味。」

沈懷孝點點頭，在心裡大概整理了一下這些信息。這個地方就在京城附近，保證一天能來回一趟，且在別院附近，一定有水，或許是小河、小溪，那裡還有大片的槐樹林。

至於絲竹之聲，這一點暫時不好判斷。但僅憑前面幾點，想要找到這個地方，應該也不算多難的事。

沈懷孝看了江氏一眼。「還有嗎？」

「每天的分例，瓜果、蔬菜、肉蛋等食物都是極為新鮮的，我想，那個地方離城鎮一定不是太遠；而且，每日都有新鮮的食物，代表每日都有人採買了送過來。能光明正大的進進出出，就證明這個地方對外一定有個足以掩飾的身分，否則不可能不引人懷疑。黃斌就算有再大的能耐，也不可能將整個別院隱藏起來吧？所謂大隱隱於市，我想就是這個道理了。」江氏皺眉道。

沈懷孝微微點頭，不得不承認江氏所說的都有一定的道理。

「站在院子裡，能看見遠處的山頭，就證明這個地方一定是背靠著山的。夜深人靜的時候，偶爾還會聽到狼的叫聲。」江氏又補充了一點。

沈懷孝眼睛微微一瞇，他心裡多少已經有了一些想法。

江氏沈吟半晌，才搖搖頭。「我能想起來的就只有這些了。」

沈懷孝點點頭，轉頭對沈中璣道：「讓人送你們出去。」

沈中璣關切地看了兒子一眼。「怎樣？好找嗎？」

他生在京城，長在京城，半輩子都在京城附近遛達。迄今為止，卻也沒能想到符合條件的地方。

沈懷孝微微一笑。「兒子心裡有數了，還得驗證才成。應該能找到，您不要擔心。」

沈中璣這才拍了拍兒子的肩膀，轉身帶著江氏出去。

沈懷孝一刻也沒有停留，直接往宮裡去了。

乾元殿

龍鱗將密函遞給明啟帝。

明啟帝趕緊接過來，涼州終於有消息了。

蘇清河一進大殿，就見明啟帝的心情明顯好了許多。

「看來哥哥遞上來的消息不壞。」蘇清河笑道。

明啟帝笑著點頭，將密函遞過去。「妳瞧瞧。」

蘇清河接過來一看，心裡也是高興極了。「幸虧咱們反應迅速啊！不過還是要小心謹慎些，誰知道黃斌會不會留下後手呢？」

明啟帝點頭。「他一向穩重，朕倒是不怎麼操心。不過，妳得到印章這消息，還是得保密。」

印章的圖案太過特殊，一旦讓對方知道蘇清河得了印章，只怕人家就有了防備。

蘇清河搖頭，笑道：「瑾瑜已經讓人安排好，弄了一個假的，在那些京城的混混手中過了一遍，然後進了當鋪。李青蓮讓萬迅去找，咱們就按照他們的思路不停地留下線索，如今萬迅只怕已找到當鋪了。可想把東西贖出去，一得有當票，二得有銀子，這兩樣他們都沒有。不過這也沒關係，李青蓮那丫頭只要知道印章不是落入別有用心的人手裡就成了。至於陳士誠的馬夫和胭脂鋪，他們的規矩十分森嚴，不見東西，定不會將她當成自己人，也不會輕舉妄動。這個時機，就是哥哥發難的好機會。」

「那朕就放心了。」明啟帝吁了一口氣。

事情正一步一步的按計畫進行，蘇清河的神經也越發緊繃起來。

從乾元殿回到東宮，沈懷孝此時也正巧進宮，跟蘇清河說了江氏所講的地方。「我仔細想了一下，京城四周並沒有江氏所說的地方。可若是沿著山腹的密道，穿過整個山體，就已不在京畿的範圍內了。我想親自過去看一下，今兒就出發，宜早不宜遲。」

蘇清河點點頭。「我一會兒去向父皇求一道手諭。那個地方能被黃斌如此看重，守衛一定森嚴，一旦證實，你不用回來請旨，直接調兵馬過去即可。切記注意自身安全，速戰速決。」

「我知道了，妳放心吧。」沈懷孝本還想說點私房話，終究沒說出口。

見她這陣子老皺著眉頭，萬事都擔在肩上，他雖然擔心，卻也無能為力。許多事情，他只能知道個大概，更別提為她分憂了。現今，他只能做一點自己能管得著的事。

蘇清河讓張啟瑞將沈懷孝送出宮，自己躺在榻上倒是怎麼也睡不著。她將事情推演了一遍又一遍，總覺得似乎漏掉了什麼。

打聽黃斌和無塵的人一直沒有消息傳來，她也無法從兩人的生活軌跡上，猜出兩人的行事規程，心中越想越覺得煩亂。

現在的做法，只能不停地斬斷黃斌的臂膀和退路，一步一步逼著他跳出來。但這樣做卻如同在玩火，一不小心，就會傷了自己。

可如今箭在弦上，不得不發，只能看誰棋高一著了。

她透過窗戶，看向外面漆黑的夜，誰也不知道在這樣的黑夜中，到底掩蓋了多少齷齪。

丞相府

黑衣人恭敬地站在黃斌的面前。「主子，別院一切都好，屬下也將屍骨全帶出來了。該如何安置，還請主子示下。」

「好好地收殮，就放在你身邊吧。」黃斌的臉上有些悵然。

「是。」黑衣人躬身道：「耶律虎在試圖聯繫諸葛先生，主子，要回應嗎？」

「耶律虎……」黃斌的臉上露出幾分不易察覺的冷意。「只怕，他也是別有用心啊。」

「屬下這就斬斷與他的聯繫。」黑衣人馬上道。

「晚了。」黃斌呵呵一笑。「你以為太子和蘇清河不知道咱們跟北遼的關係嗎？既然知道，怎麼可能不用一用耶律虎，他們這是要逼著老夫動手啊。」

「那咱們還等什麼？」黑衣人不解地道。

「如今四面楚歌，咱們想走也走不了了。老夫這些年最大的依仗是什麼，你不知道嗎？」黃斌呵呵一笑。「老夫的手裡有聖旨，最大的依仗就是老夫所做的一切，合理又合法，這也是皇帝顧忌老夫的原因。若老夫主動逃走，可不就是丟棄了這份依仗？這麼蠢的事情，老夫不會去做。」

「可是，府裡的公子、小姐是不是也該送走了？若不然，到非走不可時，還拖家帶口的，可走不開啊。」黑衣人焦急地建議道。在他看來，既然已經撕破臉，還不如金蟬脫殼，先走了再說。

「他們只要按部就班地過活，就給咱們贏得了時間。」黃斌語氣淡淡的，彷彿說的是別人一般。

是要捨棄這一大家子的意思嗎？這也太涼薄了！黑衣人頓時全身汗濕了起來。

「別忘了老夫的師傅是誰。」黃斌呵呵地笑起來。「老夫的師傅可是無塵大師。這位大師，他是一位和尚啊，你指望一個和尚教出來的徒弟，會有什麼顧念？」

黑衣人抬頭看著黃斌，只覺得他的聲音裡透著一股淒涼。他不敢再說話，靜靜地退了下去。

緊接著，門簾被掀開，一個一身灰衣的中年人進來，默默地給黃斌添上熱茶，又退了出去。

黃斌連頭都沒有抬，就知道他已經習以為常了。

到了深夜，黃斌睡下了。

啞奴這才吹熄了書房的燈，像往常一樣回到他的屋子。

他雖不能說話，但因為在書房伺候的緣故，沒有人會苛待他，所以房間很是寬敞。

他像往常一樣梳洗完，準備鋪床就寢。突然間，床鋪上的一個小小木牌引起了他的注意，他的手禁不住顫抖了起來，眼前也模糊一片。

小姐！是小姐！二十多年了，小姐，妳過得還好嗎？

他伸手將木牌拿起來，緊緊地攥在手裡，眼前閃現夫人臨死前比劃的那幾個字——照顧好我的女兒。

他的命是夫人給的，因此他這輩子就只有兩件事要做，一是照顧好小姐，一是為夫人報仇。而今，報仇的機會終於來了。

他轉過身，慢慢地走過去，熄滅了屋裡的燭火，再回去坐在床沿上，等著暗處的人現身。

龍鱗從暗處走了過去。「有人讓我來找你，說你手裡有我需要的東西。」他的聲音直接傳入啞奴的耳朵裡，透著一股壓迫感。

啞奴站起來，走到龍鱗面前，伸出手來。

龍鱗心中明白，便把手掌攤開，伸到他的面前。

啞奴抓住龍鱗的手，在上面一筆一畫的寫起了字。

我家小姐還好嗎？

「好。」龍鱗低聲答道。

我這裡有一樣東西，十分重要。

「什麼東西？」龍鱗的聲音透著急切。

聖旨。

龍鱗的呼吸一下子就急促起來。「在哪兒？」

我有條件。

「但凡我能做到的，沒什麼不能答應你的。」龍鱗深知這東西的重要性。

黃家的事，不要牽扯到我家小姐，也不要牽扯到誠親王。黃斌一直將他們當作棋子，那些事，跟他們毫不相干。

「你和貴妃娘娘還真是感情甚篤。娘娘在宮裡二十多年，從沒有向陛下開口求過什麼，哪怕是為了誠親王，也不曾開過口。唯一一次開口求情，就是為了你，她希望你能活著。」

話一說完，龍鱗就感覺到了他的手指在微微地顫抖。

「你放心，黃家的事與娘娘並不相干，跟誠親王更沒有什麼關係，否則，娘娘不會找陛下說出黃家的秘辛來。」龍鱗頓了頓，道：「你還有什麼要求沒有？」

我要用黃斌的人頭祭奠夫人。

「我答應你。」龍鱗痛快地點頭。

等一下。

寫完這幾個字，啞奴就將衣服下襬撕開，抽出一張絹帛來，遞給龍鱗。

龍鱗握在手裡一摸，就知道是真的。

「你拿走了聖旨，不怕被黃斌發現嗎？」龍鱗皺了皺眉，心想啞奴怎麼將聖旨拿出來，卻沒引起黃斌的懷疑。

黃斌的疑心太重，他做了好幾份假的，分別藏了起來。這些假的足以亂真，但是每一份我都偷偷地在上面做了記號。幾年前，我就已經將假的與真的相互調換了，而那些放置假聖旨的地方，也都刻意引了火，讓假聖旨都燒成灰了。

「好乾淨的手段！」龍鱗點點頭。「處理乾淨就好。多保重，我的人會在暗處護著你。」

你把人都撤走，我才能更安全。

想來，黃斌身邊的暗衛，也都是高手中的高手。

龍鱗不再多話，點點頭，迅速地離開了。

啞奴若無其事地躺回床上。既然聖旨已經交出去了，黃斌就一定會受到制裁。目下自己就算是死了，也沒什麼可牽掛的了。

乾元殿

明啟帝看著手裡的聖旨，檢查了幾遍，才輕輕地嘆了一口氣。「這東西依舊是個贗品。」

龍鱗拿起來細看。「從哪裡看出來是假的？」

明啟帝笑著指向上面的「海」字。「先帝的生母閨名中，有一個『敏』字，所以先帝每次寫到帶有『每』的字時，總會有一些微微的差別，他這是在避尊者諱。但因為他生母身分不高，不好添一筆或減一筆，只能在落筆時稍稍壓一壓，不細看，是看不出來的。不知道的人，也不會注意到這一點。」

「那啞奴豈不是危險了？」龍鱗皺眉道。

明啟帝沈吟道：「打發人去將黃斌的書房翻一翻，然後直接將啞奴打量帶出來。」

「黃斌會以為是咱們急著找到聖旨，才不惜帶走近身伺候的人。」龍鱗沈吟道。

「他也有可能順便檢查一下真的聖旨，是不是還在。」明啟帝看著龍鱗一笑。

「只有他能帶著咱們找到真的聖旨。」龍鱗心情大好。「而且，這個啞奴知道的東西只怕也不少，不是完全沒有價值。」

明啟帝點點頭。「去吧，這次別辦砸了。」

龍鱗應了一聲，迅速地退了下去。

第一百三十一章　妙計

黃斌看著被翻得凌亂的書房，臉色有些陰沈。

居然有膽把手伸進他的書房……看來他不發威，還真有人把他當成了病貓。

「相爺，啞奴不見了。」諸葛謀站在黃斌的身後，小聲道：「房裡沒有打鬥的痕跡，被子是攤開的，也沒有掙扎過的跡象。他若不是自己離開的，就是被人擄走的。」

黃斌的臉色更陰沈了幾分。「啞奴沒地方可去，不會自己走的。況且他自小在老夫身邊長大，要走也不會現在才走。」

「那就是被人帶走了。」諸葛謀有些心驚膽戰。「對方用的應該是迷香，很是下三濫的手段。這東西要是用在相爺身上，那可就大不妙了。」

黃斌點點頭，確實下作，但是想用到他身上，也不是那般容易的。因為除了他自己，誰也不知道他晚上會住在哪裡。丞相府裡有暗道連通至別處，他才不會安安穩穩地在同一個地方睡覺呢，這不是找死嗎？

不過，這也給他提了個醒，以後還得更加謹慎小心，他可沒忘了蘇清河的醫術。醫毒一向不分家啊，指不定什麼時候他就被算計了。

這書房裡沒什麼要緊的東西，要緊的東西也從來不放在明面上。所以，黃斌倒不在意是不是丟了什麼，只在意有人闖進了自己的地盤。

不給他們一點教訓，看來是不行了。

「相爺，您看看丟了什麼沒有？」諸葛謀簡單地收拾了一下書房，問道。

「都是些無關緊要的東西，不打緊。」黃斌應了一聲，抬頭看了諸葛謀一眼。「這兩天要是有時間，去見見耶律虎吧，先支應著他，老夫還沒想好怎麼用他。」

「可是耶律虎只怕被人盯著呢。」諸葛謀皺眉道：「雖然皇上知道咱們跟北遼之間有聯繫，但說到底沒有證據，在下這一湊上去，可就是現成的把柄。」

「你不湊上去，別人也會想辦法湊過來，這個把柄，太子一定是要拿到手的。那麼，咱們不如順水推舟一把，將把柄交給他，讓他發難。不過最後究竟誰算計誰，還不一定呢。」黃斌笑得有些深沈與猙獰。

「相爺的意思是耶律虎已經跟太子合作了，這次找咱們，就是挖坑等著咱們跳？」諸葛謀不敢置信地道。

「要不然呢？」黃斌不屑地道：「耶律虎是什麼人，別看他一副武夫的樣子，其實心思頗為縝密，他慣常粗中有細，什麼時候如此冒失過？他是遼國的北院大王，來到大周後，完全可以光明正大的上門拜訪老夫這個丞相，為什麼卻突然偷偷摸摸了起來？」

「耶律虎真是豈有此理。」諸葛謀怒道。「咱們可是有合約在的，他這是背叛。那些糧食、鹽和鐵器，可不是白給他們的。」

「他不蠢，他精明就精明在一方面跟太子合作，另一方面卻透過這樣不合情理的接觸，暗地裡給咱們通風報信。他這個小滑頭，是誰都不想得罪呢。」黃斌眉頭一挑，有些嘲諷地道。

「腳踩兩條船，他倒是打好算盤。」諸葛謀皺眉道：「就是不知道太子給他開出了什麼條件？」

「能吃兩份，你憑什麼要求他只吃你這一份？人為財死，鳥為食亡，太子那裡，必然有讓他動心的東西，這不奇怪。」黃斌用手指輕輕地叩著桌面道：「但咱們比太子占優勢的就是，咱們瞭解耶律虎，太子卻未必瞭解。咱們知道耶律虎跟太子合作，但太子卻不知道耶律虎依然與咱們是合作的關係。在這一點上，耶律虎還是很分得清的。他知道太子用他一次就會撇開，但跟咱們合作則不會，咱們需要北遼的戰馬，北遼也需要咱們手裡的物資。從咱們身上能獲得的利益更多，他何樂而不為呢？」

「果然是在草原上馳騁的梟雄。」諸葛謀讚了一聲，回道：「既然如此，屬下會謹慎地與他接觸。」

黃斌點點頭。「在恰當的時候，記得給他一些好處就是了。如今咱們最不缺的，就是海鹽。」

「是。」諸葛謀猶豫地道：「不過，這傢伙估計是不會放棄與東宮的合作。」

「不需要他放棄，讓他按照東宮的指示辦吧。」黃斌颯然一笑。「老夫也該教教東宮一些道理了。不出手調教一二，太子就不知道人外有人、天外有天。看來東宮也是被皇上給慣壞，過得太順遂，已經不知道什麼是分寸了。」

諸葛謀點點頭，斟酌了半天才道：「大駙馬那裡，沈家只怕已經知道了。江氏……」

黃斌揮揮手，沒有讓他繼續說下去。「你先下去吧，老夫自會安排。」

待諸葛謀退出去之後，他才朝暗處招了招手。「關於別院，江氏知道多少？」

「她從沒出過別院，但她到別院的時候已經記事了，而且她是第一個從別院走出去，卻又恨別院的人。前些年，她為了找到她的孩子，曾私下找過別院的位置，只是沒找到，無功而返，但從她找的範圍看，她心裡應該有些底。她派去的人一直在找靠山的別院，也在找槐樹林，有這些特徵，如果大張旗鼓地找，咱們想要隱藏，只怕也是不容易。」角落裡傳來低沈的聲音。

黃斌點點頭。「她一向很有腦子。」

「若不是她恨上了主子，其實這些年，她一直忠心不二，算是十分難得的。」暗處的人感嘆。

黃斌想起那個總是孺慕地看著他的小姑娘。每次見到他，她總是提著裙襬，第一個跑過來迎接。

他看得出來，她把自己當作父親，事實上他也確實是她的父親。在這麼多孩子裡面，他陪伴最多的其實就是這個女兒。

他的女人很多，能讓他記得住的，就是自己的結髮妻子，和那個對自己傾心相待的青樓女子。

「看來老夫真的是老了，總想起已經逝去的人。」黃斌自嘲地笑起來。「等老夫到了地底下，再向她們磕頭請罪吧。」他抬起雙手，用掌心抹了一把臉，使勁地搓了搓，才道：

「既然江氏知道別院這麼多信息，你說她會不會告訴沈中璣？沈中璣會不會告訴沈懷孝？說不定，沈懷孝已經找過去了……你別忘了，咱們山腹中的密道，已經暴露了。他在京郊要是找不到，會不會想到山的另一邊呢？」

「您是說，別院危險了？」暗處的人嚇了一跳。

「趕緊傳信吧。」黃斌揉了揉額頭。「先把人撤走再說，希望還不晚。」

「是。」暗處的人應了一聲。

剛要離開，就聽黃斌道：「江氏留不得了，讓她去跟她的母親團聚吧。至於大駙馬……」黃斌冷笑一聲。「隨他去吧。他知道的，實在有限。」

暗處的人低低地應了一聲。

沈懷孝怕打草驚蛇，只帶著沈大和暗七，直接從山腹中的密道走了過去。密道的最後一段，必須靠著竹筏子划出一條地下河，這就跟江氏所描述的臨近水邊是一致的。

「都小心點，這個地方十分隱秘，只怕出口的地方也有人在暗地裡監視著，一個不小心，咱們可能一露面就洩了蹤跡，那可就什麼都幹不成了。」沈懷孝叮囑二人，自己也打起十二分的精神。

三人都是高手，想覺察出是否有人盯著，是一件輕而易舉的事。

在出口附近留心觀察了一陣子之後，確定無人把守，他們才走到岸上。

根據江氏提供的消息，他們要找的是一片面積很大的槐花林。槐樹到了夏末秋初，已長出了莢，只要風一吹，響聲跟別處是不一樣的，因此找起來並不困難。

當沈懷孝找到這片槐樹林時，心就放下了一些，看來找對地方了。

「暗七，招呼你的人過來吧。」沈懷孝怕耽擱時間，現在要拚的可就是誰的速度更快一些。

暗七馬上傳遞出只有暗衛營才知道的信號。

此時，沈大已爬上一棵頗為高大的槐樹。他在上面觀望了一下，才道：「東北方有一大片屋舍。」

沈懷孝眼睛一亮。「看來那裡就是江氏所說的別院。不過，駐守此地的官員，難道一點也沒發現異樣嗎？」

暗七沈吟半天才道：「駙馬爺，咱們還是先別靠近。」

沈懷孝不解地問：「為什麼？」

「根據在下的經驗，別只盯著要找的目標，還必須看看周圍的環境，是不是刻意營造出來的假象？就好比那一片屋舍中的百姓，可都有些蹊蹺呢。您看那槐樹林，如此大一片，槐樹上的莢也多，樹枝卻沒有絲毫的毀損，這不奇怪嗎？槐花在春天可是能果腹的東西，為什麼沒人來採摘？這裡的百姓已經富足到這種程度了？即便富足，又怎會連個想嚐鮮的人都沒有呢？」暗七指著槐樹林道。

沈懷孝仔細地看了看，頓時冷汗直流。不細想還不覺得有哪裡奇怪的，可仔細思考後，越想越覺得暗七所言合情合理。

這山下的屋舍和村子，在他的眼裡，瞬間變得猙獰起來。

三人小心地退回山腹之中。

暗七問道：「駙馬爺，您看如今該怎麼辦？」

那些人少說也在這裡生活幾十年了，這個地方就是他們的領地，任何一個外來的人，都休想在這樣的地方藏身。可若是為了避免他們妨礙駙馬爺辦事，而將他們趕盡殺絕，卻也會引來地方官的注意。這件事說起來，還真是不好辦。

沈懷孝哪裡不明白這個道理。這已經不是殺人就能解決的問題了，至少，在外人眼裡，這裡就是一個繁衍了幾十年的村子。

「要不要先回宮請示一下？」暗七有些焦急。

「時間來不及了。」沈懷孝轉頭看向沈大。「你馬上回府，去公主的藥房，將貼著紅籤子的藥箱拿過來，要快。」

沈大沒有猶豫，看了暗七一眼。

暗七點點頭，知道他這是在擔心沈懷孝的安危，就道：「你放心，有我跟兄弟們守著，不會讓駙馬爺有事。」

沈大這才放心，轉身就離開了。

暗七看著沈懷孝，斟酌道：「駙馬爺，你是想用迷藥嗎？這東西只怕不成。這裡的人可都是藏龍臥虎，手段跟咱們暗衛營的應該差不了多少。一般的藥對他們或許沒用，而且，也容易打草驚蛇。」

沈懷孝點點頭。「放心，不是迷藥，是公主新配的藥。」

「什麼藥？」暗七有些不安地道。公主的藥能對付這裡的人，將來也能對付他們這些暗衛，讓他有些忌憚。

沈懷孝謹慎地道：「這藥還沒有在人的身上試過，實際會是什麼效果，如今也不好說。但願好用吧。」

沈大從密道走，來回一趟也就兩個時辰。

等沈懷孝和暗七休息夠了，沈大也回來了。除了藥箱，這小子還帶了幾隻烤雞、一大包醬牛肉和一些燒餅。

沈懷孝馬上打開藥箱查看。

「主子要的東西在裡頭嗎？」沈大問道。

「沒錯，就是它了。」沈懷孝的神色有些複雜，但願蘇清河的藥一如既往地好用。

待他們吃飽喝足後，暗七便湊過來，卻始終不敢碰那個藥箱子。「如今咱們該怎麼做？」

「找個上風口。」沈懷孝站起身來，就往出口走。

「不打算偷偷把藥撒到井水裡嗎？」暗七問道。

「就像你說的，太容易打草驚蛇了。」沈懷孝邊走邊道。

「可風再大，也可不能把藥粉吹到人家鼻子裡去。」暗七皺眉道。

沈大卻眼睛一亮，想起遼東衛所小院裡的那幾堆火。「主子，您是想要……」

沈懷孝點點頭。「這裡是山林，偶爾引發山火是很正常的事。潮濕的樹木一旦燒起來，濃煙滾滾，只要是人，只要他需要呼吸，就免不了中招，誰也別想例外。」

「可下風口不止那個村子，若是別的地方也……咱們可就吃不了兜著走了。」暗七驚道。

「這東西不會害死人。」沈懷孝搖搖頭。「吸了這個藥粉，就如同疫病一般，會發熱、上吐下瀉，但是要不了人命，不服解藥，一個月自會痊癒。而且在遠處的村鎮，粉塵的吸入量想必也不多，可能只會有輕微的症狀，正好給咱們打掩護，省得到時候只有這個村子有疫病，才會引人懷疑。」

「可是，這火一燒起來，緊接著人就病了，一樣很蹊蹺。」暗七還在想著是不是有更妥當的辦法？

就聽沈懷孝輕笑一聲。「放心，這玩意兒有三天的潛伏期，根據每個人身子的狀況不同，發病時間也有早有晚。正因為這點差異，才更像是被先後傳染了疫病。」

暗七心裡驚詫，看來果然是他多慮了。這藥還真是厲害，他一時有些不好意思。「是在下想多了，還請駙馬見諒。」

沈懷孝不在意地道：「你處事周全，這很好。」

三人小心地來到上風口的位置，將枯枝爛葉堆了好幾堆。

沈懷孝摸出解毒丹，遞給沈大和暗七。「先服下，以防不小心中招。」

火慢慢地燒了起來，直到四周的樹木都被引燃，沈懷孝才將藥撒下去，緊跟著三人馬上撤離。

暗七這時候才發現，沈懷孝選的地方十分周全。

那是一處灌木叢，周圍都是亂石，這樣的地方足以讓火燒起來，但又不至於引發更大的山火。想來山下的人看見濃煙，也不會上來查看，這周圍的地形村民們都熟悉，知道那個地方不會出大亂子。

李嬤嬤站在院子裡，眺望遠處的山梁。「怎麼燒起來了？」

紅葉快速地將院子裡晾著的衣服收起來，以防落上灰塵。她低聲回道：「看著應該無事。」

李嬤嬤看了紅葉一眼，也沒回話。

其實她對紅葉，多少是有些心結的。自從自家小姐死後，她帶著慧姊兒，被人安排住進這裡，就見到了等在這裡的紅葉。

紅葉不是應該陪著小姐嗎？怎麼會出現在這裡？而且，這裡是小姐交代過的，是慧姊兒親生父親的地盤，紅葉是如何找來的？

她雖然年紀大了，可人還不糊塗。這個村子，處處都透著怪異。

這裡的人從來不跟別處的人結親，新嫁進來的幾個年輕媳婦，也沒一個說得清自己的娘家的。不是說自小被拐帶出來，就是說被爹娘賣了。她們都有一個特點，那就是說不清楚來歷。

整個村子的人，也沒有人追根究柢，好似這是再正常不過的事情。

村子看起來很熱鬧，一片繁華。

但她老婆子眼不瞎，心更不瞎。客商來來往往的就那麼幾個，連賣菜的商販也不在乎多一文錢，還是少兩個銅板。

賣包子的天天只賣一籠，掙得三、五個銅板，根本就換不了一斤粗糧，怎麼可能養活一家子？

李嬤嬤這大半年來，那真是提心弔膽。在她眼裡，這裡的人與其說是人，倒不如說是鬼，見不得人的惡鬼。

李嬤嬤不止一次地想，自家的小姐高玲瓏死了，可高家還在，說不定逃出去求高家的庇護，還能為慧姊兒找到一個真正安身的地方。

紅葉心裡苦笑。她不知道該怎麼跟李嬤嬤解釋自己的情況，她也是不得已的。

慧姊兒跌跌撞撞地從屋裡跑出來。「嬤嬤，外面怎麼了？」

這一陣濃煙飄過來，確實有些嗆人。

「姊兒不怕。」李嬤嬤將慧姊兒摟進懷裡。「咱們進屋去，外面嗆得很。」

慧姊兒乖巧地點點頭。「嬤嬤，我娘什麼時候回來？」

李嬤嬤的眼淚差點下來。小姐一定不知道，她們如今落進了虎狼窩裡。她覺得自己對不住小姐，要真是讓慧姊兒在這裡長大，那可就毀了。

她把慧姊兒摟在懷裡。「快了，姊兒乖乖的，夫人就回來了。」

紅葉端了晚飯過來，李嬤嬤一口一口的餵慧姊兒吃了。

半夜，李嬤嬤覺得懷裡滾燙，原來是孩子發起了熱。

村子裡是有一間藥鋪，但李嬤嬤卻不信任那裡的大夫。

她趕緊將孩子的衣服穿好，然後用小被子裹了，往外面跑去。

外間，紅葉躺在床上，面色也有些潮紅。

李嬤嬤心裡一驚。難道紅葉也發燒了？可這也太巧了。

她想起晚飯時慧姊兒吃了半碗蛋羹，剩下的都是紅葉吃了。

難道有人要害慧姊兒？

第一百三十二章　疫病

李嬤嬤心裡一驚。她可不能讓孩子死在這裡。

外面並不是一片寂靜，有些腳步聲傳來。以往晚上也不安寧，只是今晚尤其特殊罷了，從外頭傳來的腳步聲有些雜亂且匆忙。

李嬤嬤不敢輕易逃跑，她抱著慧姊兒一路往藥鋪去。哪怕不信他們，她也要做出一副樣子來。

沒想到此時藥鋪燈火通明，人滿為患。雖然眾人都靜悄悄地等著看診，但他們的情緒明顯有些焦躁。

發病的多是一些孩子和老人，面頰通紅，神色萎靡。

這麼多人同時發病，還是同一種症狀，這怎能不叫人心驚？

藥鋪的掌櫃是一個四十多歲，看起來頗為儒雅的中年人，他面色有些發沈地盯著給病人看病的大夫。

在大夫又一次搖頭的時候，他的眉頭狠狠地蹙了一下。

李嬤嬤靜靜地看著，不敢出聲。這裡的病人沒有一個主動詢問自己病情如何的，這讓她的心不由得一點一點地往下掉。

果然，最後眾人都只是被打發了一包藥而已。

李嬤嬤抱著孩子，提著藥包回來了。

她將孩子安置好，又去看了看紅葉的症狀，心裡就咯噔一下。

藥鋪給的藥材只是普通的治療風寒的藥，可是紅葉和慧姊兒絕不是一般的風寒。

但剛才在藥鋪，大夫給藥的時候，卻沒有一個人質疑。這些人不是不懷疑，而是他們有他們的規矩。

李嬤嬤眼睛閃了閃。這症狀其實跟她曾聽過的疫病有些類似，再不醫治，恐怕真要把慧姊兒的命搭在這裡了。

與其留下來等死，倒不如拚一把。

李嬤嬤從屋裡出來，朝大山的方向看了一眼，她得帶著慧姊兒掙出一條命來。

既然下定了決心，也就不再猶豫。她將慧姊兒包好，綁在自己身上，銀票她一直是貼身藏著的，這屋裡也沒什麼值得她留戀的地方了。

紅葉睜開眼睛看著李嬤嬤，她知道李嬤嬤要幹什麼。

李嬤嬤轉過身，和紅葉靜靜地對峙。

紅葉露出一個虛弱的笑意。「從咱們院子出去，左轉有一條小路，那裡住著的人是晚上上工，因此晚上屋子裡是沒人在的，只要小心點，就不會被人發現。等出了巷子，就是一座橋，嬤嬤別從橋上走，直接從橋下過去，水不深，只到小腿處。妳別上岸，就沿著水邊的草地走，不過二、三里路，就到後山山腳下了。進了後山，一切就看姊兒的命數了。」

李嬤嬤吸了吸鼻子。「妳自己也保重。」

紅葉點點頭。「廚下有饅頭，嬤嬤帶著，別餓著慧姊兒。」

李嬤嬤硬下心腸，直往外走，一出了門，眼淚就落了下來。

她也不問紅葉是怎麼知道這些的，因為她心裡隱隱有些猜測。以往紅葉都是晚上出去，半夜才回來，回來就一個勁兒地擦洗身子，想來，她是用自己的身子，打探來了這樣的消息。

她把慧姊兒往懷裡摟緊了，狠下心，悄悄地走出院子。

這個村子連狗叫聲都沒有，安靜得好似墳墓。偶爾有幾盞白燈籠晃過，是巡邏的人。

李嬤嬤打生下來就是奴才，從學走路起就知道要怎麼走路才能不打攪主子。論起輕手輕腳，她也算得上是高手中的高手。

這段路顯然是被紅葉踩過一遍的，順利得讓人不敢想像。

等到了山腳下，她疾步躦進了樹叢裡，這才敢坐下來，狠狠地喘了口氣。

只要離開這裡，她身上有銀子，天底下還有哪裡去不得？

李嬤嬤把手伸進小被子裡，發現慧姊兒身上的燒並沒有退下去，但是也沒有進一步惡化，讓她心裡鬆了一口氣。

她不敢在這裡停留太長的時間，等天一亮，恐怕就會有人發現她不見了。

這裡面的人絕對不想有人將他們的事情宣揚出去，因此一旦被逮住，等著她的就是死亡。她還沒有將慧姊兒撫養長大，她還不能死。

撐住這口氣，李嬤嬤踉踉蹌蹌地往山上去。山上雖危險，但山下的人比起惡狼，卻更為恐怖。

這條路，可是紅葉用自己身子換來的……想起紅葉，李嬤嬤心裡就再也沒有恐懼。

她不知道走了多遠，只覺得身上似乎越來越熱，步子也愈加沈重起來。

慧姊兒就綁在她身前，她怕自己暈過去會將孩子壓著了，便縮在兩塊大石頭的夾縫裡歇息一會兒，如此，才覺得安全了些。

晚上的山林充斥著各種奇怪的叫聲，趕路的時候她專注在腳下，也沒太過留意。這時候一靜下來，才發現這些聲音瞬間放大了許多。

當李嬤嬤感覺到身後有東西靠近的時候，她已經沒有力氣逃了。她越是害怕，喘息聲就越大。

此時身後傳來一聲：「外面是什麼人？」

李嬤嬤心裡一驚，同時又是一喜。太好了，不是虎狼，而是人。

「救命。」李嬤嬤的眼皮越來越重，她不敢暈過去，她得看看來的人是誰。

在山洞裡的不是別人，正是從山腹之中逃出來的那位少主。

他藏身此處，沒想到會碰見人，聽聲音是一個年紀不小的女人，是他從沒有聽過的聲音，那麼，她肯定不會認識自己的。

聽那女人的聲音，似乎病得很重，想來不會威脅到他。

那些山石是自己堆在洞口防野獸的，要從裡面推開並不難。

李嬤嬤覺得自己身側的石塊鬆動了，她的身子再也撐不住，向一旁倒去。

少主將李嬤嬤拖進山洞，又將石塊歸位，轉過身來，才發現李嬤嬤的懷裡用布包裹著一個孩子。

山洞的一邊是用石塊堆起來的簡易灶臺，裡頭還有沒燃盡的餘灰，明明滅滅，只剩下一點微微的熱度。

他怕這個女人跟孩子會冷，趕緊又添了乾柴，不一時，火就燒了起來，山洞裡馬上亮堂了。

他小心地將孩子從李嬤嬤的身上取下來，就見那孩子是個四、五歲的小姑娘，臉紅彤彤的，似乎在發燒。

他將孩子安置在火堆邊的稻草鋪上，又去安置李嬤嬤。

灶臺上放著瓦罐，水還是溫熱的。他用木勺子舀了水，想給孩子餵一些。

孩子牙關緊閉，一點也喝不進去。他不知道是因為孩子病得重了，還是自己餵的方式不對，水從孩子的嘴角流到了脖頸，把衣服和領子都弄濕了。

他趕緊放下勺子，將孩子的衣服解開一些。領子一揭開，發現孩子的胸前露出一塊玉珮來，他頓時就愣住了。

這塊玉珮，他認識！是黃斌假借自己的手，送給高玲瓏的，而如今，這枚玉珮在這個孩子身上，他心裡瞬間就明白了。高玲瓏一直以為跟她發生關係的人是自己，那麼，她必然也以為眼前的這個小姑娘，是自己的女兒，才會將玉珮掛在這個孩子身上。

他心中有些複雜難言。

李嬤嬤一睜開眼，就看到一個年輕的男子坐在火堆邊，手裡拿著慧姊兒的玉珮，似笑非笑，似哭非哭。

她心裡不由得咯噔一下。難道這個人認識自家小姐？可這塊玉珮，不是只有慧姊兒的爹識得嗎？

她緊張地問道：「恩人，你看過這塊玉珮嗎？」

少主抬起頭道：「這個小姑娘，跟高玲瓏是什麼關係？」

果然！李嬤嬤如今也無心去驗證此人跟自家小姐的關係到底是友是敵，只能賭運氣了。「老奴是咱家小姐的奶嬤嬤，這個孩子，是咱家小姐的親骨肉。」

「這塊玉珮是誰的？」少主試探道。

「是這孩子親生父親的。」李嬤嬤看著這位青年的臉，緊張地道。

「這塊玉珮……原本是我的。」少主呢喃道。

李嬤嬤詫異地睜大眼睛。「那你是慧姊兒的父親？」

少主猛地睜開眼，看向李嬤嬤，又轉頭看向躺在一旁的孩子。

父親嗎？儘管他知道自己不是，但若能有個小姑娘叫自己父親，應該也是不錯的。否則，這個孩子要是落在黃斌的手裡，只怕會跟他是一樣的命運，被囚禁起來，然後如同養豬、養狗般地養大。

他伸出手，摸了摸孩子的額頭。「是的，我是她的親生父親。」

李嬤嬤不由得鬆了一口氣。「您……您不是安排咱們住到了村裡，您怎麼會……」

看這位青年的樣子，明顯是在山林裡生活了好一段時間。

少主眼睛一閃，一副不欲多言的樣子。他沒有回答，卻問道：「在村子裡不安全嗎？要不怎麼半夜帶著孩子出來了？」

李嬤嬤將村裡的事情說了。「那村子實在詭異極了，許多人都出現了同樣的病症，卻不吭一聲，只是拿了藥就走，也不管那藥是不是有效。老奴怕這是疫病，而慧姊兒也染了病，急需找大夫。老奴都活到這把年紀了，如今又把孩子交託到您手上，就算死了也沒什麼好牽掛的。只是孩子還小……」

「妳是說村裡很多老人和孩子，都是一樣的症狀？」少主打斷她，問道。

「是啊。」李嬤嬤喘了口氣道。

「是在大火之後吧？」少主眼裡閃過一絲流光。他的鼻子向來敏銳，當然知道那場火有蹊蹺，火一起，他就知道黃斌的好日子快到頭了。

李嬤嬤詫異地點頭。「是……」難道這場病跟大火有關？

少主的目光看向洞口，然後站起身來，搬開石塊，走了出去。

他的目光落在一棵樹上。「我知道你一直在盯著我，我還知道你不是黃斌的人，黃斌可不會任由我活下去。你們想從我身上得到什麼的話，可以，我現在就跟你們做一筆交易。只要替我救這兩個人，我也不會讓你們失望的。」

初秋時候，山林中的風，帶著點點冷意，少主一直保持著仰頭的姿勢，看著十多尺外的樹上。他自小長在山腹中，別的本事沒有，就是特別敏感，在黑暗裡觀察事物的本事，他比這些所謂的暗衛更加嫻熟。

他知道這一夥人對他沒有惡意，這一點他感覺得到，所以才這般理直氣壯地站出來談條件。

他一個手無縛雞之力的書生，在這叢林中生活了這麼些個日子，若沒有人在暗中照拂，是無論如何也活不下去的。他拿石塊砸野雞，用木棍打野兔，每每都能有所斬獲。而他看到撞死在樹樁上的野物，也不是一回、兩回了。想來，都是這一夥人所為。

良久之後，樹上才傳來聲音。「等著。」

少主的嘴角露出笑意。他知道樹上的人是作不了主的，還得向上面彙報。

回到山洞裡，他給李嬤嬤端了水過去。「妳安心吧，孩子不會有事的。」

李嬤嬤早就聽到外面的動靜，心裡不由得顫了顫。如今，還是先保住慧姊兒的性命要緊，至於其他的，多想也無用。

龍鱗收到關於少主的消息時，愣了一下。大半夜的，他沒有打攪明啟帝，決定自己處理這件事。

而暗七傳回來的消息，他也已經知道了。對於沈懷孝的手段，他是認同的，倒是沒想到一把火，會把高玲瓏留下的孩子，給送到了那個人眼前。

他皺了皺眉。一個小姑娘罷了，還影響不了大局，他本來就沒打算為難一個孩子。如今，他更在意的是那個已經逃出生天的人，手裡到底握著什麼？

一想到這個人也算是黃斌養大的，對黃斌的性情可謂瞭解甚深。

他不再猶豫，直接起身，想去會一會這個人。

龍鱗趕到山上的時候，已經接近黎明。

少主坐在火堆邊上，靜靜地等待著。

「我來了。」龍鱗看著低矮的洞口，小聲道。

少主嘆了一口氣，才起身朝外走去。眼前的人雖然只露出一雙眼睛，但他知道這是個能作主的人。

「我知道你能救她們。」他看著龍鱗道。

龍鱗點點頭。這個人比他想像的還要聰明，居然已經意識到那火堆有問題。「那得看你拿不拿得出有用的消息。」

「你對我並無惡意，甚至還有幾分關懷。」少主看著龍鱗。「我不知道這是為了什麼，但我心裡猜測，可能跟我的身世有關，也跟我識時務有關。若不是我作出了正確的選擇，只怕不會像如今這般輕鬆。」

龍鱗沒有說話，對他說的話不置可否。

「我除了要你救她們，還要你給我安排一個不打眼的身分。我想，這些不算過分吧？」

少主又問。

「這得看你給我的是什麼。」龍鱗淡淡地道。聲音裡沒有絲毫的波瀾。

「我手裡有先帝留給黃斌的聖旨。」少主低聲道。

「怎麼可能在你手裡？」龍鱗的聲音裡帶著驚詫。

「原來你知道聖旨的事。」少主輕輕一笑。「不會是已經從黃斌那裡偷了一次吧？」他幸災樂禍地笑。「我猜，你們一定發現聖旨是假的了。能讓你們費心弄出來，想必是有了八成把握才動手的。可一旦發現是假的，你們一定會認為黃斌狡詐。但事實上，黃斌手上全都是假的聖旨，真的早就被我換了出來。」

「你？」龍鱗有些不信。

「你以為那些假聖旨是誰偽造的？我從六、七歲開始，就臨摹那幾個字，早已經爛熟於胸了。」少主有些嘲諷地笑。「黃斌怎麼可能讓別人握住他的把柄？自然是我這個被他圈養的人更可靠。等我能做到以假亂真的時候，連黃斌也分不出真假了。」

「不可能。」龍鱗斬釘截鐵地道：「皇上能看出來，黃斌自然就能看出來，你糊弄不了他。」

「你是想說那個『海』字？」少主嘲諷一笑。「那個字我模仿得沒有任何問題。皇上能認出來，根本不是根據字體，而是玉璽蓋上去的印章。這一點秘密，只有皇上才知道，你即便作為最親密的心腹，也有不能讓你知道的事情。我是揣摩了太長的時間，才窺破一二，但也只是一二，更多的，我就不知道了。我相信，你也不想知道。」

龍鱗頓了頓，這種情況是有可能的。他心裡倒沒有不適，皇家的秘密本來就多，他表示理解，並且坦然接受。

「東西在哪兒？」龍鱗問道。

少主伸出手。「解藥。」

龍鱗從懷中摸出瓷瓶，這是百毒丹，雖不能完全解毒，但能緩解症狀。「服用後退燒，人也會清醒。但想要完全無礙，我得先確認你手中的聖旨是真的，再讓人給你送藥。」

少主點點頭。「可以。」他從腰帶裡抽出一份絹帛，遞給龍鱗，也順手接過了解藥。

龍鱗沒看絹帛的內容，只是道：「我如今倒有些好奇，你怎麼會想著把真的聖旨留在身邊？」

「這就是我的底牌，等黃斌哪一天要我命的時候，它就是我談判的籌碼。沒見到真的聖旨，黃斌是不敢動我的。而如今，他自身難保，且顧不上我呢。」少主神秘地一笑。「那些假的聖旨，我留著記號呢。每份假旨意背面的左下角，都寫著一個梅花篆字的『假』字。黃斌要是真敢拿出來，你們也沒什麼好顧忌的。」

龍鱗點點頭。「你確實很聰明。」在一個見不得光的地方長大，不跟其他人接觸，還能學到這麼多自保的手段，不得不說他的資質極好。

山林裡的鳥雀慢慢地醒了，叫聲此起彼伏，天馬上就要亮了。

「希望你能信守約定。」少主轉身回了山洞。

「一會兒會有人送點米糧過來。」龍鱗話音一落，人就消失了。

少主腳步一頓。龍鱗對他的態度很奇怪，這種關照是真誠且發自內心的。他吸了吸鼻子，心裡知道，或許自己的身世與龍鱗和皇家有莫大的關係，所以他們無心傷他。

他心裡一酸，不願意深想，也不能深想。他安安分分的，自有太平日子過。若是多深想一分，則多一分凶險。

龍鱗帶著這份據說是真正的聖旨回宮的時候，天已經亮了。

明啟帝也用完早膳，開始忙了。

見到龍鱗手裡的東西，明啟帝眉頭一鬆。「這道聖旨確實是真的。」

龍鱗吁了一口氣。「幸虧皇上心存仁善，沒有為難他，還派人護著他。否則，這樣心思縝密的人，只怕逼他，他也是不肯說出東西在哪裡的。」

明啟帝點點頭。「是啊，不能小看任何一個人。」他有些感慨。「人啊，還是得有幾分真心。」

龍鱗沒有接話，默默地退了下去。其實，明啟帝這個皇帝當得還是不錯的，算得上重情重義了。

明啟帝又把視線落在聖旨的玉璽印上。這個印跡上的朱紅之間，留著一些空白，像是蓋章的時候印泥不勻一般。其實，這些留白是刻意留下來辨別真偽的，其中有一定的規律可循。這一點，不是帝王絕不會知道，所以他才能一眼辨出真偽來。

第一百三十三章 背叛

蘇清河接到福順遞來東宮的消息，知道已找到真的聖旨，她心裡一鬆，便沒再多問些什麼。

她用完早飯後，就接到一個請見的牌子。這個人，是她沒有料到，但又不得不見的人。

耶律鶯騎在馬上，一臉倨傲地等著宮裡的回話，來往的人都不由得多看了她幾眼。也不怪大家對她好奇，格桑公主再怎麼說也是女子，她若是求見皇后、求見太子妃，這都是正常的，但求見太子，就不免讓人多想。誰不知道格桑公主最愛美男子，一開始是追著沈駙馬不放，前兩天又在半路上攔住了大駙馬，惹得大公主險些對她動鞭子。

如今在宮門口看到她，眾人這才不約而同地想起來，東宮的太子其實也是年輕俊朗的美男子，難道這位公主想打太子的主意？想起往日太子的不苟言笑，以及近日的強勢，眾人不由得打了個冷顫，兩人可別鬧起來才好。

只有豫親王別有深意地看了耶律鶯一眼。宮裡的人究竟是誰，他已經猜出來了，這位北遼的格桑公主，若是想要在護國公主面前討到便宜……他只能奉送兩個字，呵呵。

蘇清河以一個女人的眼光去看，耶律鶯算是個帶著幾分異域風情的美人。她客氣地請對方坐下，笑道：「格桑公主怎麼有閒情逸致來拜訪孤了？」

耶律鶯爽朗一笑。她能感覺到太子看向她的目光中，帶著幾分欣賞，這和草原上那些臭男人肆意猥褻的目光不同，也和沈懷孝冷漠中帶著客氣與疏離不一般，就是一種再簡單不過的欣賞，這讓耶律鶯對這個東宮太子有了幾分好感。

她難得收起了臉上掛著的輕浮笑意，露出幾分凝重之色來。「太子殿下，本公主是為了正事而來。」

「哦？」蘇清河淡淡地應了一聲，沒有往下問。

耶律鶯眉頭一挑。「怎麼，太子殿下看不起女子？覺得女子不懂政事？」

蘇清河呵呵一笑。「格桑公主想多了。孤的皇妹就是護國公主，對朝中事，她也是有權過問的。所以，對於格桑公主，孤絲毫沒有看輕的意思。」

耶律鶯嘴角一挑，笑道：「貴國的護國公主，本公主也是有所耳聞。本公主的兄長對這位護國公主可是極為傾慕……」

「傾慕不是這麼用的，格桑公主。」蘇清河的臉色一黑。

耶律鶯咯咯一笑，不以為意。「本來本公主也打算拜訪一下護國公主，不過，既然本公主的兄長已經先去拜會過，本公主也就沒什麼興趣了。」

蘇清河心裡一動。這話是什麼意思？因為知道耶律虎和護國公主有了交易，她就不打算費力和護國公主談了？是這個意思嗎？

可是她有什麼事需要和自己談呢？難道是因為找不到見自己的門路，所以才打起了東宮的主意？

蘇清河面色不變，不由道：「那格桑公主有什麼要和孤談的嗎？」

「那是當然。」格桑眼睛掃了一眼在大殿裡服侍的宮娥和太監，別有深意地道。

蘇清河挑挑眉，看了張啟瑞一眼。

張啟瑞便擺擺手，大殿裡的人馬上退了出去，他自己則謹慎地站在蘇清河身邊。

蘇清河見格桑盯著張啟瑞，就笑道：「咱們孤男寡女，不好單獨共處一室，還是避諱一些的好。」

耶律鶯一陣大笑，才點頭道：「本公主就看不上你們漢人這一點，矯情。」

蘇清河沒心情跟她討論漢人這些「矯情」的規矩，她收了臉上的笑意。「格桑公主，有話就說吧。孤沒太多時間，想來妳也沒心情陪孤在這裡說笑吧。」

耶律鶯看著蘇清河的眼睛道：「護國公主和耶律虎的合作，想必太子殿下是知道的。」

蘇清河垂下眼瞼。這位公主倒是爽直索利。她點點頭，道：「知道又如何？」

「對於護國公主在涼州的表現，本公主是十分欽佩的。雖然咱們吃了敗仗，也丟失了不少屬於咱們的土地……」

蘇清河打斷了耶律鶯的話。「不是屬於你們的土地，而是護國公主拿回了本就屬於大周的土地。」

耶律鶯不膠著在這個問題上，繼續道：「不管怎麼說，是她贏了。咱們草原人佩服英雄，哪怕這個英雄是敵人，那也是值得咱們尊敬的敵人。」

蘇清河被誇得有些臉紅，正要謙虛幾句，就聽耶律鶯語氣一變，帶著幾分嘲諷的笑意道：「但本公主似乎有些高估這位護國公主了。她是不是一直順風順水，被勝利沖昏了腦子，才會完全不知道『謹慎』二字是什麼意思了？」

「放肆！」張啟瑞面色一變。這位格桑公主竟敢跑到東宮來詆毀護國公主，要知道眼前的這位，可是護國公主本尊啊。

蘇清河瞪了張啟瑞一眼，呵斥道：「退下，別多話。」

張啟瑞低頭，默默地向後退了兩步。

耶律鶩有些奇怪地看了張啟瑞一眼，又看了太子一眼。太子跟前的奴才，用得著如此維護護國公主嗎？

蘇清河微微一笑。「不知格桑公主剛才的話究竟是何意？」

耶律鶩也沒心思跟一個奴才計較。「敢問太子殿下，您是怎麼看本公主這位兄長的？」

蘇清河客觀地道：「當得起『梟雄』二字。」

耶律鶩點點頭。「那麼一個能將太子壓制住的人，豈是好相與的？」

這話確實沒錯，誰也不敢小看耶律虎啊。

蘇清河心想，耶律鶩是在提醒自己要小心耶律虎耍詐，並且暗示耶律虎對於合作其實是沒多少誠意的，或許背後還留了一手。

不過她來透露耶律虎的消息，可不就是對耶律虎的背叛？往大了說，也是對北遼的背叛。

蘇清河良久沒有說話，只是看著耶律鶩，露出幾分不解的目光。「格桑公主是站在什麼立場上說這些話的呢？」

耶律鶯露出幾分笑意。「本公主是北遼的公主，自然是站在北遼的立場上。漢人有句話，本公主覺得說得非常好，叫做『一山不容二虎』。耶律虎非常出眾，出眾到太子不能壓下他的風采，但這對於北遼，可不是一件幸事。與其兩廂爭鬥不休，不若剷除一方，您覺得呢？」

蘇清河挑了挑眉頭。「怎麼？北遼君王的身子不大好嗎？」

北遼君王要是身體康健，就不會動這兩個兒子。因為這種相互掣肘的平衡，才是北遼君王所需要的。

但要是他身子不好，情況可就不一樣了。他恐怕擔心自己壓制不住這兩個兒子。為了北遼的政權能順利交替，耶律豹和耶律虎，必會要放棄其中一個。很顯然，被放棄的是耶律虎。

這並不是說耶律虎比耶律豹差，恰恰相反。正是由於耶律虎比耶律豹更加難以掌控，北遼君王才要放棄這個較為優秀的兒子。

一方面是他也說不清楚自己的壽數，也許一、兩年，也許四、五年。若是除掉耶律豹，留下耶律虎，他相信耶律虎一定不會乖乖地等著他升天才繼位的。

耶律虎所做的第一件事，一定是先將他趕下王位。他太瞭解自己的兒子，所以，冒不起這個風險。

另一方面，是因為耶律豹是太子。太子的地位不管在大周或北遼，都一樣尊貴，若要廢太子，一個控制不好就會引起動亂。

北遼的政權和大周不一樣，它是由許多部族組成的勢力，他們的凝聚力並沒有想像中那般強大，要是廢了太子，支持太子的部落可能就要鬧分裂。年老的北遼君王已沒有心力去處理部族之間的關係，讓北遼四分五裂，可不是他樂意看到的結果。

所以，耶律虎就成了頭一個犧牲者。

格桑公主怎麼也沒想到，還沒說幾句話，太子就已猜到了問題的癥結。

沒錯，與其說她是太子耶律豹派來的，倒不如說是父王派來的。草原上並沒有女子不能掌權一說，如果這次的差事順利，父王一定會賜她更多的草場、牛羊馬匹，還有奴隸。

況且，她的母親和耶律豹的母親是同族，他們天生就是同盟。

對於蘇清河的質疑，她並未辯解，只是道：「正如太子殿下所想，一個連父王都忌憚的人，可不是護國公主三言兩語就能擺平的。要真是如此，她也太小覷天下英雄了。」

蘇清河點點頭。耶律虎這個人是真的不好掌控，不管桑格公主的目的是什麼，她今天的這番話，也算是給她預警了。

她舉起茶杯道：「孤以茶代酒，感謝格桑公主。」

耶律鶯也同樣舉起茶杯。「本公主有自己的目的，太子殿下用不著感謝。不過若有機會，本公主還想會一會你們的護國公主。本公主想告訴她，在女子之中，她可不是唯一一個巾幗英雄。」

「這是當然，格桑公主也是巾幗不讓鬚眉。」蘇清河嘴角僵硬了一瞬。她還真沒想要當什麼英雄。

兩人碰了一下茶杯，各自抿了一口茶，蘇清河便讓張啟瑞送耶律鶯出宮。

等大殿裡只剩下她一個人，她才露出幾分疲憊之色。耶律虎這個人，她得知道他究竟有什麼盤算？

張啟瑞回來的時候，見蘇清河一臉的凝重，就安慰道：「殿下別在意那位格桑公主的話。她憑什麼跟殿下比呢？她在這種時候選擇背叛自己的兄長，哪怕是為了遵循父命，這樣的行為也讓人不齒。耶律虎有再多不是，也不能否認他給北遼立下了那麼多汗馬功勞。如今，北遼君王不僅想讓耶律虎死，還打算借助外力弄死耶律虎，不免讓人有些心寒，可惜了一代梟雄啊。他若就這樣送了命，那還不如轟轟烈烈地死在戰場上。格桑公主說他們北遼看重英雄，想來還真是有些可笑。」他說得好不唏噓。

沒錯，耶律虎不是被自己的妹妹背叛了，而是被整個北遼背叛了。

蘇清河覺得北遼的局勢對耶律虎來說是一種悲哀。可現實就是這麼殘酷，如此一心一意為北遼謀劃的人，就這樣被背叛了。

蘇清河一方面為耶律虎不值，但另一方面，卻不願意敵國有這樣一位有謀略又有見識的君王。她是大周的公主，只需對大周負責。

如今，她千萬不能讓耶律虎死在自己手上。讓一頭受傷的、瀕臨死亡的老虎去尋仇，才是最恰當的方式。這樣的老虎是危險的，但這種危險僅針對傷害他的人，而她絕不做這個傷害他的人。

她不僅不能成為這樣的人，她還得順手將那個傷他的人送到他面前。而由誰充當這個傷害他的人呢？也只能是北遼了。

受傷的、暴怒的耶律虎，會給北遼帶來什麼樣的動盪？一想到這裡，蘇清河就覺得興奮莫名。

她得好好想想，黃斌在其中能扮演什麼樣的角色呢？

在她心裡，一個計畫正悄悄地醞釀成形。

第一百三十四章　瓦解

臥龍村，是隸屬雲霞縣的一個小村，地理位置極偏遠。這個村落背靠山脈，交通不便，由臥龍村通往外界的路僅有一條，因此一向與外界少有聯繫。

這村子裡的人都是幾十年前南邊發生瘟疫後，逃難而來的災民，他們選了這麼一個地方安家落戶。後來，慢慢地就形成了臥龍村。

由於這個村子從不與外人聯姻，也不常與周圍的村鎮打交道，就這樣漸漸地被外面的人淡忘了。

今兒整個村子都透著詭異的氣氛。如果真有外面的人進來就會發現，這個村子，已經沒有往日看到的那般喧囂，如同被下了詛咒，整個村子都沈默起來。

沒有商販的叫賣聲，沒有孩子的哭鬧聲，就連煙囪裡，也沒有青煙冒出來。

整個村子只有一處藥鋪前面圍滿了人。大人抱著孩子，女人靠著男人，雖然沒人說話，卻瀰漫著一股焦躁的氣息。

藥鋪的門開著，只見掌櫃的在廳堂裡來回踱步，如今連村子裡唯一的大夫也倒下了。是疫病嗎？真是疫病嗎？掌櫃的不能確定。

他們的村子裡，有數個頭領，每人分管一個區塊的事務，而醫藥這塊，正好是他的管轄範圍。

昨晚他已經將消息遞了出去，可至今都沒有等到回話，他心裡也越發慌亂了起來。這世上沒有不怕死的人，他也怕死，怕自己不明不白地死在這裡。

「都先回去吧，等主子的消息。」掌櫃的這樣說。

這話已經說了不止一次，但眾人仍一臉麻木地看著他，就是不離開，這也讓他更加煩躁。

「你就實話告訴咱們，還有沒有得治？」人群中有人問到。

這話一出口，就像是洪水打開一條口子，頓時汪洋的水傾瀉下來。眾人像是瞬間被啟動了某種開關一般，你一言、我一語的詢問起來。

掌櫃的眉頭又狠狠地皺了起來。「說什麼呢？還有沒有規矩了？還記不記得自己是誰了？」

眾人頓時就靜了下來，看來對這個掌櫃嘴裡所謂的規矩，還是極為懼怕的。

但這不代表人心已被安撫好了，只是暫時壓下情緒，隨時會再度爆發。

掌櫃的試圖再說些什麼，讓人心安穩下來。畢竟他們如今只是病了，還沒有死人不是嗎？

可緊接著，一個年近三旬的漢子衝了過來，大喊道：「掌櫃的，死人了。」

掌櫃的回頭就想大罵這漢子一聲。他娘的！真會添亂。

人群一時間沸騰了起來。

誰死了？怎麼死的？是因為染了跟他們一樣的病症而死的嗎？

掌櫃的一馬當先，跟著這個漢子朝死人的地方而去，後面則跟著一串想要追根究柢的人。

那漢子一臉晦氣地道：「死的人是一個叫紅葉的丫頭，去年年底來的，她跟一個婆子帶著一個小姑娘一起住，咱們也不清楚她的底細。想必也是個要緊的人物，看著沒給安排什麼活計……」

漢子的話還沒說完，掌櫃的面色就一變。「你剛才說死了的丫頭叫什麼？」

「紅葉。」那漢子有些懵。

掌櫃的心就咯噔一下。怎麼是這個丫頭死了？這三個人可是上面特意交代下來要好好關照的人，怎麼就死了呢？「那個婆子和小姑娘呢？」

「沒見到。」那漢子搖搖頭，一臉的不解。

這個蠢材！掌櫃腳下不停，急著往前走，問道：「你是怎麼想起要去這家院子看看的？」

那漢子瞬間脹紅了臉。「這紅葉可不是個安分的人，跟咱們這些個光棍裡好些個都相好過。我也是下了夜工，想去找她舒服、舒服，這丫頭長得水靈靈的，著實讓人稀罕。」

掌櫃的臉色鐵青，恨不得一腳將這漢子踹出去。還真是吃了熊心豹子膽了，什麼人都敢碰。

而這樣的事，他竟一點也不知情，相信其他幾個頭領也是不知道的。如今人都死了，再追究這些也沒什麼意思了。

兩人一來到院子，趕緊進去，打開門就見到紅葉躺在榻上，臉色已經青白。顯然，已死了不少工夫了。

屋子裡不見那一老一小，掌櫃的心中就有些不好的預感。

可跟來的人，誰在乎那一老一小是不是還在呢？大家都關心這紅葉的死到底是怎麼一回事？是因為這場疫病而死的嗎？

唯一的大夫還在高燒昏迷，又該如何檢查死因？

那漢子又道：「這紅葉可是個壯實的姑娘，咱們也相好過，晚上再怎麼折騰，也不見怎麼樣。前天晚上，她還跟林子折騰了半宿呢，吵得老子合不了眼睛。那叫聲撩撥得人難以忍耐，所以我這一大早的，才忍不住來找她啊。」

聽漢子這樣說，眾人更覺得紅葉致死的原因，就是疫病。

掌櫃的瞪了那漢子一眼。「別瞎說，那婆子帶著孩子不見了，說不定是那婆子將人給害了。我瞧著她的嘴唇有些青白，應該是被毒死的。」

「不管怎麼死的，死人的嘴唇不都是青白的嗎，跟中不中毒又有什麼關係？再說了，紅葉說那婆子是看著她長大的，感情好著呢，而且一個老婆子啥都幹不了，還不得紅葉這年輕力壯的伺候她們一老一小啊，又怎麼會害死她？」那漢子不由得辯解道。

這個傻貨，知不知道什麼叫做擾亂軍心？真想一刀了結了他。

可不管掌櫃的心中再怎麼惱恨，那漢子的話還是被眾人聽在耳裡，記在了心上。

一群人嘰嘰喳喳地說開了。

「那個婆子姓李，聽說是大戶人家出來的。」
「是跟咱們不一樣。」
「你們說她是不是發現了什麼才逃的？」
「若是發現了咱們的問題，要逃早逃了，不可能剛好在發了這怪病的時候逃走。」
「大戶人家見識多，她是不是知道這是什麼病啊，所以才急著逃命了？」
「很有可能。」
「難道咱們要在這裡等死嗎？」
眾人的心裡有了這麼一個結論——這病是要命的，要想活命，就得趕緊逃。
人群慢慢地退出了這個院子……
掌櫃的瞇了瞇眼，心裡知道要壞事了。人心一亂，就什麼都亂了，他得趕緊找人商量。不鎮住這一幫人，經營了幾十年的基業可就毀了。
暗七探查完敵情，悄悄地回來，對沈懷孝笑道：「駙馬爺手段果然高明，下面已經亂起來了。」
「那就好。」沈懷孝呵呵一笑。「通知其他人，迅速地繞開這個村子，咱們先去雲霞縣，從縣城光明正大的去臥龍村。」
「用什麼名頭？」暗七問道。
「瞭解疫情。」沈懷孝笑道。

暗七壞壞地一笑。「在下懂了。」

沈懷孝之前就已經調查過，雲霞縣的縣令，不是黃斌的人。

這便是黃斌的聰明之處。一個跟他毫無關聯的地方，不大容易引起別人的注意，但此人能被選上來，黃斌想來也是費了心思的。要找一個不愛管事的人，也不容易。

在雲霞縣中，知道臥龍村的人都會告訴你，那是一個排外的地方，那裡的風俗極其詭異，就連走街串巷的貨郎，都不會靠近那裡。時間一久，大家也就默認了這種怪現象。

縣令對於沈懷孝的到來，回以極大的熱情。

「據來往的客商說，貴縣傳出了疫情，縣令大人可知道？」沈懷孝坐在大堂裡，輕輕撥弄著茶杯的蓋子。

「回駙馬爺的話，有兩個村子中，村民出現了一些類似發燒的症狀，但並不嚴重。」縣令如實道。

「那就去看一看情況再說吧。」沈懷孝不給縣令反對的時間，站起身就往外走。

縣令露出幾分驚詫的神色。這疫病可是會傳染的，如果在他的地盤上讓駙馬爺出了什麼意外，那可是他們一家子的命都不夠賠了。

但他能拒絕嗎？他在心裡默默地嘆一口氣。

這兩個村子的情況並不嚴重，正像沈懷孝所預料的一樣，如果不治療，可能沒幾天也就痊癒了。不過，他還是留下幾個暗衛營出身的大夫，裝模作樣地診治，用的也不過是蘇清河提前配置出來的解藥。

耽擱了兩個時辰，見服過藥的病人症狀已經減輕，縣令瞬間放下了心。原來駙馬爺早已胸有成竹，不過是來撈功勞的，這就好辦了。

既然疫病不是不可控制的，再加上沒有死人，也已經有了治療的辦法，那也沒什麼好不安的。

沈懷孝站在通往臥龍村的路口，問道：「這裡是通向哪裡的？還是在雲霞縣的範圍嗎？」

「前面就是臥龍村，是咱們縣的範圍沒錯。不過，這村子甚少與外界聯繫，所以村中的情況如何，下官還真是沒收到任何消息。」縣令擦了擦頭上的冷汗。

「這可就是你的失職了。」沈懷孝也不猶豫，直接策馬朝臥龍村而去。

縣令看了沈懷孝一眼，心裡突然覺得，駙馬爺該不會是專門為了這個村子而來的吧？

他默默地跟著沈懷孝，沒再多說一句話，儘量降低自己的存在感。

縣令的做法，讓沈懷孝特別滿意。

通往臥龍村的路上，要經過一座不大的橋。

沈懷孝站在橋的這一頭，就不再往前走了。

「縣令大人，派你的人去請村中里正過來吧。」沈懷孝淡淡地吩咐。

這位縣令愣愣地看了沈懷孝一眼。這是打算讓他出面嗎？他不想答應，但是更沒有拒絕的勇氣。

沈懷孝才不管他的想法，轉身看了沈大一眼。

沈大湊過來道：「暗七已經將消息放出去了，只等著村子裡的人都湊過來，咱們的人就會從山上下來，別院裡的人一個也跑不了。」

沈懷孝點點頭。「全部迷暈之後，運進山腹之中。」

沈大應了一聲，才悄悄地退了下去。

臥龍村裡發病的人越來越多，人們也越來越恐慌。

此時縣令突然駕臨，讓幾個頭領的心不由得提了起來。他們除了繳稅，其他時間很少與縣衙有什麼來往，此次縣令主動前來，頗為蹊蹺。

來請里正的是雲霞縣捕頭，他有些微微的不耐煩。

「縣令大人等著呢。」捕頭催促道。他記得縣令的叮囑，沒敢把沈駙馬也來了的事情往外嚷嚷。

里正露出幾分討好的笑意，遞了一錠銀子過去。「縣令大人怎麼親自駕臨了？這讓小的們不勝惶恐啊。」

捕頭看在銀子的分上，臉色好看了幾分。「這幾個村子都開始鬧疫病，縣令愛民如子，怎麼能不掛心呢？」

里正回過身，跟幾個頭領對視了一眼。

原來鬧疫病的不只自己村子裡，其他地方也一樣，幾人都鬆了一口氣。這突如其來的病症，不是針對他們而來的就好。

里正的臉色好了起來。「不知疫情如何了?」

「已經找到妥善的辦法醫治了。縣令讓你過去,就是要瞭解情況,看病人有多少,也好準備足夠的藥材。」捕頭的口氣又開始有些不耐煩。

里正皺了皺眉,心又提了起來。

自己村子裡大夫的手段,他還是知道的,不比太醫的水準差。可村裡大夫都沒瞧出問題來,怎麼別的大夫竟連治療方法都有了?這情況似乎有些不對勁。

但如今哪裡容他多想,捕頭已伸手拽著他就走。「沒見過病了還怕大夫的,是在磨磨蹭什麼啊!」

里正不敢答話了,就怕說得太多,引來懷疑。

村中的人都不是普通人,想對他們保密疫病一事,那是不可能的。因此村子外面來了縣令,縣令又是為了疫病而來的消息,就如同一枚炸彈,瞬間在臥龍村炸開了。

誰不怕死呢?即便自己不怕死,難道要看著自己的父母妻兒去送死嗎?

別說什麼擔心身分暴露的蠢話,這疫病又不是只有他們村子才有,再怎樣也懷疑不到他們身上去。

所以,里正前腳剛過了橋,後腳就有人帶著孩子、揹著老人跟了過來,停在橋的另一邊,並沒有跨過去。

里正的臉色有些不好看,他強壓下心頭的怒氣,轉頭笑著向縣令問好。

縣令深深地看了他一眼,才將他帶到沈懷孝的跟前。「駙馬爺,這位就是臥龍村的里正。」

那里正一聽稱呼，就愣住了。駙馬爺？能被縣令尊稱一聲駙馬爺的，除了沈懷孝，不作他想。

這個人怎麼會在這裡？他太知道主子的忌憚了。

沈懷孝似笑非笑地看著里正，神情嘲弄。

里正的臉色越發難看起來，他回頭看了看站在橋邊的人，心裡咯噔一下。這不就是調虎離山計嗎？如今，整個臥龍村，剩下的也不過是別院的人了吧。

這還不是最糟糕的，最糟糕的是，沈懷孝輕聲吩咐沈大。「咱們準備的藥不多了，而且看起來這個村子的人病得更重一些，先排隊吧，能救多少是多少。」

沈大點點頭，馬上讓捕快去辦了。

當對面的人知道還有救，但這樣的機會不是人人都有，會怎麼樣呢？

一切所謂的秩序，都會被打亂。他們不再是一個整體，每個人都有了自己的私心，誰還會在乎別院裡如何了？村子如何了？所有的一切，都不及自己的性命重要。

帳篷就在沈懷孝的背後，裡面就是大夫和救命的良藥。

唯一的要求就是，輪到哪一家，這家人就得跨過這道橋，進入帳篷。

沈懷孝看著第一家人進去。

那是一對年輕的夫妻，帶著一個老人和孩子。

暗七就坐在裡面，細細地打量這一家人。「我知道你們是什麼人。」他淡淡地道：「我能看著你們靜靜死去，也能給你們一條活路。」

那男人看著暗七，感覺到了同類的氣息，他低頭看了看兒子的臉，咬牙道：「你想知道什麼？」

「你能提供給我什麼？」暗七問道。

那男人掙扎了片刻，就壓低聲音說了一串話，然後默默地看著暗七。「我只知道這些。」

暗七給他們一家四口每人一顆藥丸。「吃了藥，半個時辰就好。」

「這不是單純的解毒丸吧？」男人面色難看地道：「你們想透過藥物控制咱們。」

暗七頭也不抬。「你想多了，只要安分地過日子，就不會有事。」

男人的面色並沒有變好，但還是選擇服了藥。

暗七心裡一笑。這就是以小人之心，度君子之腹了。

挨家挨戶進了帳篷，能治好的都出來了，治不好的，全都留在帳篷裡。

里正的臉色更加難看起來。他已經隱隱意識到，凡是出來的，恐怕都是背叛者；而那些沒出來的，不是他們不想出來，而是再也出不來了。

在面對生死考驗的時候，能堅持忠誠的，注定是少數。本以為經營得如同鐵桶般牢固的勢力，就這般瓦解了。

他拿什麼臉見主子？見了主子又該說什麼呢？大勢已去了。

他心一橫，狠狠地咬破了藏在牙裡面的毒囊，算是給還沒有過來的頭領們報個信。

沈大反應極快，馬上扶住里正。「怎麼這麼燙啊？這是發病了吧。大夫、大夫……」他的聲音透著焦急與慌亂，馬上就有人扶著里正進了帳篷。

里正最後的表情，是一陣愕然。

第一百三十五章 財富

橋對面也只是慌亂了一下，就平靜下來。

眾人都接受了里正的「病發」，即便有人心存疑慮，但也沒有從返回的人身上得到什麼有價值的訊息。

縣令親眼看著里正嘴角掛著黑血，又看著駙馬的隨從睜眼說瞎話，他的腿抖得厲害，不敢說一句話。

日頭西斜，能返回村子的人也就只有一半而已。不得不說，這個村子的經營還是頗有成效的。

沈懷孝簡單地吃了飯，就見暗七走了過來。

「他們服用解藥時，在下在咱們提供的水裡下了迷藥。現在，整個村子裡已沒有清醒的人了，別院裡的人也已經轉移進山腹之中。駙馬爺，下一步該怎麼辦？」暗七悄悄地問。

沈懷孝抿了一口茶，問道：「這些人都招了些什麼？」

「恐怕還是要在別院裡找答案。這些人在這裡的唯一目的，就是為了守護別院，為別院做掩護。別院裡究竟藏著什麼秘密，在下也不得而知，只怕那不只是一個關押人的地方。」暗七猜測道。

「是啊，不會有什麼人讓黃斌這樣費心保護，只能說這裡一定有黃斌非常看重的東西，甚至不僅是非常重視，而是不能沒有的東西。按這個思路去想，你說會是什麼東西呢？」沈懷孝問道。

「什麼東西？如果讓在下選，一定是銀子。」暗七道。

說完這話，暗七猛然醒悟。

沒錯，一定是銀子！他不由得看向沈懷孝，想印證自己的猜想是否正確。

沈懷孝站起身來。「去瞧瞧不就知道了。」

有一半的人手在山腹中守著別院的人，因此暗七趕緊帶了另一半的人手，跟著沈懷孝進到村子裡。

這所別院並不在村子的正中心，甚至有些偏遠，緊靠著山腳。

留守在這裡的暗衛頭領過來向暗七稟報。「別院裡原本有幾個女人和孩子，還不知道是什麼身分，如今已經被送走了；除了她們，這所別院還住了六十七個帳房先生。這麼多帳房聚在一起，實在有些蹊蹺。」

暗七眼睛一亮，這哪裡是蹊蹺，分明是最合理的。

一個龐大的組織，沒有財力支撐怎麼可能呢？這裡應該就是黃斌處理帳務的中心。

沈大小聲地對沈懷孝道：「怪不得江氏說她每月總是能見到黃斌幾次，而且非常規律，現在看來，他應該是定期來這裡處理帳目。黃斌的產業有多少，都跟什麼樣的人有生意關係，做的又是什麼生意，這些在帳本上應該都會有紀錄的。發現此處對咱們而言，可是往前進了好大一步啊。」

暗七聽到沈大的話，點點頭道：「幸虧聽了駙馬爺的話，沒有貿然對這個村子動手。否則一旦打草驚蛇，人家一把火燒了帳目，咱們可就什麼也得不到了。」

那暗衛頭領馬上道：「裡面的東西，咱們一點也沒動過。」

沈懷孝點點頭，對暗七道：「人麼，誰不給自己留點後手，這裡必然有銀庫，你再派妥當的人仔細找一找。這些年他所賺的銀子，只怕沒花完。」

暗七眼睛一亮。「是的，在下立刻讓人搜查。」

沈懷孝沒興趣管銀庫的事。這些東西找出來都是要上繳國庫的，他在意的還是帳本，帳本不僅能看出黃斌的收支情況，更能找出他手裡攥著的利益網。

一箱箱的帳本被搬了出來，擺在沈懷孝的面前，他走過去隨意地拿出幾本翻看了一下，心裡驚駭莫名。

這傢伙竟然向敵國出售糧食、鹽、藥材和鐵器，甚至還有加工好的武器，而且每次貿易，都是在邊關告急之時。

這是通敵的證據，可這些證據卻完全扯不到黃斌的身上。以黃斌的狡詐，想必每次來這裡，都沒以真容示人。

這隻不折不扣的老狐狸，將自己藏得如此深，一點尾巴也不露。

沈懷孝繼續看下去。他不僅出售糧草和兵器給北遼，也從北遼換來了馬匹，但這些馬匹的去向卻成了謎。

沈懷孝合上帳本，對黃斌又多了一層認識。

跟他合作貿易的，京城裡的顯赫之家就占了六成，連良國公府和輔國公府，也都參與進來。真是一張好大的網啊。

黃斌還走私了海鹽，跟高麗、倭國、吐蕃、北胡等小國皆有貿易往來。

這是多龐大的一份產業，怪不得黃斌即使建立了島嶼，還是捨不得離開大周；也怪不得南越後人有了棲身之地，還要前仆後繼地甘願被黃斌驅使。光是這筆財富，這個利益網，就值得為此付出更多的代價。

這就叫做富可敵國了吧。

有如此龐大的金錢做後盾，別說是黃斌，換了任何一個人，難免也會滋生出野心來。

他深吸了兩口氣。「全部封存，馬上起運，先送進宮再說。」這東西還是別在自己手邊放太久才好。

沈大知道事情緊急，鄭重地應了下來。

沈大前腳剛走，暗七就疾步走了過來，臉上帶著壓抑的喜色。「駙馬爺，請隨在下來。」

沈懷孝一頓，就知道他是發現銀庫了，而且數量還不少。

兩人在宅子裡兜兜轉轉，才進了假山下的暗道。

「駙馬爺，在下清點了一下，足足八百萬兩白銀。」暗七的聲音帶著顫抖，顯然被刺激得不輕。

沈懷孝眉頭一皺。「繼續找，這一定不是全部。」

「什麼?!」暗七這下子完全驚住了。

沈懷孝朝暗七嚴肅地點點頭，強調自己所言不假。

暗七這才想起剛才沈懷孝所在的院子裡，堆了許多箱子，想必那裡面裝的就是帳本了。那麼多的帳本，該牽扯多大的買賣啊。

他心裡一凜。「駙馬爺放心，在下就算是掘地三尺，也會將銀兩全都找出來。」

沈懷孝點點頭。「別著急，慢慢找。銀子賺了多少，又花了多少，最後還剩多少，帳本裡都是有的。」

暗七頭上的汗瞬間滴了下來。這話的意思是誰都別想藏私！可別發現了銀錢的蹤跡，卻故意隱瞞不報。

「駙馬爺放心，在下知道該怎麼做。」暗七眼裡已沒有了激動和喜悅，變得清明起來。

沈懷孝拍拍他的肩膀。「我自是信得過你的。」

直到半夜，又找到兩個藏銀子的地方，一個在枯井的下面，一個在人工湖裡。總共是一千兩百萬兩白銀。

暗七深吸了一口氣。「抵得上兩年的國庫收入了。」

沈懷孝面上還是一派冷靜，手卻顫抖起來。「趕緊把消息送到宮裡去吧，這些東西得趕緊運回去。這件差事若不小心有個萬一，咱倆可是扛不住的。」

暗衛營傳遞消息的途徑快且安全，所以，沈懷孝一直都讓暗七來傳遞消息。

暗七沒有一絲猶豫，趕緊轉身去安排了。

寧壽宮

福順的腳步因為匆忙，有些踉蹌，他停在皇上和皇后的起居室外，語氣急促，卻又壓抑著狂喜。「陛下、陛下。」

白皇后睜開眼，推了推明啟帝。「墨林、墨林，福順在外面，你快去瞧瞧，看是不是冽兒有消息了？」

明啟帝無奈地睜開眼，一下子就清醒過來。「進來回話。」

他站起身來，下了床榻，又把簾子放好，將白皇后擋在裡面。

福順快走兩步到了明啟帝跟前。「陛下，好消息。」說著就將紙條遞了過去。

明啟帝就著燈光，瞇眼一瞧，頓時喜得不能自已，大笑三聲。

黃斌接到黑衣人消息的時候，有些反應不過來，愣了一瞬。

「究竟怎麼回事？」上了年紀的人，不服老不行，這半夜被人吵醒，還發生如此嚴重的事，他卻只能靠在床架子上，暫時起不了身。

為了不讓下面的人看出他的疲態，他的聲音一如既往的堅定緩和，彷彿天底下沒有他解決不了的事。

黑衣人頭垂得更低。「主子，您之前特意讓屬下注意別院的安全，屬下也已經將消息遞出去，照理說，早該有消息傳回來了，但是，直到昨天傍晚，也沒有任何消息。屬下不得不在老地方等著別院的人，看看是不是出了什麼事？沒想到人沒等到，只在周圍找到一隻咱們的信鴿，卻已經死了。還好信件仍在，信上說，村子鬧起了疫病……」

黃斌的身子不由得直了起來。「疫病？怎麼會有疫病？」

「好在疫病不僅咱們的村子有，其他相鄰的村子中也有。」黑衣人安撫道。

黃斌皺了皺眉頭，不置可否，吩咐道：「你繼續說。」

「讓屬下不安的是，送信的鴿子死了。不到萬不得已，村裡的人不會動用鴿子，這次不僅用了鴿子，鴿子還恰巧死了。主子也知道，山腹裡咱們不能靠近，走官道得兩天的路程，而咱們在這兩天的時間裡，與別院是失去聯繫的。」黑衣人額頭上已出了冷汗。「幾十年來，這還是第一次。」

黃斌頓時眼前一黑。「別院出事了，一定是出事了！咱們沒有快速通道，這個時間差簡直致命。兩天時間，什麼東西都已經處理乾淨了……」

黑衣人面色一白。「主子，那可是咱們最後的老本了。」

「你先出去，讓我想想。」黃斌打發黑衣人，一個人沈浸在黑暗裡。

對方出手太快，快到沒有給他任何準備的時間。

毫無疑問，這場疫病應該是人為的，而能讓人毫無所覺的中毒，又是如此奇怪的毒，除了護國公主，不作他想。

他想起護國公主這些日子一直以養身子為由，從不露面，難道……她早已在暗處悄悄地盯著他，準備斷了他的後路？

他太大意了！

如今沈家早就不能用了，高家本就是在左右徘徊，大皇子也明顯地已經在疏遠他了，醇親王縮在王府中，幾乎沒有任何存在感。

還有誰能用呢？

黃斌想到了耶律虎。這個人能用，卻又不好用，他能給與耶律虎的，太子也能給。因此，他是個不能信任的合作夥伴。

如今，離開是必須的，但要怎樣才能順利離開？黃斌覺得，自己手裡的籌碼還有些欠缺。

他站起身來，在房間裡來回走著，終於讓他想到一個人，一個可以讓他借一次力的人。

第一百三十六章　蠢動

沈懷孝坐在蘇清河的對面，視線卻落在大殿之外。

老天格外賞臉，等一切後續都處理完了，才下起了雨。這場秋雨，帶著絲絲的涼意。

蘇清河翻看著手裡的帳本，眉頭緊皺，心裡卻鬆了一口氣。「多虧你反應快，即便黃斌死了，這東西要是落入別人的手裡，數年之後，只怕又是一個黃斌。」

「儘快查帳，看還有沒有隱藏的銀子？以黃斌的性子，是不會將銀子藏在票號的。所以，即便還有，也應該在別院裡。」沈懷孝輕聲道。

「你說得沒錯。黃斌現在所有的依仗都失去了，我就不信他會老老實實等著被宰。所以，你還得小心地盯著他，看他都跟誰聯繫了？」蘇清河揚了揚手裡的帳本。「他手裡的資源太豐富，誰知道哪朵雲彩會給他下一場及時雨呢。」

沈懷孝點點頭。「這些不用妳吩咐，我也會去辦的。我現在更擔心妳和孩子的安全，誰知道他會不會……」

蘇清河擺擺手。「我知道，我會小心的，你也要注意安全。」

沈懷孝深吸了一口氣。宮裡不是說話的地方，他起身道：「也不知道還要多長時間才能結束？」

「快了。」蘇清河笑道：「哥哥那邊怕是已經得手了，馬上就能回來。」

沈懷孝的臉色這才好了一點，點點頭，轉身出宮了。

張啟瑞送沈懷孝離開後，回來小聲道：「禮部尚書大人和理藩院李懷仁大人求見。」

蘇清河將帳本一放，皺眉道：「他們怎麼湊在一起過來了？來幹什麼？」問完她恨不得打自己嘴巴。真是忙得什麼都不記得了，險些忘了太子的冊封典禮。「快請進來。」

張啟瑞皺眉道：「殿下，要不要改一下日子啊？主子……他什麼時候能回來？」

蘇清河搖搖頭。「哥哥心裡有數，一定會在冊封大典之前回來的。再說了，欽天監提前算好的日子怎麼能改？咱們已經把各國的使臣都請過來了，要是臨時換了吉日，這不是明擺著出事了嗎？先把人請進來再說吧。」

張啟瑞這才不再多話，轉身出去了。

兩人進來彙報了一下冊封典禮的準備情況，看看太子這個當事人，還有沒有什麼要交代的？

「按禮儀章程去辦就好。」蘇清河笑道。

禮部的老尚書鬆了一口氣。他還真怕太子挑事啊。

蘇清河又跟理藩院商量了一下座次，才打發二人離開。

她用手指輕輕地敲擊著几案，知道最後的收網時刻就在眼前了。

耶律虎看著眼前的青衣文士，淡淡地笑了笑。「諸葛先生，你們主子現在的日子只怕也不好過吧？能跟他合作的人不多了，本王可以說是與他合作時間最長的一個，先生以為呢？」

諸葛謀呵呵一笑。「大王所言甚是。但對於大王來說，此時的處境，不該是最好的嗎？」

耶律虎眼睛一閃。「腳踩兩隻船，本王是怕一個不小心兩腳都踩空了。」

諸葛謀給耶律虎斟了茶。「大王放心，有咱們主子給大王做靠山呢。」

耶律虎接過茶盞。「你們主子的心意，本王自是知道的。可本王在這裡也是無根的浮萍啊。如今大周京城風平浪靜，浮萍麼，自是隨波逐流的。」

諸葛謀垂下眼瞼。「風平浪靜還是暗潮洶湧，想必大王心中自有判斷。」

「暗潮洶湧與本王這水上浮萍又有多大的關係？」耶律虎看著諸葛謀的神色，帶了一絲鄭重。

「大王不用著急，靜觀局勢就好了。這京城，可能就要起風浪了。」諸葛謀一副高深莫測的樣子。

「這麼說，是你們主子要興風作浪了？」耶律虎好笑地接了一句。

諸葛謀皺皺眉頭，這話說得可不怎麼客氣。如今，主子手裡的籌碼是不多了，今時不同往日，對於這樣的話，他還真得受著，不能計較。

他呵呵一笑。「不是興風作浪，而是翻雲覆雨。大王，風險與回報是等價的。」

耶律虎沒做出承諾，只是漫不經心地道：「大周護國公主，那真是聞名不如見面。」

這就是暗示他已經見過護國公主了。

諸葛謀眼睛一亮。誰都知道護國公主閉門謝客，可偏偏見了耶律虎。他們見了面，外面卻沒有透出一點風聲，想來他們的會面十分隱秘。會透露出這一點，就證明耶律虎確實有幾分合作的意思。

諸葛謀點點頭。「主子讓在下轉告大王，小心格桑公主。」

耶律虎眼裡的寒光一閃。「直接說吧，你們是想讓本王在格桑那兒動手腳，是嗎？」

諸葛謀一笑。「如此，才能最不動聲色啊。」

「殺人容易，但你又怎麼能保證事成之後，控制大周皇城的是你們呢？」耶律虎輕聲問道。

「咱們主子自然是不行，但是有人可以啊。」諸葛謀淡淡一笑。「東宮的太子才做了幾天的嫡皇子，您別忘了，那位六皇子可是從一生下來就是嫡皇子的。皇上為了一個女人，抬舉白皇后生的兒子，可是，從上面跌下來的那個女人會甘心嗎？都說最毒婦人心，這位當了二十年皇后的高氏可不是好惹的。」

「你是說出身良國公府的高貴妃？」耶律虎挑眉，詫異地道。

「不錯。」諸葛謀淡定道。

「六皇子榮親王難道就這般蠢，任你們擺布？」耶律虎帶著一絲疑慮，因為牽扯到良國公府，他必須更加慎重。

「大王，若是您只有一次機會，可以坐上帝王的位置，您會不會孤注一擲？」諸葛謀問道。

當然會！耶律虎將手裡的茶杯朝諸葛謀舉了舉，代表這次合作談成了。

廣陵宮，占地面積僅次於白皇后的寧壽宮。建築也算是精美，但就是偏遠了些。這是高氏被貶為貴妃後的起居之所。

她能說皇帝對她不好嗎？不能。這樣的宮殿，是皇貴妃才能擁有的規格，若是說出不滿的話，那可真就算得上是「沒良心」了。

以前的坤寧宮還空著，白玫這個皇后並沒有住進去，這算是對她唯一的安慰。

說實在的，廣陵宮比起坤寧宮，住著更舒適，但她就是心裡不舒服。物質條件不管多好，屈居人下的感覺，卻讓她不滿。

跪在她面前的，是她的兒子，卻一點也不像她。

榮親王看著自己的母妃，他承認自己軟弱又無能，但不承認自己愚蠢。

太子的勢力已成，如今動太子，簡直就是找死。父皇的支持，才是太子最大的依仗，為什麼母妃就是不明白？他心裡有些慌亂，母親從來都不是個沒有成算的人，為什麼這次這般想不開？

她究竟想借助誰的力量？真的只是要對太子動手嗎？還是打算連父皇一起……他不敢往下想。

二哥已做了二十年的太子，而大哥能與太子平分秋色這麼多年，兩人想必都擁有各自的勢力，那為什麼他們都不動？

難道母妃所說的好機會，他們都視而不見？

他比不上幾位兄長，他必須得承認這一點，即便連一向不被他看上眼的五哥，他也比不上。

以前只以為五哥就是個怕事的，誰知道人家那叫做明哲保身、韜光養晦。沒大本事不要緊，只要太子肯拉拔他、肯用他，不也一樣風光無限。

光看那內務府的拍賣，老五就不知奉旨貪了多少銀子，誰看了不眼紅。

他當時就醒悟了。不管他的母族是誰、母妃是誰，只要他還是父皇的兒子，就沒有他吃虧的分兒。

大哥、二哥那些年鬧得有多過分，險些沒把父皇氣出病來。結果呢？如今還不是過得好極了，父皇一樣顧念著他們。

父皇對兒子們的情分，那可是真真切切的。

「母妃。」榮親王壓住自己快要蹦出來的心。「您這是打算讓兒子死無葬身之地啊。」

高貴妃面色一白。「你本就是嫡皇子，皇位是你該得的。兒子，皇家從來就沒有退讓一說，你退一步，得到的不是保全，而是萬劫不復。」

「不，母妃。」榮親王露出幾分苦澀的笑意。「到底是誰蠱惑了母妃？您會同意如此大逆不道之事，想必這個人的勢力龐大，才會讓您覺得此法可行。可這樣的勢力，若是真讓他們得手，那兒子的下場會是什麼？兒子會變成對不起粟家列祖列宗的傀儡。一個傀儡的結局，除了死，還有別的嗎？難道……您是想讓兒子成為漢獻帝劉協嗎？」榮親王抬起頭，神情帶著屈辱地問道。

高貴妃頓時覺得呼吸都不順暢了起來。她倏地站起身來，一巴掌打在榮親王的臉上。「沒出息的東西，你為什麼就不能成為漢和帝劉肇？」

漢獻帝劉協，九歲即位，四十歲遜位，在位期間，東漢由名存到實亡。身為一個被曹操「挾天子以令諸侯」的帝王，唯一值得炫耀的，就是他活得還算長。三十幾年的傀儡帝王生涯，一直在熬著，熬死了一代梟雄曹阿瞞，熬老了顛簸一生的劉玄德。就是所謂的「運移漢祚終難復」。

漢和帝劉肇，十歲即位。親政後，清除外戚，使國力強盛，更是平定了西域。唯一遺憾的是，這位帝王只活了二十七歲。

榮親王捣著臉，震驚得無以復加。他既不想成為被當作傀儡的漢獻帝，也不想成為短壽的漢和帝。

高貴妃打完兒子後，瞬間愣住了。

她放下手，怔怔地看著兒子。「疼嗎？」

榮親王搖搖頭。

從小到大，他從來沒挨過打。小時候上書房，功課做得不好，師傅也只是罰他的伴讀。就算師傅告到父皇跟前，父皇每次都威脅他，要是再不好好念書就要打手心，但父皇沒有一次捨得打過他。

今兒，母親的這一巴掌，倒是叫他滋味難言。那種苦澀，是從心底深處蔓延出來的。

他真想問一聲，皇位就那般重要嗎？哪怕他真如劉肇一般……短壽。

高貴妃撇過頭，沈默半晌才道：「母妃是為你好，沒有一個母親會害自己的孩子。你相信母妃，什麼都不要管，裝作什麼都不知道，只要靜靜地等著就好。等事成以後，你再進一步；事若不成，你權當不知情。你父皇捨不得將你如何的，到時候繼續當你的太平王爺也就是了。反正，壞也不會更壞，好了卻是一步登天，這個買賣不虧。」

榮親王心裡明白，這代表要是出事了，母妃會一個人扛起責任。

但他要是真的躲在母妃身後，看著母妃送死，他還算是個人嗎？

「母妃，您想想高家，想想外祖父，再想想舅舅。您想想他們吧！您不能把高家滿門一起拖進火坑裡。」榮親王跪在地板上，抓住母妃的裙襬。「高家如今已富貴至極，沒有再進一步的可能，但只要安安分分，好日子還是能長長久久地過下去。母妃，您不是一個人，高家一家子人，還有高家的親朋故舊，可都是會因為母妃而跟著喪命的。」榮親王勸解道：「再說了，那是兒子的父皇，您打算讓兒子成為一個弒君、弒父之人嗎？要真是這樣，您乾脆連兒子一塊兒殺了，省得兒子將來無顏見列祖列宗。」

高貴妃的臉色越來越難看，她一把拽起兒子。「你以前爭強鬥勝的雄心都到哪兒去了？」

「母妃，兒子是爭強好勝，但兒子不蠢。兒子爭的時候，那是因為父皇允許爭。可如今，父皇的態度明晃晃地擺在那兒呢，兒子還要爭什麼？有什麼可爭的？誰要想去爭，板子就該落到誰身上了。大哥怎麼不爭？二哥怎麼也不爭？您只看到了您的不甘心，怎麼就不想想別人？兒子曾經是嫡皇子沒錯，但二哥過去難道不是太子？他被立為太子的時候，還是個什麼都不懂的孩子，如今還不是因為身世被廢了，他就能甘心嗎？可再多的不甘心，又能如何呢？他們都不動，難道母妃自認您的眼光比皇長子的還好？比當了二十年太子的前太子還好？您醒醒吧。再這樣下去，咱們真的就萬劫不復了。」榮親王抓住高貴妃的肩膀，鄭重地道。

「如果有你舅舅幫襯呢？」高貴妃語氣低沈，悠悠地問道。

榮親王的舅舅，正是良國公世子高長天。

「您……您竟然說服了舅舅？」榮親王不敢置信道：「外公知道嗎？」

「你外公年紀大了，也該頤養天年了。」高貴妃的語氣越發淡漠。

榮親王的臉色瞬間刷白。「您知道您在做什麼嗎？」他的神色嚴厲了起來。「是您聯繫了舅舅？還是舅舅聯繫了您？」

「有差別嗎？」高貴妃笑道：「什麼叫做骨肉血親，這就是了。不論出頭的是誰，罪責都是一樣的。」

「看來，兒子也只能謹遵母命了。」榮親王眼裡的惶恐慢慢地褪去，有幾分冷冽的風采。

高貴妃看著榮親王神情的變化，不自覺地笑了。「母妃的兒子就該是有野心的，這樣的你，怎麼可能不是一個好君主？」

榮親王垂下眼瞼，有些疲憊地道：「母親是如何謀劃的？」

高貴妃的嘴角牽起了一絲笑意。「兒子，別跟母妃打聽消息，母妃知道你心軟，對你的父親和哥哥都下不了手。所以，你只當不知道吧。」她的聲音低低的，透著笑意。「不管怎麼做，母妃總是為了你的。」

榮親王閉上眼睛，他拱拱手，便退了出去。

秋雨濛濛，跟他的心一樣，陰沈沈的。他該何去何從？

抬起頭，只見不遠處的小路上，有一個不大的孩子，撐著油紙傘，不停地張望。

他知道，那是自己的外甥，沈飛麟。

「六舅舅安好。」孩子的聲音帶著特有的軟糯，讓榮親王嘴角的線條禁不住柔和了起來。

他皺了皺眉，道：「你身邊伺候的人呢？怎麼讓你一個人跑出來了？」

沈飛麟指了指一旁的亭子。「甥兒嫌他們煩人，就讓他們在亭子裡待著，甥兒自己過來園子裡轉一轉。」

榮親王抬頭一瞧，宮人們都站在亭子裡朝這邊張望，見到他靠近孩子時，一點也沒有戒備之色，反而都吁了一口氣，那表情好似在說，終於有人能管一管這個小子了。

能讓下人都待在亭子裡，證明這孩子心善。這下雨天的，要真是不講理的主子，可不得讓一個個下人都淋成落湯雞了。

看著這些宮人的態度，這孩子才這麼點年紀，就已經讓跟著的下人們不敢違逆了。他自己這般大的時候，可沒如此厲害。

「這園子天天一個樣，有什麼好看的？」榮親王將他抱起來。「舅舅送你回去，一會兒吹了風，該著涼了。」

沈飛麟的目光卻落在榮親王的臉上，那明顯的巴掌印，讓人想忽視也難。他眼睛一閃，問道：「舅舅是不是惹貴妃娘娘生氣了？」

榮親王詫異地看了這個孩子一眼。「是啊，舅舅不聽話。」

沈飛麟似乎沒察覺到榮親王的心情，直言道：「舅舅怎麼不去找外公？每次甥兒闖禍，娘要打我，爹爹總是護著我的。」

榮親王一愣。真是孩子話啊。

他將沈飛麟送到寧壽宮門口，看著他進去後，便轉身出了宮。

可一出宮，他才猛然意識到，今兒母妃找他談話的內容，估計會敗露。

自己臉上的巴掌印，孩子看見了，宮娥、太監們自然也看見了，想來這件事，很快就會傳到父皇的耳朵裡了。

父皇會怎麼想？從小沒有挨過打的兒子，突然挨了一巴掌，父皇能不查一查嗎？

他不知道沈飛麟那孩子叫住他，究竟是故意還是無意的？要是無意的也就罷，若是有意的，那這孩子的心機就太可怕。

若只是宮人看見，是不敢瞎說的。可一旦被沈飛麟叫破，事情就麻煩了。

他的反應，怎麼還不如一個孩子快？

榮親王懊惱極了，馬上轉身又想進宮，但才走了兩步又頓住。

父皇肯定能查得出來母妃要謀劃的事，他與其硬扛著，還不如原原本本的招了。說不定看在自己的面子上，父皇還能留母妃和舅舅一命。

但他進宮之後，該怎麼做？

一旦他跟父皇見了面，母妃肯定會知道，那麼挑撥母妃的人也會得了消息，那不就打草驚蛇了嗎？如今究竟該怎麼辦才好呢？

第一百三十七章　選擇

沈懷孝看著沈二急匆匆地進來，不由得皺了皺眉。「怎麼了？」

「小主子從宮裡傳來消息了。」沈二趕緊將紙條遞過去。

沈懷孝皺了眉頭。「是讓誰傳的消息？」

「就是跟著小主子的那些小子們。」沈二看了一眼外面的雨幕。「小的也不知道這些小子們是透過什麼渠道傳遞消息的。」

沈懷孝點點頭，打開紙條一看，眉頭皺得更緊了。

字條上只有一個數字「6」。

這樣的書寫方式，是蘇清河教給孩子們的。

這個數字代表的是什麼意思，他幾乎不用考慮就知道，指的一定是六皇子榮親王。

「去查查榮親王今日的行蹤。」沈懷孝吩咐道。

沈二沒有任何猶豫，趕緊轉身去辦事。

不一會兒，沈二就帶著消息回來。「榮親王只進了一趟宮，大約一個時辰左右就出來了。」

「如今人在哪兒？」沈懷孝問道。

「在大街上繞著圈子呢。」沈二有些不解地道。

沈懷孝心裡一頓，兒子傳消息給他，可是破天荒頭一遭，這就證明情勢緊急，兒子自己處理不了。

而榮親王的行為，也分外奇怪。

他馬上站起身來。「走，咱們偶遇榮親王去。」

榮親王此刻正坐著馬車在大街上繞著，他不敢回府。

不先處理好母妃謀劃的事，一旦回府就更說不清，別人還當他默許了。可如此要命的事，他又能找誰說呢？誰能不動聲色地傳話給父皇呢？

都說京城裡皇親多如狗，權貴滿地走。可他轉悠大半天了，卻連一個得用的人也沒遇到。

正煩心呢，就聽見外面一個聲音道：「敢問可是榮親王的車駕？」

榮親王不等隨從答話，趕緊撩起簾子，一見來人，他提得高高的一顆心，頓時放了下來。

來人正是沈懷孝的隨從。

榮親王朗聲道：「可是四姊夫在附近？」

沈二恭敬地道：「回王爺的話，主子在上面用飯，看見王爺的車駕經過，便讓小的前來問問王爺可有閒暇？若王爺得空，主子想請您過去小酌一杯。」

榮親王心中一喜，欣然允諾，便下了馬車，跟著沈二來到酒樓中。

沈懷孝請榮親王坐下，笑道：「正愁一個人吃飯寂寞呢，沒想到就碰見王爺了。」

榮親王呵呵一笑。「本王也沒想到會碰到姊夫啊。怎麼，四皇姊的身子還沒好全嗎？」

「已無大礙了。」沈懷孝斟了杯酒遞過去。「不過是皇上讓御醫盯著，要她再多歇一歇罷了，如今她也只能在園子裡轉轉。」

榮親王笑著點頭。「那就好，養好身子要緊。」他抿了一口杯子裡的酒，又問道：「姊夫不回去陪著皇姊，沒關係嗎？」

沈懷孝搖搖頭，壓低聲音道：「要是在下是專程來找王爺的，您信嗎？」

榮親王面色一變，手一抖，酒杯就這樣往下掉。

沈懷孝馬上伸手將酒杯接住，微微一笑，又若無其事地遞了一杯酒過去。

他確實想知道究竟是什麼事，能讓榮親王如此失神？

「誰讓你來的？」榮親王壓下心裡的慌亂，問道。

「王爺認為呢？」沈懷孝不動聲色地道。

「是太子吧？四哥還真是……」榮親王臉上露出幾分苦笑。

沈懷孝低下頭，也不辯解，只深深地看了榮親王一眼，陪他喝了一杯酒。

「四哥既然知道了，還讓你來找本王，就是打算給本王一個機會了吧，本王會記得四哥的恩情。」榮親王又乾了一杯酒。「姊夫一會兒可要進宮向四哥覆旨嗎？」

沈懷孝點點頭，他是得進宮跟蘇清河說一聲。

榮親王吁了一口氣。「今兒本王匆匆進宮，沒向父皇請安，其實也是怕父皇太忙，沒工夫見本王。」
沈懷孝明白榮親王應該是有要事想找皇上商量，卻得有個名頭。什麼時候兒子見父親還要遮遮掩掩了？看來事態頗為嚴重。
沈懷孝笑著應了一聲。「理藩院正好有事要向皇上稟報呢。」
這就是說他會面聖，順便替自己傳話。榮親王雙手舉起杯子，算是致謝。

乾元殿

明啟帝已經知道榮親王被高貴妃打了一巴掌的事，他面上不動聲色，但福順卻知道，皇上這是生氣了。
「查一查是為了什麼事？」明啟帝吩咐道。
不等福順查出個所以然來，沈懷孝就進宮覲見了。
見了禮，沈懷孝不敢廢話，直接道：「榮親王在街上遇到臣，與臣說到本想進來向陛下請安，又怕陛下不得空。」
明啟帝是什麼人，這些話裡的意思他再明白不過。
他盯著沈懷孝的眼神有些銳利。「知道有什麼事嗎？」
沈懷孝搖搖頭。「王爺非常謹慎。」
明啟帝點點頭。「老六的王妃人選還沒定，要從今年的選秀中挑出來。朕這就宣他進來，看他想要個什麼性情的姑娘，省得將來不喜歡，又埋怨朕亂點鴛鴦譜。福順，你去把這些話傳給高貴妃，讓她別干預了，兒孫自有兒孫福。」

沈懷孝吁了一口氣。這個藉口用得真不錯。

廣陵宮

不消一刻鐘，眾人都知道榮親王不滿意高貴妃為他選的王妃，而挨了一巴掌。

高貴妃讓人送走福順，頓時鬆了一口氣。

還好自己的兒子沒有出賣她這個母親，這個藉口找得好。

她今兒也是一時氣糊塗了，才給了孩子那一巴掌。要不是孩子這般圓謊，皇上只怕早就查出來了。

此時她倒心疼了起來。這孩子長這麼大，還真是沒挨過打。

對於選怎樣一個姑娘給自己的兒子，她如今是不怎麼在意的。只要兒子能坐上皇位，想要多少的女人沒有？

她靜靜地坐下來，看著外面的雨。

皇上，是她的丈夫，是她的男人，可惜他的心從來沒有在她的身上停留過。以前，她還能騙自己說，好歹自己是他的正室，死了也是要在同一個陵墓裡待著的人，別的女人又算什麼？如今，自己卻成了妾室……這一輩子，她還剩下什麼呢？

她不要皇上的命，只要他把皇位讓給兒子就好。剩下的日子，不管皇上願不願意，他都得陪著自己過完這輩子。

她的眼神漸漸地堅定起來。

她招來一個不起眼的小太監，輕聲說了幾句話。

那小太監悄悄地退了出去，融入雨幕中。

乾元殿

明啟帝看著進來的榮親王，招了招手。「坐過來吧，離父皇近點兒。」又吩咐福順拿熱毛巾和薑湯過來。「今兒的雨大，小心別著了涼。」

榮親王眼圈一紅，委屈地落淚。他真的是什麼也沒做，卻差點被自己的親娘給坑死。

明啟帝一見，就笑道：「你都是大孩子了，怎麼還哭了呢？」

他也不接下福順遞過來的毛巾，直接把薑湯灌下去後，就起身跪在明啟帝腿邊。「父皇，兒子求您，看在兒子的面子上，留母妃和高家的性命吧。」

明啟帝手一僵，忍不住顫抖起來。「你母妃是否想讓你跟她一起奪權，你不肯，所以她才打你的？」

榮親王將頭重重地磕在地板上。「求父皇恕罪。」

他一句多餘的話也沒說，父皇卻馬上就明白了他的意思。他心裡慶幸，還好父皇從來沒有疑心過他。

「父皇，兒子真的從來沒有……」榮親王趴在地上，還想再解釋得清楚一點。

明啟帝打斷他的話，扶他起來。「父皇都知道。你是朕的兒子，朕還有什麼不明白的。」

老六，算是他最小的孩子。而小七、小八是龍鱗的兒子，也是自己的姪兒，雖然同樣關懷備至，但到底少了一份掛心。

「你啊，從小就爭強好勝，但又膽子小，卻一直知道什麼時候該做什麼。覺得能分一杯羹的時候，你比誰都歡愉；覺得占不到便宜的時候，也躲得比誰都快。再說，你是朕的親兒子，有野心並不奇怪，但絕不會喪心病狂到取朕性命的那一步。」

榮親王默認，畢竟父皇說的，都是對的。

明啟帝安撫地拍了拍兒子。「你母妃一直都是個聰明的女人，她的事，與你無關。」

「父皇，她是兒子的母親……」榮親王看著明啟帝，哀求道。

「朕知道。」明啟帝嘆了一口氣。「朕不會對她怎麼樣的。依她犯下的罪行，什麼樣的懲罰都不為過，但父皇卻不能因為她，而困住你一輩子。若真是嚴厲處置了她，你一輩子就都得活在自責裡。父皇就算不顧念她，也得顧著你。」

榮親王旋即又跪下，將頭埋在明啟帝的膝蓋上，泣不成聲。

明啟帝扶起兒子。「好了，不哭了，跟父皇說一說是怎麼回事吧。」

「兒子也不知道是誰慫恿母妃的。」榮親王坐下，吸了吸鼻子。這話其實說得有些虧心，母妃要是自己沒有這樣的想法，誰慫恿都是沒用的。「母妃的意思，是讓兒子別參與一切的過程。之所以提前告訴兒子一聲，是怕兒子到時候不配合，壞了他們的事。兒子推測大概是有人聯繫了母妃，母妃又鼓動了舅舅，但外公卻是毫不知情的。以外公那般老狐狸的性子，知道了一定會阻止的。」

明啟帝點點頭。「你母妃還算是有良心，沒徹底將你拖下水。她要是真想利用你，讓你不知不覺地參與了這件事，到時候可怎麼好？就算父皇不捨得、不忍心罰你，你的兄弟們也不會甘心的。就連宗室和大臣那裡，恐怕都無法安撫了。」

榮親王頓時出了一身冷汗，臉上閃過一絲受驚之色。「要是母妃回頭又想讓兒子做些什麼，那該怎麼辦？」

明啟帝嘆了一口氣。「你母妃要真是如此，你答應她就是，她讓你幹什麼就幹什麼。到時候朕會放幾個暗衛在你身邊，如此一來，你不必來見朕，朕也能知道她要你做些什麼。有了防備，總比措手不及來得好。」

榮親王點點頭，心裡只希望母妃不要一錯再錯。

「別怕，回去吧。」明啟帝叮囑道：「要是有什麼拿不定主意的事，又不好進宮來說，你就直接去找沈駙馬。一會兒，朕再給你個差事，讓你去理藩院幫忙，如此一來，你們見面也算是方便不少。」

榮親王眼睛一亮。他還沒當過差呢，這算不算是父皇的獎勵？

「快回去吧，不然你待的時間長了，有人就該多想了。」明啟帝拍了拍兒子的肩膀。

榮親王這才告退。

明啟帝在榮親王走後，一張臉就冷了下來。「這個女人，還真是不能小看。」

福順低著頭，不敢回話。

「萬氏不是在打理宮務嗎？怎麼一點消息都沒得到？」明啟帝問福順。

福順能怎麼說？本來宮務是白皇后讓皇上的親信盯著的，可太子妃一伸手，有了要接管宮務的意思，白皇后也就順手給了她。沒想到太子妃是個心大的人，將以前的老人都換了，如今可不就出了紕漏。

他低著頭回道：「太子妃年輕，過兩年想必就好了。」

明啟帝冷笑一聲，心中有數。「把原來的人都滲透進去，將後宮給朕盯緊了。太子妃那裡，明面上過得去就行了，其他的，都由你親自盯著。」

「老奴遵命。」福順躬身領命。

寧壽宮

沈飛麟聽說榮親王剛從乾元殿出來，這才鬆了一口氣。

他能將宮裡的消息遞出去，說到底，也不過是仗著年紀小罷了，沒人會把小孩子的把戲看在眼裡。

白皇后看著沈飛麟笑道：「今兒又送信了？」

沈飛麟點頭道：「得問問他們在府裡過得好不好。」

「你這孩子，倒是個有心的。」白皇后摸了摸外孫的腦袋，覺得這孩子是怎麼看、怎麼好。

沈菲琪嘻嘻一笑。「那是外婆不知道，府裡有些人是從遼東就跟著咱們的，情分自然不同。咱們不在府裡，就怕有人會因為主子不在他們身邊，就欺負他們，這才要時不時地問一問嘛。」

沈飛麟一笑，點點頭。自己的姊姊總算長腦子了，說謊說得越來越順口。

白皇后問起了母子三人在遼東的日子。

蘇清河過來的時候，兩孩子正把白皇后唬得一愣一愣的。

白皇后一見蘇清河，不由得問：「遼東真有那般冷嗎？」

蘇清河笑道：「有地龍跟火牆呢。不出屋子，哪裡會受凍了？」

「到底是受罪了。」白皇后有些心疼，本來還想再問點什麼，又想起閨女現在頂替著兒子的身分，說多了只怕會露餡兒。

蘇清河看著沈飛麟描紅，小聲叮囑了兒子幾句，要他別在宮裡玩太多花樣，這才急匆匆地走了。

過沒幾天，從涼州突然傳來一個消息，讓京城頓時陷入一片震驚。

軍中發現了南越餘孽，如今已盡數被誅。緊接著，曾在涼州軍隊中效力的陳士誠，被禁衛軍圍在了家中，鋃鐺入獄了。

眾人一下子就懵了。南越都滅國多少年了，怎麼又冒出餘孽來？而且竟然還混到了軍中，看樣子人數不少，頗具規模。

這些人又是怎麼被發現的？又是被誰清除了？要知道，涼州可是東宮太子的地盤，誰能指揮得了太子的人？

想來想去，眾人的視線不約而同地落在了閉門謝客的護國公主身上。一時之間，眾人恍然大悟。

此時在豫親王府中，王妃也正在跟豫親王嘀咕著京城的八卦。「我就說，怎地一個小產養了這麼長時間，鬧了半天是出去辦事了。」她嘖嘖稱奇。「那涼州可是出了名的彪悍之地，你說這清河看著也不是那等凶悍之人，還真就把那些兵痞子給整治得乖乖的，這可不是一般的本事。」

豫親王翻了個身，面朝裡睡下了。心中想著，去涼州那可不算啥了不得的本事，她整天都在文武百官面前晃悠呢。瞧瞧她坐在東宮指點江山的那股子氣勢，愣是沒人看穿。

當然了，也沒人會相信蘇清河敢去頂替太子，更沒人相信真太子會以身犯險。這兄妹倆就是憑著一身誰也想不到的勇氣，隱瞞到了現在。

這話他沒法解釋，但心卻吊得高高的。這世上聰明人可不少，他能看破，自然就有別人能看破。

這件事要是漏了風聲，可會出亂子的。

耶律虎聽著隨從的稟報，眉頭就皺了起來。

涼州軍中出了如此大的事情，他卻直到現在才知道，是不是有點太晚了？

涼州可是兩國的邊境，大周軍中有任何異動，北遼卻沒收到消息，也太奇怪了。究竟是大周的保密工作做得太好，還是北遼的軍中，出現了他所不能掌控的變故？不管是哪一種，都不是他樂意看到的。

護國公主去了涼州，那跟自己談判的人又是誰？難不成是大周的太子假扮的？他嗤之以鼻。先不說那位太子殿下不可能男扮女裝，只說他自己，斷沒有分不清男女的可能。他敢用自己頭上的腦袋擔保，那天見到的護國公主，絕對是個女人。

如此一來，護國公主就不可能去涼州了。那麼在涼州的人是誰？

耶律虎踱了幾步，腦子裡閃過一個極為荒唐的念頭。或許去涼州的根本就不是蘇清河，真正的蘇清河在東宮。

這個女人扮演自己的哥哥，也不是第一次了。

耶律虎狠狠地捶了桌子一拳。又被這個女人騙到了，她居然將自己當成傻子一般耍著玩，還真是好本事。

以為自己有求於她，就得聽她的吩咐嗎？那可太小瞧他了。

蘇清河，咱們走著瞧！

第一百三十八章 入套

丞相府中，諸葛謀低聲向黃斌稟報道：「耶律虎曾向屬下透露，他在京城見過護國公主。如今，屬下也不知道護國公主去涼州的事是假的，還是耶律虎說了假話？可是，耶律虎騙咱們做什麼呢？難道是謊稱他跟護國公主有合作，好抬高身價？實在沒這個必要啊。」

黃斌點點頭。「耶律虎犯不上在這件事上頭說謊，那就說明護國公主還在京城，涼州的必然不是護國公主。」

諸葛謀眉頭一皺。「不是她？那會是誰？」

誰有能力在涼州軍內部動刀，還做到神不知、鬼不覺？排除了蘇清河，沈懷孝則是留下來抄了自己的老窩，白坤也一直在京城裡。

不過，能得太子全心信賴的人，也就這些人了。

黃斌沈吟半晌，才不確定地道：「在東宮的只怕不是太子。」

諸葛謀嚇得差點把自己手裡的茶盞給扔了。「那麼在東宮的，不就是護國公主了？真是好膽識。」他忍不住讚了一聲。

黃斌呵呵一笑。「光有膽識可不夠，還得有能耐才成。這位公主坐鎮東宮，不僅沒出過紕漏，表現還很亮眼呢，真沒想到女子也可以精明成這樣。」

諸葛謀放下茶盞，穩了穩心神。「主子，如今該怎麼辦？」

「天助我也。」黃斌的臉一下子就亮了起來。「這個節骨眼上，若沒有真太子，咱們又拆穿了假太子，接下來的戲可就好唱了。」

諸葛謀不由得雙手握成拳。「您這是想……」

「不在東宮的太子，哪裡能叫做太子？」黃斌眼睛一瞇，轉身對黑衣人道：「不惜一切代價，都要殺了粟遠冽，老夫不要看到粟遠冽活著回京城。」

暗影裡的黑衣人應了一聲，就出了門。

諸葛謀沒有再說話，心卻跳得厲害。這一次，能成事嗎？

乾元殿

明啟帝揉著額角。「看來是入套了。」

蘇清河點點頭。「是啊，入套了。只要哥哥那邊可以及時抽身，就沒太大問題。」

福順從外面進來。「陛下，有太子殿下傳來的消息。」

明啟帝趕緊接過來，看過之後，才吁了一口氣。「冽兒喬裝成商人，跟著商隊先往南走了，白遠則帶著替身走了官道。」

蘇清河鬆了一口氣。「那就好。」

明啟帝吩咐在暗處的龍鱗。「你再挑一批人過去，確保冽兒的安全。」

龍鱗應了一聲。「黃斌所能動用的人已經不多，這次是不是要全解決乾淨了？」

明啟帝點點頭。「你看著辦。」他叮囑道：「不過，一定要讓黃斌的人認為，冽兒傷重，難以救活。」

「放心，替身是在下親自選的，出不了差錯。」龍鱗說完，便退了出去。

明啟帝看著蘇清河。「從明天開始，妳就得露點破綻出來，怕是有人要來試探妳了。」

「父皇放心，女兒心裡有數。」蘇清河攥緊了拳頭。

明啟帝有些發愁地道：「這件事恐怕得提前跟妳娘說一聲，要不然等消息傳回來，可不得要她半條命啊。唉……不給她透底，怕她被嚇著，但是透了底，又怕她露餡兒。」

蘇清河有些無語。「娘還不至於那般不濟事。」

明啟帝擺擺手。「妳去忙吧，朕得回去陪陪妳娘，跟她好好說一說。」

蘇清河笑著點頭後，便走出乾元殿，一路回到東宮。

張啟瑞跟著蘇清河進了東宮的書房，就見方嬤嬤從外面進來。「太子妃讓人送了老鴨湯來，太子殿下要不要用？」

蘇清河擺擺手。「太膩味，不用了。有酸筍湯的話，給孤來一碗。」

既然太子要用膳，就不是一碗湯能打發的。不一時，便有宮女們端上幾樣菜色。

蘇清河用酸筍湯泡了飯，就著小菜吃得香甜。

「今兒出了什麼事？」蘇清河問道。不明白萬氏好端端的，為什麼突然送了湯水過來？

「宮務的事。」張啟瑞苦笑著回了一句。

蘇清河頓時明白了，不禁嘆了口氣。

萬氏不是不好，只是眼界和格局到底有些小了。她若是謹慎，倒不失為一個賢內助，可若再不知道輕重，她的苦日子只怕還在後頭呢。

「最近事多，孤也顧不上內院，你讓人盯著些，別惹出大亂子。」蘇清河吩咐張啟瑞。「一會兒你去給太子妃傳話，讓她最近暫時別見那些女眷了，宮裡得消停一段時間。」

張啟瑞點頭應下。

吃完飯，蘇清河難得地早睡了。

國庫裡有從黃斌那兒抄來的銀子，辦起事來也容易多。大國和小家是一個道理，有錢好辦事，不用斤斤計較，也不用拆東牆補西牆。

官員們都能拿到銀子辦事，彼此間也少了磨擦，她手中的事情也就少了。

蘇清河一夜好眠，第二天起床，可以說是神清氣爽，就連外頭那連綿的細雨，也不能破壞她的好心情。

本來等著看有沒有誰會來試探她？但是整整一天過去也沒見著人，她心裡有些不解。難道父皇猜錯了？

看著外面的雨幕，蘇清河估算著粟遠冽的行程。

此時，張啟瑞進來稟報道：「太子妃請殿下去用膳。」

蘇清河心裡有些不耐煩，但又不能顯露出來，便起身跟著張啟瑞去了內院。

一到內院，萬氏馬上見了禮。

蘇清河不知道自己是不是有些敏感，總覺得今天的萬氏有些不對勁。她那時不時瞟過來的目光帶著探究，這讓蘇清河的心不由得提了起來。

妻子認出丈夫，本就該是天經地義的事，這不奇怪。可奇怪的是，她早不懷疑、晚不懷疑，怎麼偏偏在這個當口懷疑了？

她明顯是打算試探自己的。時機巧也就罷了，就算被她探出什麼，她又打算做什麼呢？

萬氏打量夠了，正要張口說話時，只見蘇清河重重地放下了手裡的茶杯。

屋裡伺候的人都在，此刻嚇得噤若寒蟬，都默默地跪了下來。

萬氏的臉頓時脹得通紅。自家相公在下人面前如此不給自己臉面，是從來沒有過的事，她看向蘇清河的目光越發狐疑起來。

蘇清河瞥了她一眼，嘴角牽起一絲冷笑。「怎麼，不讓妳見朝臣的家眷，妳有什麼意見？父皇對妳管理宮務的能力不滿，妳還不知道收斂嗎？還是多花些心思在妳該管的地方吧。」

把皇上搬出來，就是在告訴她，不管她心裡有多少疑問、多少懷疑，都不要忘了宮裡還有皇上和皇后。這件事，可不是她能輕易戳破的。

萬氏馬上明白了這些話的意思，猛地抬起頭，看著蘇清河。

蘇清河還是一派的雲淡風輕。

良久，萬氏才低下了頭。「是。」

蘇清河臉色陰沈，沒有再給她說話的機會，便起身離開。

萬氏這是想幹什麼？她是聽誰說了什麼，還是被人利用了？

自己今兒一早起來，就想過任何一種可能，卻唯獨沒想到來試探自己的會是她。

張啟瑞臉上的汗都跟著落了下來。他萬萬沒有想到，問題會出在太子妃身上。他恭敬地低下頭，轉身出去。

進了書房，蘇清河吩咐張啟瑞。「查！給孤仔細地查，看看太子妃最近都跟誰接觸過？」

只見白嬤嬤已經在書房門口，等著張啟瑞了。

張啟瑞看著白嬤嬤，臉色有些不好。「我說老姊姊，您怎麼也犯糊塗了呢？太子妃的事，您總該心裡有數才對啊，今兒真是好險。」

白嬤嬤一臉懊惱。「我這不是怕公主替代了咱們太子爺嗎？」

張啟瑞真是哭笑不得。「那位是鳳，不是龍，您怕什麼？」

「那滿朝文武沒一個能識破的，我這心裡怎能不怕？」白嬤嬤拽著張啟瑞。「咱們家雖然有兩位小爺，可別忘了，寧壽宮的才是公主的親兒子。」

「您怎麼生出這樣的心思來了？」張啟瑞臉色頓時變了。「公主跟咱們太子爺是什麼情分，您不知道嗎？等太子爺回來，要是知道您這心思，您這輩子的老臉可就丟盡了。再說了，上面還有皇上在呢，即便太子爺真出了事，皇上萬沒有把江山給外人的道理，您怎麼就不明白呢？」

「要是給不了咱們小爺，還不如給公主呢。公主好歹是親的，可其他幾位王爺，那還真不好說。」白嬤嬤搖搖頭。

「我說老姊姊，您怎麼如此想不通呢？您就不怕壞了太子爺的謀劃啊？」張啟瑞恨鐵不成鋼地道。

白嬤嬤白著臉，看了張啟瑞一眼。「你這麼說，我心裡好歹就有點底了。哎喲，我這不是被咱們的太子妃給誤導了嗎？」

「太子妃怎麼會起疑心？」張啟瑞問道。

「太子妃今兒從寧壽宮請安回來，就變了臉色。」白嬤嬤回憶道：「可巧了，偏偏那時我肚子有些難受，就沒跟著過去，路上太子妃出了什麼事、見了什麼人，我還真不知道。如今想想，太子妃只怕是著了別人的道了。」

張啟瑞的眉頭皺得更緊，臉上卻露出幾分嘲諷的笑意。「老姊姊好歹也是個明白人，您說說，太子妃對咱們主子爺可曾上心過？這都多長時間了，都沒認出來，還得那不懷好意的人提醒，她這才注意上了。依我看，太子妃這不是在擔心太子爺，而是擔心她的地位受影響吧。皇上剛收了她手裡一部分的宮務，今日又有人在她面前一念叨，可不就想偏了。其實，想偏了倒不打緊，我現在就怕她走偏了。」

「這話怎麼說？」白嬤嬤頓時有些著急地問道。

「您說，這要是有人承諾太子妃，能直接讓咱們家的小爺上位，那咱們這位太子妃，還會不會在意太子爺的安危？」張啟瑞壓低聲音問道。

白嬤嬤跟在萬氏身邊這些年，好歹也看透了些她的為人，她看中的永遠都是自己的利益。

以前還不明顯，因為以前有主子爺在，才有安郡王府在，若是一個王府只剩下孤兒寡母，也沒什麼將來可言。但現在就不同了，如果有人能讓小主子成為太孫，萬氏還真敢……

白嬤嬤臉上的汗滴滴答答地落了下來。「差點壞了大事。」

張啟瑞見白嬤嬤確實知曉事情的輕重，鬆了一口氣。剛才那些話，他或許有些危言聳聽，但看白嬤嬤的樣子，想來她也覺得太子妃是個靠不住的人。「老姊姊，內院您可得經心點了。」

白嬤嬤點頭。「我知道了，交給我吧，出不了紕漏。」

「如果內院有什麼事，記得要及時通知我一聲。」張啟瑞再三叮囑道。

「知道了，我不敢大意。你說得對，公主的人品，咱們還是信得過的。」白嬤嬤深吸一口氣。「太子爺既然敢如此安排，自然有法子應對，是我失了分寸。」

「老姊姊，妳可算是明白嘍。」張啟瑞這才把心放下。「太子妃那裡，您跟往常一樣，能勸就勸，實在勸不動，您也別多說什麼。至於今日究竟是怎麼回事，由我去查，您只當什麼都不知道。膽敢挑唆太子妃，這背後的人可不簡單。」

「曉得了。」白嬤嬤鄭重地應下，才匆匆回了內院。

張啟瑞有些苦惱。這話該怎麼跟公主說呢？說太子妃怕您把太子給擠下去，這不是擺明了討罵挨啊？但這件事，能瞞得下來嗎？公主精得跟什麼似的，要是自己敢說一句假話，還不得吃不了兜著走。

連他都不得不佩服背後之人對人性的瞭解，簡直把太子妃看得透透的。

蘇清河見張啟瑞在門口磨磨蹭蹭的，心裡大概就有了底。要說不生氣，那是不可能的。這會兒情況都緊急成這樣，萬氏身為太子妃，還要出來添亂，為的也不過是私心。她也不想想，要是沒有太子，他們孤兒寡母要靠誰去？

張啟瑞走進書房，站在蘇清河面前，久久沒有開口。要是真說出來，他都覺得傷人。

蘇清河疲憊地閉上眼睛。「不用說那些有的沒的，你不說孤也知道她是怎麼想的，孤也沒空跟她計較這些。孤就想知道，是誰在她耳邊嘀咕的？東宮還是不乾淨嗎？」

張啟瑞低聲道：「聽說太子妃從寧壽宮出來後，態度就變了。究竟是在寧壽宮或是在路上聽說了些什麼，奴才還沒查清楚。」

「去查查跟廣陵宮有沒有牽扯？」蘇清河提醒道。

「高貴妃？」張啟瑞不由得道。

「嗯。」蘇清河淡淡地應了一聲，就打發他出去。此刻，她確實有些身心俱疲。方嬤嬤給她按著額頭。「殿下不用跟一個糊塗人計較。」

「孤懶得理她在想些什麼。」蘇清河整個身子都放鬆了。「孤就怕她惹事啊……」

內院中，白嬤嬤試探地問著萬氏。「主子怎麼突然有了這個想法？可嚇了老奴好大一跳。」

萬氏一嘆。「也是我一直以來都太粗心，如今卻也分不清真假了。只是，若真是公主……事情可就不好了。公主長得跟咱們殿下一模一樣，就怕皇上和皇后愛屋及烏啊。」

白嬤嬤明白太子妃是怕太子爺有個萬一，皇上會讓公主繼續扮演下去；而一旦公主占了太子之位，又怕沈飛麟會取代自家的小爺。

白嬤嬤一笑。「就算主子的猜測有幾分道理，您怎麼不想想咱們太子爺？要是沒有把握，太子爺會以身犯險嗎？您再想想皇上和皇后，要是真有危險，他們兩位肯放太子爺出宮嗎？依老奴看，您還是宜靜不宜動。」

萬氏一怔。「妳這話也在理。」她深深地看了白嬤嬤一眼，有口難言。

要是能讓自己的兒子直接上位，她又何苦戰戰兢兢地熬著呢？但這話還真不能說，誰也不能說。

她也覺得自己是不是瘋了？但這個念頭就像扎根在腦子裡一樣，怎麼也趕不出去。

她自問不是惡毒的女人，但另一個聲音卻在耳邊說著，自古帝王的道路就是踏著別人的鮮血而來的，從來沒有溫情脈脈的時候。

最是無情帝王家！想起這句話，她又覺得自己沒錯。

白嬤嬤不是她的人。她此刻無比清晰地覺得，她的心不是向著自己的。

張啟瑞拿著手裡的調查結果，心中有些不是滋味。

寧壽宮如同銅牆鐵壁，太子妃自然不會在寧壽宮裡聽到什麼，這變故還真是在御花園的時候。太子妃跟高貴妃有過短暫的接觸，儘管兩人沒說什麼話，但要真想傳遞消息，這點時間也夠了。

太子妃跟太子爺的夫妻情分，竟然比不上別人的三言兩語，豈不是可笑？

蘇清河看了看遞過來的消息，面無表情。「白嬤嬤恰好肚子疼，肯定是太子妃身邊有高貴妃的人，趕緊清理了吧。盯住太子妃，別讓她在這個節骨眼上惹事就成。」

張啟瑞臉上的神色不大好，但還是鄭重地應了一聲。

一艘商船正從南邊往京城而來。

船頭站著一個頭戴大斗笠的男子，身形挺拔，面容全被斗笠給遮住，只露出帶有青鬍碴的下巴。

不一會兒，一個黑衣人從船艙裡出來，朝男子走去。「主子，白遠傳信過來了。」

那男子伸出手，接過紙條，細細地看了看，臉上沒露出多餘的神色。良久之後，才道：「暗五，是不是還有別的消息？一併拿過來吧。」

被叫做暗五的黑衣人眼裡閃過一絲懊惱，將另一張紙條遞過去。「這是宮裡傳來的，說是看主子的心情，再決定給不給您看？」

「你覺得孤心情不好嗎？」這男子正是跟著商船回京的大周太子粟遠冽。

「白遠所帶的人，此次傷亡不小。這些人都是跟著殿下出生入死的兄弟，您心裡難受也是在所難免的。」暗五沈聲道。

粟遠洌抬眼，看著大江兩岸的隱隱青山，心裡說不出什麼滋味。

一將功成尚且萬骨枯，一個帝王的霸業，又該犧牲多少人呢？這些跟著他的兄弟，一個個離他而去，慢慢的，自己也會成為孤家寡人。

有些人，為了護著他而喪了命；有的人，為了殺他而丟了命。

他將手裡的另一張紙條看了看，臉上露出幾分嘲諷的笑意。

有人盼著他死，他不吃驚，可萬氏是他的原配妻子，在這樣的時刻，卻選擇背棄他，這讓他心裡多少有些愕然與悲涼。

他看著滾滾而逝的江水，漸漸地，心裡也無喜無悲了起來。

「既然白遠那邊成了，京城裡只怕很快就會有流言傳出來，咱們也快點趕路吧，得儘快回去才好。」粟遠洌轉身，往船艙而去。

暗五跟在他的身後，補充道：「不過，對方的折損也超過一半，元氣大傷。」

粟遠洌點點頭，心裡卻一點也輕快不起來。

第一百三十九章　歸來

黃斌看著眼前的黑衣人，臉上顯出幾分怒意。「你怎麼辦事的？怎會傷亡如此大？」

黑衣人身上帶著傷。「那些太子的親衛，都是百戰餘生的人，彼此間的配合十分有默契，而且……他們還用了毒。那毒一旦沾到身上，就沒有生機了，要不是屬下撤退得快，剩下的人都得折在那裡。由此可見，這次遇見的一定是太子無疑。」

黃斌慶幸道：「若是折損成這樣，你幹掉的還只是個替身的話，你也不敢回來見老夫了吧。」

「屬下不敢。」黑衣人俯身道。

黃斌點點頭。「把你的人都整合起來，修整一下，還有用處。」

黑衣人這才恭敬地退了下去。

黃斌直到黑衣人離開，才顯出疲憊之色。

剩下這一點人，還真不一定能保證他全身而退，他必須再找一個強而有力的外援才行。

於是，他讓人叫來了諸葛謀。

「你替老夫去見一個人吧。」黃斌看著諸葛謀道。

「請主子吩咐。」諸葛謀知道黃斌的猜疑心很重，因此在他面前，自己從來不敢表現出半點猶疑。

黃斌小聲地說了一句。

諸葛謀眼裡閃過驚訝之色。「主子是什麼時候和她……」

黃斌眼睛一閉，不打算有任何解釋。「去吧，快去快回。」

諸葛謀不再多問，轉身出去。

東宮

一個纖細的身影，正慢慢地移動到正院的窗戶外。

萬氏聽到細微的叩打聲，三長兩短。她拿著帳冊的手微微一緊，又若無其事地落在帳冊上。

半晌，她端起茶盞抿了一口，不滿意地皺了皺眉頭。

白嬤嬤看了一眼，才道：「可是茶涼了？老奴這就給您換熱的上來。」

「昨兒吃的杏仁茶甚好，嬤嬤給我熱一碗來吧。」萬氏頭也不抬地吩咐道。

白嬤嬤的手一頓，總覺得主子像是故意要支開她。不過，她也不敢猶豫，回道：「主子得多等一會兒，杏仁要現磨的才好。」

「無礙。」萬氏不在意地道：「我這一天到晚無所事事的，倒越發饞了。」她像是在解釋般地說。

白嬤嬤眼神一閃，笑道：「節氣變化，難免的。」說著，就轉身退了出去，趕緊朝小廚房而去。

門邊一個掀簾子的小丫鬟，在白嬤嬤離開時，微不可見地朝白嬤嬤點點頭；白嬤嬤則微微地合了一次眼睛，兩人之間有誰也沒發覺的默契。

萬氏等外面都靜了下來，才朝後窗那裡走去。

她輕輕地推開窗戶，見窗臺邊的秋海棠長得越發茂盛了。她好似頗為喜愛地摸弄著花盆邊作為裝飾的鵝卵石，卻在沒人注意的時候，將一個小小的、白色的小石子，默默攥進了手心裡。

掀門簾的小丫鬟在門邊一閃就消失了，好似風捲起了門簾一般，萬氏並沒有發現她的小動作。

萬氏拿到手裡的，並不是什麼白色的石子，而是一顆小小的白色蠟丸。

她急忙打開，卻被裡面的消息驚得臉色煞白。

殿下果然出事了！是誰下的手？

沒有了太子的東宮，誰還會將她放在眼裡？

她想起了護國公主，想起了目前竊據東宮之位的蘇清河。儘管她不知道太子是假的，難道連蘇清河自己也不知道自己是假的嗎？蘇清河對她的態度，自始至終都淡淡的，有時甚至是嚴厲的，憑什麼？

太子還在的時候，蘇清河對她尚且如此，如今，太子八成是不好了，蘇清河只會越發有恃無恐。

她該怎麼辦？孩子又該怎麼辦？

太子曾說過，如果他出了事，她唯一能依靠的只有蘇清河。

可是，蘇清河真的值得她信任嗎？她真的能將自己和孩子的一身榮辱，全都託付給她嗎？

其實，對於蘇清河的人品和信譽，她心裡是相信的。她相信蘇清河能保住他們母子，但也僅僅是保住。

她只想要活著就夠了嗎？不！她不僅要活著，還要活得好、活得有尊嚴，她的孩子也一定要登上皇位才行。

可這些蘇清河能給他們嗎？萬氏在心裡搖了搖頭。

白嬤嬤端著托盤，笑盈盈地走過來。

門口的小丫鬟輕快地問好，殷勤地替白嬤嬤撩開簾子。

「妳這丫頭，就是嘴甜機靈。」白嬤嬤好心情地誇了一句。

那小丫鬟嘻嘻笑著，眼神卻朝萬氏取東西的窗戶看了一眼，微微點頭。

白嬤嬤心裡有了數，就進了裡間。

「主子嚐嚐，今兒的味道可好？老奴多放了幾種蜜餞在裡頭，您嚐嚐順不順口？」白嬤嬤一邊收了桌上的帳本，一邊說道。

萬氏見白嬤嬤沒有異常，心裡鬆了一口氣。

白嬤嬤伺候萬氏用完杏仁茶後，便服侍她睡下，才去見了張啟瑞。

「確實跟外頭有聯繫，但傳遞了什麼消息，我就不知道了。現下，太子妃對我防範得厲害。」白嬤嬤輕聲道。

「再忍忍，殿下就快回來了。」張啟瑞透露了點消息，好讓白嬤嬤安心。

白嬤嬤眼睛一亮。「當真？」

「到時候會悄悄地換回來，您千萬別走漏風聲。如今且讓不安分的人鬧著吧，等那些人知道在宮裡的是真的太子，那就有好戲看了。」張啟瑞恨恨地想。

雖然別人不知道這其中的隱秘，但他從公主那裡多少聽到了一點消息。而今，被截殺重傷的是替身，而自家的太子爺，卻是安然無恙。

那個給太子妃送消息的幕後之人，最有可能就是派人去暗殺太子的主謀。這一點，他不信太子妃想不到。

但是，她明知道消息，卻選擇了隱瞞……其心當誅！

粟遠冽終於在明啟帝和蘇清河的焦心等待中，回到京城，並悄悄地潛回了宮中。

明啟帝拉著兒子，眼眶馬上就紅了。「朕再也不會放你出去了。你要是再不回來，你娘可要嘮叨死朕了。」他一句也沒提到自己有多掛心，但粟遠冽怎麼會感覺不到那份深沈的關懷呢？

粟遠冽只覺得自己被萬氏傷透的心，瞬間就湧起了暖意。「父皇，兒子這不是回來了嗎？沒事的，兒子不會傻到以身犯險。」

明啟帝上下打量著兒子。「瘦了！還瘦了不少……好在看著還挺精神的。」

粟遠冽笑道：「哪裡就瘦了？在船上也不能幹別的，日日都是吃了睡、睡了吃，沒長胖就不錯了。您這是心疼兒子，才會覺得兒子瘦了。」

明啟帝笑了笑，眼底有些欣慰。

他拉著兒子的手坐到身邊，這才吩咐福順去叫蘇清河。

粟遠冽小聲地問明啟帝。「清河這回受累了吧？」

明啟帝點點頭。「處理政務有多繁雜，你是知道的。你平時也累，但在朕這當爹的看來，還真是不心疼。兒子麼，就是要獨立自主的，可這擔子一旦放在閨女身上，哎喲喂，朕還真是不忍心。」

「可見父皇有多偏心。」粟遠冽笑道。

「人心都是偏的。」明啟帝一點也不在意兒子說他偏疼閨女。

突然間，他想起了龍麟回稟的信息，趕緊說：「幸虧你撤得快，要不然真回不來了。」語氣中有些後怕。

「黃斌手裡還是有些人才的。」粟遠冽嘆道。一想起那些為了他而送命的親衛，就感到心疼。

明啟帝拍拍兒子的手，安慰道：「清河說，只要你的那些人手一回來，她會幫忙醫治的，估計受傷的有七、八成能恢復。」

能減少傷亡，再加上不讓受傷的人留下永久的殘疾，當然是最好的結果。

粟遠冽點點頭。「如此一來，兒子心裡也能好受點。」

正說著話，蘇清河就跟著福順進了大殿。

一看見坐在明啟帝身邊的人，蘇清河整個人彷彿被抽走全身的力氣一般。這些日子，她也就是靠著一股拚勁在撐著。

福順趕緊扶著蘇清河坐到明啟帝和太子的身旁。

粟遠冽笑問：「怎麼，沒勁了？」

蘇清河無奈道：「太子可不是好做的，你總算回來了，我是真的撐不下去了。今兒回去，我能睡上個三天三夜。」

粟遠冽看著蘇清河的眼神透著柔和。他人雖在外面，但對於京城裡的消息，卻是全都知曉的。

他知道這個妹妹在這段時間幹了許多了不起的事，因此他這個太子的名聲不僅沒有受損，反而大增。

儘管還有許多不完美的地方，但人無完人，誰又能做到完美無缺呢？

「不想在東宮多待兩天？」粟遠冽的語氣帶著調侃。

蘇清河的腦袋搖得像波浪鼓似的。

明啟帝又問了粟遠冽關於涼州的事。

粟遠冽的眼神頓時就複雜起來。「情況其實比兒子料想的還要嚴重許多。甚至有一些被兒子看好的人，沒想到他們居然隱藏得這麼深。」

明啟帝和蘇清河就明白了，這裡面大概也有粟遠冽的心腹。

蘇清河垂下眼眸，沒有再多問。

這次的事，對粟遠冽的衝擊定是巨大的。軍中的心腹出了問題，親衛中的兄弟也損傷不少，再加上萬氏這個妻子的背叛……這些都是別人無法替他承受的苦難。

大殿裡的氣氛一時之間沈默下來，還帶著些許凝重。

蘇清河站起身來，吩咐福順。「是不是該安排咱們梳洗換裝了啊？哥哥就在這裡，我頂著這個裝扮，實在很有壓力。」

明啟帝呵呵一笑。「都去側殿吧。」

乾元殿裡絕對安全，兩人也不必擔心太多。

他們被不同的宮娥帶走，去洗漱換裝了。

蘇清河簡單地泡了個澡，又將頭髮綰起來，之後選了件黑底繡著紅牡丹的襖裙，快速地換上。

等她出來的時候，粟遠冽已經陪著明啟帝在大殿裡了。

粟遠冽看著蘇清河，揶揄道：「妹妹可是瘦了？」

明啟帝點點頭。「唉，你們都瘦了……不過如此也好，就算換回來也不顯眼了。」

蘇清河終於將重擔擱下，有些迫不及待地想回去。「父皇，要不女兒先出宮好嗎？」

明啟帝心裡就笑了起來。這是想駙馬了吧。

於是，他交代龍鱗，務必安全地將蘇清河送回宜園。

蘇清河跟著龍鱗離開，粟遠洌也不打算多待。既然回宮了，父子倆往後有的是時間慢慢說話。

他起身道：「父皇，兒子先去給母后請安吧。」

「走，朕跟你一起去。」明啟帝呵呵一笑。看得出來，他整個人都輕鬆極了。

寧壽宮

沈飛麟和沈菲琪已經睡了，白皇后倚在炕邊，就著燈火在做針線活。

聽到外面稟報明啟帝和太子來了，她也沒有起身，只是時不時地抬眼看一下。

等目光從太子身上掠過，她的手就頓住了，眼裡也有了淚意。

這是兒子回來了啊。

她胸中有千言萬語，卻沒問出口，只是站起身來。「吃過飯了嗎？」

粟遠洌一看母后的眼神，就知道她認出自己來了，他馬上接過話。「還沒吃呢，正餓著。」

白皇后馬上叫人擺飯，讓廚下多做一些兒子愛吃的菜。

一頓飯的工夫，她就一直坐在兒子跟前，不停地挾菜。

明啟帝笑咪咪地看著，眼裡滿是暖意。

等從寧壽宮出來，粟遠洌覺得自己都有些撐了。

張啟瑞一直小心地打量著眼前的太子，一時有些拿不準。

粟遠洌看了他一眼，就這一眼，讓張啟瑞險些跪下。

那眼神裡明明白白地寫著兩個字——嫌棄，只有真正的太子爺會這樣看他啊！

「太子殿下……」張啟瑞叫了一聲就說不下去了，聲音裡帶著哭腔，彷彿受了多大的委屈。

這傻奴才，總算反應過來了。

「哭什麼？」粟遠洌小聲地呵斥。「瞧你那沒出息的模樣。」

張啟瑞怕露出破綻，趕緊吸了吸鼻子，然後呵呵地傻笑起來，笑得露出白花花的牙給粟遠洌看。

粟遠洌又賞了一個「嫌棄」的眼神，張啟瑞的心，瞬間就踏實了。這下子他看得真真切切的，斷不會認錯。

等回到東宮，進了書房，也沒能逃過方嬤嬤的一雙慧眼。「太子殿下歇著吧，老奴去廚房看一看。」

「嗯。」粟遠洌回道。他還有許多話要單獨問一問張啟瑞。

等方嬤嬤退出去後，他往書案後一坐，才問道：「說吧，都發生了些什麼事？」

張啟瑞撲通一聲跪下。「太子殿下，您可回來了，您不知道，這些日子奴才可是提心弔膽……」

「別邀功。」粟遠洌冷哼一聲。「說點有用的。」

「奴才按照太子殿下的吩咐，小心地伺候公主，公主她也著實不容易。」張啟瑞替蘇清河說了一句公道話，這才道：「只是太子妃好似覺得公主有異心，所以……」所以什麼，他就不好往下說了。

粟遠冽明白地點點頭，臉上閃過一絲惱意。

「她是什麼時候知道宮裡的人是假的？」粟遠冽想再次確認一下。

「前幾天。」張啟瑞小聲地道。

粟遠冽冷笑出聲。「行了，孤知道了。」

蘇清河的突然回府，嚇了沈懷孝一跳。

沈懷孝什麼都沒問，就一把將人抱起來，回了內院。

上次離開家的時候，還是夏天，湖裡的荷花開得正好，滿池子飄香。如今呢，荷花已經凋謝，蓮蓬生在長長的莖上，隨著夜風搖擺。

船上已經有些冷了，但被沈懷孝用炙熱的身子裹著，倒也不覺得有寒意。

沈懷孝喘著粗氣，手搭在蘇清河腰上，慢慢地游移。所過之處，引起蘇清河微微的戰慄和輕輕的呻吟。

「瘦了這麼多……」磁性的聲音在耳邊響起，讓蘇清河有些失神。

她問道：「瘦了不好？」

沈懷孝不知咕噥了一句什麼，蘇清河沒聽清，她的心神全被身下的不適給占滿了。

「緊了。」沈懷孝的動作慢了下來，唇貼在她的耳根挑逗著。

蘇清河漸漸適應了他的節奏，享受了半個晚上的盛宴，人已經累得有些不清醒了。

沈懷孝將她摟在懷裡。「太子回來了？」

「嗯。」蘇清河閉著眼睛，從鼻子裡發出輕微的應答聲。

「總算讓妳抽身出來了。」沈懷孝輕聲說著，也不在乎她是不是聽見了。「這些日子，我可是跟著妳擔驚受怕啊。」

蘇清河完全聽不清楚他在說什麼，轉眼間就進入了甜甜的夢鄉。

這一覺，雖然沒有蘇清河當初預想的三天三夜那般誇張，但也真是睡了一天兩夜。睜開眼，已是第三天早晨了。

她渾身沒有一點力氣，靠在床邊，看著外面微微泛白的天。

「天還早吧？」蘇清河看著天不是特別透亮，問道。

「不早了，今兒陰天，看著雨是要下來的。」沈懷孝親自端了紅棗粥遞過去。

「宮裡怎麼樣了？」蘇清河不放心地問道。

「妳別操心，好好休息吧。」沈懷孝叮囑道。

蘇清河也就不再多問。既然哥哥回來了，想必會處理好一切的。

第一百四十章 穿孝

蘇清河回了宜園，而真正的太子粟遠冽已經歸位，這是誰也沒想到的事情。

粟遠冽設下了這個局，讓黃斌以為真正的太子受了重傷，自己也儘量少露面。

所以，從粟遠冽回來的第二天，眾人都發現，太子似乎越發難見到了。許多要回稟政務的大臣，再難見到太子的金面，摺子能被留下，已經算是客氣的。

粟遠冽看著文句比之前簡單許多的摺子，倒有些不習慣。不過，他並沒糾正，否則太子的突然變化，又會讓人無端地生出幾分猜測。

豫親王將拍賣的事情處理好，就來了東宮，回稟拍賣的結果。

粟遠冽還真不能將這位王叔給擋在門外，他讓張啟瑞趕緊將人迎進來。

「王叔來了。」

豫親王看著粟遠冽，微微地愣了愣，也不知道是不是他心裡的猜測作祟，總覺得今日這位太子又不大一樣了。

粟遠冽暗自挑眉。這位王叔還真是個敏銳的聰明人啊。

豫親王立即收斂了心神，將拍賣的帳本呈上去。

粟遠冽收了下來，卻隨意地放在手邊，也不打開來看一看，沒有絲毫要關心拍賣辦得如何的意思，反而淡淡地問候道：「嬸子在家忙什麼呢？也不見進宮。昨兒母后還說，想找嬸子說說話呢。」

豫親王一愣。這話題也來得太突然了。

他的目光從粟遠冽手下的帳冊一閃而過，笑道：「她還能忙什麼？清閒得很呢。趕明兒就讓她進宮來，陪著皇嫂消遣消遣。」

粟遠冽呵呵一笑。「就該經常往來才好。」說完，又轉了話題。「老五跟著王叔，這段時間倒是長進了不少。」

豫親王擺擺手。「他本來就是個機靈人，哪裡還要我教了？你可別給我戴高帽子。」話語透著真誠。

粟遠冽不以為意地道：「咱們家就沒有不機靈的。聽說，他最近帶著媳婦和閨女滿京城的閒逛，這悠哉的樣子，可是盡得王叔真傳啊。」

「你這是在損王叔吧？」豫親王哪裡肯承認。

兩人就這樣東扯一句閒話，西道一句家常，直到離開皇宮，豫親王也沒明白他跟太子究竟都說了些什麼？本來準備談的正事，卻是一句也沒說。

粟遠冽對拍賣的細節根本不瞭解，能說什麼？一說到確切事務，肯定露餡兒啊。所以，避而不談才是最正確的選擇。

而豫親王也正疑惑著呢。不管是真太子，還是蘇清河扮演的假太子，都沒有如此不把正事當一回事的時候。

他坐在馬車上，有些懵。剛才見到的究竟是真太子還是假太子，他竟然分不清楚了。

耶律虎坐在茶樓裡，聽著來自四面八方的交談聲。

京城裡的皇家，永遠是談論的中心。

太子又開歇性地發作了！這是這群人議論紛紛後所下的評斷。

耶律虎心裡冷笑。什麼發作了？根本就是慌了。

有真的在，假的自然從容；如今真的不在了，假的又該何去何從呢？再說，有人截殺真太子，就證明這人已識破了她假太子的身分，蘇清河這個女人當然不敢露面，因為她害怕。

沒人懷疑的時候，她與真太子是怎麼看，怎麼相像。可一旦有人懷疑，肯定會覺得她滿身都是疑點，只要認真觀察，總會發現破綻。更何況粟遠冽和蘇清河他們一個是男子、一個是女子，只要脫了衣裳就能輕易地驗明正身。

她不露面，恰好說明自己之前的猜測都是正確的，這個女人心虛了。

耶律虎看著大周京城中來往的行人，還有那熱鬧的車馬和喧鬧的街市……如果犧牲自己能為北遼爭取更多的利益，他想自己會願意的。

若是蘇清河將他當作一個為了自己便會犧牲國家利益的人，那可就大錯特錯，這是對他尊嚴和人格的侮辱。

他覺得，他有必要再和蘇清河好好地談一回。如今他手上掌握了更有利的把柄，該是提高價碼的時候。

黃斌在丞相府中，細細地聽著諸葛謀的彙報，臉上露出幾分笑意。

「與太子妃接觸一事，你做得很好。」黃斌誇讚諸葛謀。「不過，還是得謹慎行事。剩下的護國公主，也不是好對付的。」

諸葛謀想了想，回道：「還是讓太子妃再去探一探？」

黃斌點點頭。「千萬不要小看女人的野心。」

諸葛謀不大確定地道：「可他們畢竟是夫妻，一日夫妻百日恩，屬下就怕這個女人會配合護國公主，對咱們演戲。」

黃斌搖搖頭。「只要她深信太子回不來了，那麼，她就是一把利器。以她東宮遺孀的身分，誰都得對她客氣幾分，就憑這一點，她便能有恃無恐。」

諸葛謀嘆道：「女人無情起來，簡直比男人還可怕。」

黃斌嘲諷地笑了笑。所以，千萬別對女人用情。

天陰了半天，雨到底還是下來了。

風捲著細雨，帶著絲絲的涼意。東宮窗臺邊的海棠枝葉，也在隨風搖擺著。

萬氏吩咐白嬤嬤。「把那盆海棠移進來吧。」

白嬤嬤看了眼後面的窗臺，應了一聲，打開窗子，將花盆抱進來。花盆並不大，邊緣佈置著小小的鵝卵石。

這盆花是太子妃的新寵，不許別人碰的。白嬤嬤非常識趣，抱進來後就放在角落的花架子上，然後默默地退到一邊。

裡面鵝卵石的顏色不少，但以白色居多，白嬤嬤還真分不出來哪一個才是石蠟做的？

萬氏把書放下，打了個哈欠。「睏了，我睡一會兒，嬤嬤不用伺候了，歇著去吧。」

「老奴讓丫鬟們都在外面守著，您需要什麼再叫人進來吧。」白嬤嬤體貼地安排妥當。

儘管不信任白嬤嬤，但萬氏對白嬤嬤的伺候還是滿意的。

白嬤嬤直接回了她的房間。

此刻，誰也沒留意一個小丫鬟悄悄地去了外院。

萬氏找到自己要的東西，看過之後，面色越發蒼白起來。太子真的不在了……

她靠在床上，沈默良久，才揚聲叫了丫鬟進來。「白嬤嬤呢？」

那丫鬟一愣。「白嬤嬤回自己的房間歇息了，奴婢這就去叫她。」

「不用了。」萬氏攔了下來。「嬤嬤年紀大了，多休息一會兒也無礙。她沒出去吧？」

「沒有，方才從正院出去後，就直接回房了。」丫鬟回稟道。

「可別見嬤嬤打盹，妳們就四處撒野，跑到前院去晃悠。」萬氏漫不經心地道。

「不會的。」丫鬟趕緊道。「咱們院子可沒有人去過前院。」

萬氏吁了一口氣。看來白嬤嬤並沒發現異樣，也沒人向前院通風報信，那就好。

在東宮的內院，她相信蘇清河是管不到的。

「伺候本宮梳洗。」萬氏冷聲吩咐。

「太子妃是要去寧壽宮請安嗎？」丫鬟問道。知道主子要去哪兒，才好選適合的衣飾。

「簡單就好。」萬氏淡淡地道。去前院見蘇清河，不需要多重視。「選素色的衣裳吧。」太子出了意外，她作為妻子，應當守孝才對。儘管這個消息不知道什麼時候才會公布，又或者根本不會公布，可她既然知道了，就得盡自己的一份心意。

當粟遠冽看到萬氏一襲月白的衣衫，素銀的釵環，還有插在鬢角的白菊，頓時怒火中燒，不知道該如何反應才好。

張啟瑞險些嚇得一屁股坐在地上。我的老天爺喲，太子妃居然當著太子爺的面穿孝，那副寡婦樣子是要給誰看呢？

張啟瑞儘量縮小自己的存在感，他實在不敢去看太子爺的臉。

萬氏一臉悲憤地看著太子。「殿下，您知道我的意思了吧？事到如今，您還要瞞下去嗎？」

粟遠冽的嘴角一抿，垂下了眼眸。

張啟瑞看著太子妃萬氏的眼神，帶著一絲探究。這位太子妃的眼力可真差，假的她當作真的，如今真的她又當成是假的。

究竟是眼力不好，真的認不出來，還是被野心蒙蔽了雙眼？

粟遠冽轉頭看向窗外的雨幕，視線絲毫沒有落在萬氏的身上。

張啟瑞從太子的身上感覺到了一股悲涼。突然間，他的心中對萬氏多了幾分埋怨。

萬氏見「蘇清河」不理她，臉上就露出一絲冷笑。她自顧自地坐在離「蘇清河」比較遠的地方，表示自己的厭惡。「怎麼，不說話就能逃避嗎？」她的聲音有幾分尖銳與刺耳。

粟遠冽從沒見過萬氏這個樣子。她在他面前永遠是得體的、和順的、理智的，從來沒有如此失態過。

他有那麼一瞬間，真的想把真相說出來。他想，或許只是因為她突然得到自己死去的消息，心中難以接受，才會失常了；又或許是受到了別人的蠱惑，一時糊塗而已。他們夫妻有兩個孩子，即便沒有男女之間刻骨銘心的情愛，但至少也是有親情牽絆的。

萬氏見「蘇清河」看了過來，那眼神中有著複雜，她一瞬間還以為是太子回來了，但她隨即就否認了這個想法。這個護國公主就是太善於偽裝，才會假扮太子那麼長的時間也無人發現。

她差一點又被「蘇清河」騙了！

想到這裡，萬氏憤怒道：「殿下可真是個有心人，若不是您早就留心他的一舉一動，又怎會如此相像？」

她這就是在懷疑皇妹別有用心了。粟遠冽緊抿著雙唇，一言不發。

張啟瑞知道，這是主子已經十分憤怒的表現，他此刻挺佩服太子妃的想像力。她怎麼就不看看他這個奴才的表現？難道他這個跟著太子殿下這麼多年的奴才，會隨便換主子？她怎麼就不想想，沒有他這個貼身照顧主子的人在身邊提示，就算公主觀察得再仔細，也會出紕漏的。

粟遠冽沒有抬頭，又將視線落在窗外，他的聲音帶著嘶啞。「孤不知道妳到底要說什麼？沒事就回去吧，孤很忙。」

萬氏彷彿早就知道「蘇清河」不會承認，她冷笑一聲。「護國公主小產後，就閉門謝客了；那天，殿下的右手臂恰巧受傷，半夜還去了一趟宜園。也是從那天開始，太子就變得有點不一樣了。」萬氏冷眼盯著「蘇清河」。「殿下，您不覺得您應該給我一個解釋嗎？」

「妳想知道什麼？」粟遠冽問道。

她只要好好地問，他想，他會告訴她的，畢竟，她只是不知道真相而已。

萬氏眼裡露出幾分志在必得來。「殿下看起來心情不大好。」

粟遠冽點點頭。被自己的妻子這般對待，心情還能好得起來嗎？

萬氏冷然一笑。「您收到的消息，我也收到了。跟您一樣，我的心情也不好。」

她得到自己已經死了的消息，一點都不傷心也就罷了，居然還跑來談條件。

粟遠冽深深地看了萬氏一眼。她果然是個聰明的女人，知道在什麼時候做什麼事，才是對她自己最有利的。

第一百四十一章　錯位

「妳想怎樣？」粟遠冽淡淡地問出這句話，身體似乎一下子被掏空了。他知道，萬氏的回答一定不是他樂意聽見的。

萬氏沈默了一會兒，才有些傷感地道：「他曾說過，他萬一有什麼意外，我和兩個孩子唯一能依靠的，就只有殿下妳了。妳一定能護我和孩子周全，是也不是？」

粟遠冽抿抿嘴。這話他是說過，他還說過會和她好好地過日子。原來，她不是記不住，也不是忘了，她只是記住了她想要記住的。

萬氏看「蘇清河」的臉上沒有明顯變化，眼裡閃過一絲亮光。「我知道殿下是個言出必行的人，但我想，這對兩個孩子或是對殿下來說，都不是最好的選擇。」

粟遠冽這才猛然意識到這個女人的不平凡。

她先是穿著孝服前來質問，雖然面上沒有悲傷，卻是最恰當的。她把一個失了夫婿一心撫養孩子的母親的堅強形象，表現得淋漓盡致。

而她的質問，也不再是沒有原因，而是恰到好處的因悲傷而產生的遷怒，這樣只會讓清河更加愧疚。

接著，她就搬出他來，打了一手親情牌。

如果自己真的死了，皇妹要是知道自己這個當哥哥的曾說過這番話，能不感動又難過嗎？傾力相助是必然的。

緊接著，她所說的「不是最好的選擇」，則是在誘導一個正滿懷愧疚、感動和自責的人進入圈套。

想明白了這一點，粟遠冽就低著頭，不再言語，想聽聽她還要說些什麼？

萬氏見「蘇清河」沒有反駁，繼續道：「沒有了他，對孩子和殿下您都是不利的。其他幾位王爺跟殿下的關係畢竟非常疏遠，殿下想保住您的尊位，可不是那般容易。在某種程度上，咱們的利益是一致的。

「我跟殿下不親，甚至還有過不愉快，但兩個孩子畢竟跟殿下是打斷骨頭還連著筋的骨肉血親，就算不顧慮我，您也得顧著源哥兒和涵哥兒啊。

「即便您不為兩個孩子，也得為母后想想。如果皇位上坐著的是別人，母后的處境該有多難堪？所以，源哥兒是咱們唯一的選擇。」萬氏的聲音充滿了蠱惑的意味。

粟遠冽的眼裡閃過一絲波動。他不得不說，萬氏的說法是正確的，也是理智的。這就是一個天生的、由血緣所組成的利益鏈。

萬氏的「動之以情」還是挺動人的。嫂子不是親的，但姪兒是親的，如果姪兒尚不能打動清河，那麼親生母親就讓清河無法拒絕了。

萬氏接著道：「妳是知道的，我對於內宅還算可以掌控，但是關於朝堂，我就真的是一竅不通；而殿下這些日子的作為，可謂是有目共睹，比起他來，也絲毫不遜色。將天下交給殿下這樣的人，那是再適合不過，這也算是對天下黎民百姓負責。在孩子沒成人之前，能有一個至親攝政，是再好不過的。」

這就是赤裸裸的「誘之以利」了。真是好手段、好計謀啊！

粟遠冽頓時有些好奇，不由問道：「即便孤支持了，也不見得會成功吧？」

萬氏露出一副「別逗了」的神情。「事情成不成，只看皇上的支持。皇上對母后偏愛，也一向維護殿下兄妹二人，在一雙兒女只剩下一個的時候，您就是他們唯一的精神支柱。您的話，可是比誰都重要。

「再者，東宮暗中的勢力，除了殿下您，誰也調動不了。這一點，我尚有自知之明。」

萬氏看著「蘇清河」坦言道。

粟遠冽詫異地挑了挑眉。原本想著她不知道事情的真相，就算被人蒙蔽，也不是不可原諒。但如今聽她這一環套一環的想法和計畫，他心裡漸漸地起了寒意，只怕這些日子，她沒少琢磨過。

他看著萬氏，像是不認識她般地道：「要是孤不配合，妳待如何？」

萬氏無奈地道：「如今的狀況，只有三種可能。第一，從諸位皇子中選擇一人當太子。但是，這不符合殿下和皇后的利益，所以以殿下的機智，是不會走這一條路的。

「第二，就是選擇源哥兒。他是嫡子，也是嫡孫，身分適合，也最符合殿下的利益。當然，殿下心裡難免也會有顧慮，畢竟人心易變，就怕這樣的利益是短期的。等將來源哥兒長大，一切就都不一樣，您的擔心也是無可厚非。

「第三，那就是殿下您自己上位。唐朝就出過一位女帝，您要是想進一步，以陛下對您的偏愛，也不是不可能，但是，您有一個最大的劣勢，那就是您的兒子沈飛麟。他的資質無疑是上乘的，卻不姓粟，是外姓人，粟家的江山不可能交到外人手裡，就連唐朝的那位女帝，也不過是大唐李家的媳婦，最後江山仍是還給了李家。

「所以，不管從哪一方面來看，我給殿下的路，都是最恰當的路。」萬氏說完，便笑了開來。

粟遠冽面上不動聲色，心道，這就是「曉之以理」了。

接著，萬氏眼裡的寒光一閃。「不過，若殿下執意要選第三條路，那麼可別怪我沒提醒殿下。您莫名其妙地出現在東宮，有謀殺的嫌疑，這樣的惡名您可背不起。」

粟遠冽深吸一口氣。最後她竟然「脅之以威」了。

張啟瑞縮在角落，聽完這些話，險些給萬氏跪下。

沒想到太子妃竟深藏不露，如此心機也太恐怖。

萬氏說完，就起身告辭。「殿下好好考慮一下吧。」說完就揚長而去。

粟遠冽沒有攔著，他的視線始終落在窗外的雨幕上，久久沒有說話。

「你說，要是沒有孤，這天下是不是也亂不起來？」粟遠冽笑問道。

張啟瑞嚇得直接跪下。「太子，您這說的都是什麼話？」

粟遠冽呵呵一笑。「行了，起來吧。」

他不過是有些感慨罷了。都說「時勢造英雄」，若是自己真的遭遇了意外，或許萬氏真能成事。

命。

粟遠洌低頭打開摺子。他還有很多大事要忙，沒必要再為萬氏費心思，她有她自己的宿命。

宜園

沈懷孝去了衙門，蘇清河則慵懶地倚在湖邊亭子的圍欄上，聽著雨打荷葉的聲音，渾身舒服極了。

忙碌了一段時間，突然清閒下來，她其實多少還是有些不適應。

賴嬤嬤端著濃濃的雞湯過來。「公主殿下，快趁熱用吧。」

蘇清河不喜歡雞湯，但還是用了。賴嬤嬤如此費心地調理她的身子，這份好意她必須接受。「府裡沒出什麼事吧？」

「有兩個粗使的丫鬟有窺探的意思，已經被處置了。」賴嬤嬤雲淡風輕地道。

「都是誰的人，問了嗎？」蘇清河的手一頓，問道。

「沒問出來。」賴嬤嬤搖搖頭，語氣有些懊惱。

「不過是粗使丫鬟，能探知的也有限，不打緊。」蘇清河毫不在意地道。

下午的時候，沈懷孝就回來了。

他換了一身乾爽的衣裳，兩人坐著說話。

「大典在即，你正忙的時候突然回府，可是有什麼急事？」蘇清河見沈懷孝腳步比平時都匆忙些，趕緊問道。

沈懷孝灌了一杯茶，才道：「耶律虎今兒突然來找我，說是希望能再見妳一面。」

蘇清河眼睛一瞇。「不意外。這個人啊，可惜了……」

「現在隱隱有一些傳聞，都說太子出了意外，如今在宮裡的人是妳。」沈懷孝把身子往後一靠。「當然了，知道這個消息的人，也就特定的十幾個。」

這十幾個，除了皇子和王爺，都是朝中重臣。人數不多，但分量重啊。

看來，黃斌的速度比想像中要快。

「今兒皇上那裡沒什麼異樣，倒是太子開始不怎麼見人了。」沈懷孝又將宮裡的消息說給她聽。

「那我就見見耶律虎，看看他想說些什麼吧。」蘇清河轉著手裡的杯子，沈聲道。

「好，那便讓人去給耶律虎遞個消息。」沈懷孝讓人叫來了沈二。

沈二來得很快。最近兩個月以來，他真是累成狗了。

除了讓他傳消息給耶律虎，蘇清河還吩咐道：「讓你的人悄悄地去宮門口轉一轉，做出傳遞消息的樣子就成了。」

沈二還有些沒明白，沈懷孝就已經知道蘇清河的意圖。

這時候只要宜園的人躲躲閃閃地往宮裡遞消息，就會被誤解為是要傳消息給蘇清河。

沈二也不是笨蛋，隨即想通了。「那小的先讓人去宮門口晃晃，過半個時辰，再派人去回覆耶律虎。」

蘇清河打發了沈二，才猛地站起身來。「這些人都多疑，不能做得太顯眼。」說著，便寫了一封信，由暗衛遞進了宮裡。

耶律虎得到消息，愣了一愣。這個節骨眼上，蘇清河居然敢跟自己見面，讓他有些始料未及。

兩人的會面，沒有安排在晚上，而是在白天。

此刻，在城內的一處別院，透著別樣的幽靜。

耶律虎一上馬車，就不知不覺地睡了過去。等醒來的時候，蘇清河已經坐在他的對面，靜靜地喝著茶。

「公主殿下的手段還是如此陰險啊。」耶律虎冷聲道。

「手段只分有用和沒用，何來陰險一說。」蘇清河微微笑了笑，毫不在意。「大王要見本公主，所為何事？」

「公主殿下，今時不同往日了。」耶律虎臉上帶著一絲笑意。「咱們的條件是不是得重新談談？」

蘇清河沈默了半晌，看著耶律虎的臉色帶著冷冽。「往日如何？今日又如何？大王的話，本公主聽不大懂。」

「明人不說暗話。」耶律虎的身子微微前傾，整個人顯得極有侵略性。「公主殿下難道就沒有一點野心嗎？如今，公主殿下若想取代東宮，也是輕而易舉的事。本王願意助公主殿下一臂之力，公主殿下以為如何？」

蘇清河的身子往後一靠，看起來像是自我保護的一種行為，這讓耶律虎嘴角的笑意更濃了幾分。

蘇清河像是沒看到他的表情般，眉頭微挑。「大王打算如何助本公主？」

「太子已經隕落，可涼州的勢力，恐怕連你們的皇帝陛下都沒辦法完全掌控，但是本王相信，以公主殿下在涼州的影響力，卻足以接收這股勢力。只要北遼大兵壓境，就需要涼州的兵馬，而大周的朝廷也不得不重視您這位在涼州極具聲望的護國公主。」耶律虎看著蘇清河笑道：「所有的陰謀詭計，在強大的實力面前都不堪一擊。北遼，會給公主殿下提供一個展現威力的機會。」

蘇清河的眼神慢慢地深邃起來。「那麼大王又想得到什麼呢？」

「古拉隘口，本王只想要回被殿下奪走的古拉隘口。」耶律虎看著蘇清河正色道。

在哪裡輸了，就得在哪裡找回來，這就是耶律虎的信條。

「不是本公主奪走了古拉隘口，那古拉隘口本就屬於大周。事關國土，本公主一絲一毫都不能讓，這是原則問題。」蘇清河看著耶律虎，表情嚴肅。

耶律虎看著蘇清河的神色，漸漸有了變化。

「護國公主果真令人刮目相看。公主殿下要是更進一步，也是大周的幸事。」耶律虎收起心底僅存的一點對女人的輕視。「能將國家利益放在個人榮辱之前，公主殿下絕對算是一個令人尊敬的對手。」

蘇清河點點頭，微微一笑。「那大王就該知道，本公主不會為了自己的私慾而妥協。你的條件，本公主無法答應，咱們的合作也沒有進行下去的必要。」說著，就要站起身來送客。

耶律虎呵呵一笑。「難道公主殿下認為將這大好的天下託付給一個小娃娃，就是最好的選擇嗎？」

蘇清河颯然一笑。「好與不好，這都是大周的事。」

「公主殿下倒是灑脫。」耶律虎提醒道：「扶助幼主，最後的下場也不過是兔死狗烹，公主殿下能甘心嗎？」

「本公主成敗與否，難道會寄託在大王的身上？」蘇清河的神情帶著一絲傲然。「你是把本公主看得太輕，還是把自己看得太重？」

耶律虎眼神一閃。「想不到公主殿下居然對本王如此不屑一顧。那麼，但願有一天，公主殿下不會後悔今天的決定。」

「送客。」蘇清河撫了撫衣袖，淡淡地吩咐。

緊跟著，沈大就進來請了耶律虎出去。

耶律虎看著蘇清河，冷笑兩聲，轉身出去了。

他一踏出房門，頓時天旋地轉，連門外的臺階都沒看清楚，就暈了過去。

蘇清河這才起身，將几案上的花放在窗臺外，再滅了房間裡的熏香，又把所有的窗戶推開來透氣。

沈懷孝這才進來問道：「怎樣？入套了嗎？」

「嗯，深信不疑。」蘇清河看著天空飄落的雨絲，輕聲道：「咱們回去吧。」
她能做的都已經做了，剩下的就由不得她控制了。

第一百四十二章　遣將

耶律虎醒來的時候，馬車剛剛停下來，已經到了他下榻的院子門口。

他看了馬車內幾眼，還是沒弄明白自己是怎麼中招的？

他也不知道與蘇清河的這次談話，究竟耽擱了多久，去的又是什麼地方？他心裡有些不甘，下馬車時，還狠狠地瞪了一眼趕車的人。

趕車之人戴著大斗笠，沒露出真容來。耶律虎也沒探究，轉身進了院子。

沈二駕著馬車走遠後，才小心地將馬車的車簾卸下來。這車簾上的粉末，他還真不敢小覷。隨風吹到人的鼻子裡，馬上昏睡。

一面是毒藥，一面是解藥，想要人清醒還是昏睡，都是極其容易的事。要不是他事先服了解藥，也得中招。

耶律虎回到院子，隨從就前來稟報道：「大周的太子殿下請格桑公主進了皇宮。」

他一愣。蘇清河剛剛才跟他見過面，宮裡哪來的太子？難道黃斌沒得手？不可能啊，方才蘇清河明明沒有否認太子不在了的事實。

難道蘇清河還有替身？緊接著他又否定了這個想法。格桑那丫頭可不是好糊弄的，蘇清河不敢冒這個險。

那就是她一身兩用，打了一個時間差。怪不得見他的時候要安排得這般神秘。

他猜測，很有可能他們見面的地方，就是在皇宮或者皇宮附近。蘇清河先見了自己，再馬上去見格桑，可不就同時有了太子和護國公主二人嘛。

丞相府

諸葛謀站在黃斌身側，低聲道：「如今，耶律虎提出的交換條件越發苛刻了起來。從他那邊得來的消息看，這位護國公主只怕在故弄玄虛，真真假假，讓人看不分明。說是一個人吧，她偏偏製造出兩個人都在的假象；說是兩個人吧，她又沒否認東宮已經不在了的事實。屬下如今也看不懂，這位公主打的是什麼算盤了。」

「不過是攪亂一池水，乘機拖延時間而已。」黃斌呵呵一笑。

諸葛謀恍然大悟，不好意思地道：「整天揣摩的都是男人的心思，這忽然換成一個女人，還真是讓屬下摸不著頭腦。還是主子見多識廣，經驗多。」

「你這老小子，這不是說你主子我見識的女人多嗎？居然敢變著法子說老夫好色。」黃斌用手指著諸葛謀，笑罵道。

諸葛謀乾笑兩聲。「主子，屬下可絕對沒有這樣的心思啊。再說了，主子龍馬精神……」

「滾蛋。」黃斌難得露出幾分自得之色來。

諸葛謀呵呵一笑，趕緊轉移話題道：「但是，耶律虎提的條件實在有些過分。」

黃斌不以為意地道：「咱們現在承諾什麼，其實都是虛的，等到咱們的事成了，多難的條件都能達成。不論要付出什麼代價，跟整個天下比起來，都是微不足道的。再退一步說，那些條件，又不需要咱們付出什麼，敗的也是粟家的江山，跟老夫沒有一絲一毫的關係，咱們犯得著心疼嗎？」

諸葛謀表示明白了，便沒再多說。

黃斌讓他退下去後，才回頭對在暗處的黑衣人吩咐道：「讓咱們的人動手吧。」

「是。」暗處的人應了一聲，就消失在房間中。

乾元殿

福順快步走到大殿裡面，湊近明啟帝才道：「陛下，剛得到消息，林豐大人墜馬了。」

林豐是禁衛軍的統領，也是皇帝的心腹。

明啟帝愕然地抬頭。以林豐的身手，怎麼會墜馬？「看你這般急匆匆的，難道傷得很重嗎？」

福順的眼裡閃過一絲焦慮，他點點頭。「兩條腿都傷了，沒有半年時間，可能下不了床。」

明啟帝眼裡的暗光一閃而過。「先打發太醫好好照看，千萬不能留下後遺症。若是太醫沒把握，你悄悄地傳話給清河，看她那邊有沒有什麼好藥？」

福順應了一聲就出去了。

明啟帝放下手裡的摺子，沈思了起來。

在這個節骨眼上，守衛皇城的禁軍統領偏偏受了傷，說是巧合都沒人相信。「龍鱗，去查一查林豐落馬的事。」

龍鱗低聲道：「已經派人去查了。林豐本人應該沒什麼問題，他會發生這種事，只怕是親近之人在他身邊動了手腳。」

明啟帝眉頭一皺。「林豐沒有不良嗜好，不貪財、不好色也不愛賭，什麼壞毛病都不沾，家裡也非常簡單。你好好地查，別冤枉了誰。」

龍鱗點點頭。「這事倒是不急，如今只怕眾人都盯著這個禁衛軍統領的位置呢。」

明啟帝眼裡的寒意一閃。「朕心裡有數。」

隔天早朝，明啟帝坐在龍椅上，粟遠冽則站在他身側。

因為傳言，知道其中秘辛的人，都不免隱晦地多打量了太子幾眼。

誠親王抬起頭，和粟遠冽的視線一對上，就垂下了頭。到底是誰說太子遇難了？太子分明好好地站在這裡，難道他們看不出來嗎？

醇親王連看都沒看，他根本就沒信過傳言。要是太子真的遇難，父皇根本就掩飾不了情緒，他知道太子和護國公主在父皇心裡有多麼重要。

英郡王認不出太子來，卻很會看眼色。他眼角的餘光在兩位哥哥的臉上一瞄，心裡就有譜了。

榮親王知道父皇已有了防備，所以對於謠言，他根本沒往心裡去。他這會兒懊惱的是，剛才有個小太監給他捎了話，說是母妃要見他。母妃見他肯定沒好事。

豫親王緊挨著這幾位皇子，將眾人的神情都收在眼底。心裡直嘆，這些個姪子，就沒一個蠢的。

黃斌也在觀察眾人的神情。此時，他的視線落在誠親王身上，細細探究著。

誠親王心裡冷笑。他倒不介意露出幾個破綻給這個老匹夫看看，於是，他的左手不停地摩挲著右手大拇指上的扳指，左三下、右五下。他只要一遇到急事或有什麼煩惱，就會有這樣的小動作，這一點，黃斌是知道的。這小動作雖然不明顯，但他相信黃斌一定看見了。

這老匹夫一定會認定自己認出了上面的人並不是太子。

醇親王眼瞼一垂，心裡暗笑。大哥如今倒是乖覺了，不僅不搗亂，還暗地裡幫老四一把。要是在以前他當太子的時候，可沒這種待遇。

明啟帝像是根本沒發現下面的暗潮洶湧，只聽著朝臣稟報道：「皇上，如今禁衛軍統領一職從缺，事關皇宮的安危，臣以為必須馬上再安排一位適合的人，暫代其職。」

明啟帝點點頭。「一時之間，還真沒有適合的人選。」他一副為難的樣子，看向豫親王。「你有什麼推薦的人沒有？」

豫親王差點沒嚇死。這禁衛軍是何等緊要的位置，讓他推薦怎麼成？剛要推辭，心裡一動，彷彿明白了皇上的意思。他最近接觸最多的就是五皇子英郡王，五皇子身為皇子，忠心不容置疑，也沒什麼勢力可以依靠，沒有野心，暫代禁衛軍統領是極其妥當的。如此一想，他心裡就確定了下來。

再加上最近京城內的氣氛有些劍拔弩張，這禁衛軍統領墜馬，就透著一絲不尋常。所以，讓他推舉五皇子，應該就是皇上的意思。

於是，他站出來，笑道：「要是皇兄信得過，臣弟就推薦老五吧。這段時間，老五跟在臣弟身邊，臣弟瞧著也不是個糊塗的，應當能用一用。」

明啟帝眼裡就有了笑意。「你倒是不怕別人說你任人唯親。」

豫親王一聽這口氣，就知道自己猜對了。「舉賢不避親嘛。」

英郡王在豫親王推薦他的時候，就瞪大了眼睛看著豫親王，一臉的不敢置信，可後來一聽父皇的口氣，他趕緊把嘴閉上了。父皇會這麼安排，一定有什麼用意，他還是乖乖地聽話比較好。乖孩子不一定最受寵，但絕對吃不了大虧，這個道理他打小就明白。

明啟帝點點頭。「那就讓老五暫代禁衛軍統領一段時間。」然後眼睛一瞟，彷彿無意般地看著六皇子榮親王道：「你那是什麼表情？給你差事你不好好幹，這會兒讓你五哥出來當差，你又是撇嘴、又是斜眼的是幹什麼？不服氣啊？」

榮親王一直低著頭，也沒人看清他的神色。但他心裡知道，他沒那麼做過，父皇不帶這樣冤枉人的。「兒臣沒有……」他氣得臉頰都鼓了起來。

大臣們會心一笑。哪家沒有孩子啊？家裡的小兒子可不都是這樣，慣得不成樣子。

明啟帝瞪了一眼，安撫孩子道：「成了，你也別不服氣，要不就跟著你五哥，一塊兒管禁衛軍吧。」完全是敷衍地哄孩子態度。

榮親王頓時就想通了。父皇讓他暫管禁衛軍，那幕後之人不就以為有機可乘了？有禁衛軍的配合，那是大開方便之門啊。

早朝散了，明啟帝沒有絲毫異樣地離開了。

粟遠冽將頭微微一低，也緊隨明啟帝身後走了。

六皇子榮親王有些恍然地往外走，卻被英郡王叫住了。「六弟。」

英郡王的臉上帶著幾分不好意思。「六弟，父皇給的差事……」

榮親王還以為這位哥哥把父皇剛才的話當真，誤會了他。要是在以前，誤會也就誤會了，他才不稀罕解釋呢。可今時不同往日，他不能再如此任性下去。

他馬上打斷英郡王的話，解釋道：「五哥千萬別誤會，對禁衛軍統領一職，弟弟是真沒興趣。」他也不能說自己根本沒露出不高興的神情，那樣豈不是在指責父皇冤枉了他？於是道：「弟弟是……是覺得父皇小氣。怎麼能只是暫代啊？應該直接讓五哥管禁衛軍才是。」

英郡王在心裡暗笑。這傢伙膽子大了，竟敢指責父皇小氣。身為皇帝的兒子，哪裡敢伸手要權利啊，是嫌自己的日子太好過了嗎？一時間，他看向榮親王的眼神透著一絲詭異。

榮親王說完就後悔了，他抬手搧了自己一個嘴巴子。「弟弟又胡言亂語了，五哥就當沒聽見吧。」

英郡王「啊」了一聲，才恍然道：「六弟知道的，五哥打小耳朵就失聰，那可是一陣好、一陣不好的。所以，你方才都說了些什麼，五哥可是一句也沒聽見啊。」

榮親王看著英郡王的眼神有些驚詫，他從來都不知道五哥的耳疾如此神奇。想聽見的時候，就能聽見，不想聽或不能聽的時候，他的耳朵馬上就失聰。

誠親王跟在這兩個弟弟後面，險些被這兩個弟弟的對話給逗笑了。

就聽英郡王呵呵地笑，又接著道：「六弟啊，這次五哥得求你件事，你可一定得幫忙啊。」

「五哥這話說得客氣，有什麼事儘管說。」榮親王回道。

英郡王一臉的感動。「那就太好了。五哥這幾天可是愁壞了，你嫂子想要個兒子……」

榮親王面色一變。這種事他還真幫不上忙。

英郡王瞪了榮親王一眼，示意他聽自己說完。「咱們打算去廟裡齋戒一陣子，好求求子。」

榮親王這才恍然大悟，可心裡卻覺得奇怪。要兒子要得這麼急，騙誰呢？再說了，他們兩人年紀相差不大，他都還沒娶正妻呢，五哥就急著生兒子，還急得開始燒香拜佛了？這都是什麼爛理由？

不待他反駁，英郡王就自顧自地道：「這求子一事得心誠啊，心誠想必一定是靈的。所以，這俗事五哥我還真是顧不上了。禁衛軍的差事，六弟就先頂著，五哥在這裡先謝過了。等你嫂子給你生了姪兒，五哥第一個謝你。」說完，就快步離開。

英郡王快速地出了宮門，跳上馬車。

他才不傻呢，父皇明顯就是想用他做引子，好不著痕跡地把老六引出來，為的不過是不讓人懷疑。況且，最近京城的氣氛實在詭異，他還是帶著王妃和孩子，找個清靜的地方先避避風頭再說吧。

「噯……五哥、五哥，你別走啊！」榮親王馬上變了臉色。這燙手山芋咋地一下子就砸在他手裡了？

誠親王「噗哧」一聲笑了出來。「別喊了，老五的耳朵想必又聾了，他聽不見。」

榮親王愕然地看了大哥一眼，再回頭就見五哥不知何時已走得連影子都沒看到了。他從來沒想過，五哥居然是如此老奸巨猾。

誠親王以前覺得這些弟弟都還小，也沒怎麼注意過，今兒才第一次發現，這兩個小子真是人才啊。他忍著笑意，拍了拍老六的肩膀，轉身離開。

醇親王走到榮親王的身邊，停下腳步，也同樣拍了拍這個倒楣的孩子，才大步走開。

「唉……」榮親王的臉色比哭還難看。這些都什麼人啊？一個比一個還精明。知道他接下了爛差事，竟然一個比一個逃得快。

他正惱怒著呢，突然有一個小太監悄悄地靠過來。「王爺，娘娘有請。」

榮親王心裡頓時一凜，臉上的神色也收斂起來。他垂下眼瞼，淡淡地應道：「知道了。」說完，便毫不猶豫地往廣陵宮而去。

高貴妃看著大步走進來的兒子，眼睛一亮。「快過來讓母妃看看。」

榮親王點點頭，慢慢地朝高貴妃走去，心中的情緒複雜難言。

高貴妃拉了兒子一起坐下，接著就捧起他的臉。「還疼嗎？」她臉上的心疼和後悔不是假的，這些日子，她一直後悔當日的衝動。「都是母妃不好。」

「母妃，兒子都是大人了，還不至於受不得一巴掌。」榮親王的頭微微一偏，有些閃躲。

「你真的是長大了。那天母妃一時衝動打了你，還讓你頂著帶有手印的臉出去。幸虧你機靈，在你父皇那裡說了謊，否則就形跡敗露了。」高貴妃低聲道。

榮親王心裡一寒，縮在衣袖裡的手，瞬間握緊成拳。

高貴妃見兒子的臉色不好，知道他心裡仍有些排斥。可想到他肯為她這個做娘的隱瞞皇上，就表示他多少是有些動心的，於是低聲道：「你可知道禁衛軍頭領出事了？」

榮親王臉上閃過愕然之色。「母妃的消息可真靈通。」他抬頭看著母妃，瞬間明白母妃這次叫自己過來的目的，他乾脆先挑明道：「父皇讓兒子協助五哥管理禁衛軍，想不到這才剛下朝，母妃就知道了。」

高貴妃一愣。「你要管禁衛軍？」

「不是讓兒子管，是協助五哥代管。」榮親王強調道。

「怎麼會這麼巧？」高貴妃有些狐疑。他們正謀劃著要從禁衛軍入手，雖然沒想過能直接拿下統領的職位，畢竟能在這個職位上當差的，都是皇上的親信。他們的計畫也不過是等副統領升上去之後，再調幾個人到要緊但不顯眼的位置上待著，好配合行事。如今皇上突然讓老六參與進來，她有些懷疑皇上是不是知道了什麼，才故意設下圈套？一時之間，她看著兒子的眼神，就帶著探究。

榮親王心中一凜，眼神有些閃躲。

高貴妃一看，就知道有隱情，馬上問道：「怎麼回事？」

榮親王不好意思地道：「五哥跟著豫王叔做事有一段時間了，父皇覺得五哥能幹，才打算讓五哥接管禁衛軍。」說到這裡，他臉上露出幾分不忿的神色。「兒子有些不服氣，父皇看見兒子沒面子，才說要讓兒子協助。父皇還是跟以前一樣，就愛哄著兒子玩呢。」他一副毫不在意的樣子。

「你啊。」高貴妃伸出手指，點了點兒子的額頭。「這次算是將錯就錯了。」

「什麼意思？」榮親王的拳頭攥得更緊，面上卻一副漫不經心的樣子。

高貴妃嘆了一口氣。「你也該上點心了。要管就好好管，該怎麼調配禁衛軍，多聽聽你舅舅的意見，不會有壞處。」說著，她頗有深意地拍了拍兒子的手。

榮親王此時才看著高貴妃道：「母妃，您真的不回頭了嗎？」

「兒子，已經沒有回頭路可走了。」高貴妃盯著兒子，搖了搖頭。

榮親王臉上露出幾分苦澀的笑意，他嘆了一口氣。「母妃覺得好就好吧，反正不管怎樣，兒子總是會陪著您的。」

大不了被削爵，貶為庶民。有他幫著求情，總不會讓母妃丟了性命的。

高貴妃不知道兒子的心思，舒心一笑。「就知道還是你跟母妃最親。」

榮親王這才站起來。「兒子還有事情要安排，先走了。」

「也好。」高貴妃也站起身來。「不過，老五那裡……」

「五哥陪五嫂去城外齋戒，他閒雲野鶴慣了，除了跟錢財沾上邊的差事他樂意幹，其他的，他向來不插手。」榮親王解釋道。

高貴妃放下了心。「那你去吧。」

榮親王走在出宮的路上，心中百般滋味。

父皇已經知道敵人想要做些什麼，便搶先一步設下了陷阱。可笑高家還跟母妃在瞎折騰，真以為粟家的人都是傻子？真以為這個天下是如此容易得的？

他沒有再去找父皇。

他相信，他們母子在廣陵宮的對話，父皇已經全都知道了。

第一百四十三章　拒絕

明啟帝聽完福順的稟報，對於幾個兒子的反應表示滿意。

「老五真出城了？」明啟帝問道。

福順一笑。「是啊，五殿下出城了。」

這些子女之中，就數老五最滑頭。明啟帝微微一嘆。「龍鱗，傳密旨給老五，讓他在暗處佈置吧。」

龍鱗應了一聲。

明啟帝又問福順。「調出來的人都已經就位了？」

福順鄭重地點頭。「一切都準備妥當。」

「除了高家，還有誰動了？」明啟帝問道。

福順有些難為地道：「是大公主。」

明啟帝一愣，問道：「你說誰？」

「大公主。」福順的聲音低了下去。

明啟帝有些不敢置信，自己的子女中居然會有如此蠢貨。「她倒是有本事了。可她圖些什麼？又哪來的勢力讓她用？」

福順的身子越彎越低。「是沈家，大公主和沈鶴年達成了協定，並從沈鶴年手裡接掌了一部分的勢力，這股勢力本是沈鶴年為他的四兒子準備的。」
「大駙馬呢？」明啟帝的神色看不出喜怒。
「大駙馬一直在沈家別院，偶爾才出來走動，但甚少回駙馬府。」福順小聲道：「大駙馬是不知情的。」
「大丫頭想得到什麼？」明啟帝問道。
「鎮國公主的爵位。」福順的聲音更低了，根本不敢看明啟帝的臉色。
明啟帝愣了一瞬，才氣急而笑。「她的野心倒是不小，由著她去吧。」
福順心裡知道，皇上這是打算徹底放棄大公主了。
他真不知道該如何說這位大公主才好。皇上就算是慈父，卻也有底線的，而她的選擇可以說是觸到了皇上的逆鱗。
但沈鶴年估計更悲劇。皇上對自己的孩子，總是多了幾分寬容，對於大公主的作為，皇上一定會遷怒到沈鶴年身上。自己的孩子沒有不好的，不好的只有這些蠱惑自己孩子的人，這世上，就沒有不護短的父母。
京城中暗潮湧動，該來的日子還是來了。

立儲君，是國之大事。
各國的使節都早早地進了宮，被安排在各自的位子上觀禮。
一些宗室、勛貴和朝中的大臣，也都三三兩兩地湊在一塊兒，低聲交談。誰都能感覺到，今兒的氣氛有點不對勁。

駙馬沈懷孝幾乎成了全場的焦點。不止一個人在想，今兒護國公主到底會不會現身？

沈中璣帶著沈懷忠坐在勛貴之中，時不時擔心地看沈懷孝一眼。最近的傳聞他怎麼會不知道？可在這個時候，他越是不能跟沈懷孝聯繫，以防有心人藉故生事。

沈懷孝垂著眼，誰也不看，什麼話也不說，連給自己父親一個安撫的眼神都不曾有。他這會兒正鬧心著呢。

前方傳來一聲福順的唱名。「皇上、皇后駕到。」

眾人連忙起身見禮。

等行完禮，眾人各自落坐，才見坐在上首的皇上和皇后懷裡各抱著一個孩子，正是沈菲琪和沈飛麟。兩個孩子粉妝玉琢，露出小米牙微微一笑，很是可愛。

這就是沈懷孝煩心的緣故。皇上帶著兩個孩子出席，下面的人還不知道會怎麼想呢。

沈中璣抬起頭，看見自家孫子坐在上面，險些坐不住。

沈懷忠趕緊一把扶住他，小聲道：「父親，您可得穩住。」

沈中璣點點頭，隱晦地看了沈懷孝一眼，只見沈懷孝還是那副事不關己的樣子，連眼皮都沒動一下。如今這是什麼情況，難道太子真的出事了？皇上這是打算把東宮的位置傳給護國公主了？要不然抱著自家孫子幹麼？東宮也是有兒有女的啊。他用眼角餘光盯著沈懷孝，希望從他身上看出點什麼。

沈中璣的眼神這般熾烈，沈懷孝不可能感覺不到。連父親都這般懷疑，只怕很多人心裡都已經十分肯定了吧。

其實這些人真的想多了。自家兒子可是侯爵，按照朝廷的規矩，這樣的大型慶典他也必須要參加的。

當然了，皇上可能也有用兩個孩子迷惑敵人的意思，但更多的是出於對孩子的保護。如今眾人都猜測蘇清河要取代東宮，那麼兩個孩子不就是蘇清河的軟肋了嗎？自是得好好地護著了。

這些道理，沈懷孝心裡比誰都明白，但看著孩子被眾人不斷地打量，心裡就高興不起來。

他抬起頭，擔心地望著兒子和閨女，就見閨女嘴巴一嘟，「啵」了一聲，給了他一個飛吻，他臉一黑。這都是跟她娘學的壞毛病，在哪兒都敢飛吻，不過心裡到底甜了起來。最近忙，孩子又放在宮裡，等閒見不到面，他還害怕孩子跟他生疏了。如今一看，哪裡有什麼生疏感？

兒子也沈穩地對他點點頭，咧嘴一笑，眼神中表達出讓他放心的意思。

沈懷孝鬆了一口氣。真是兩個小魔障啊。

耶律虎見過蘇清河，也見過沈懷孝，如今一看這兩個孩子，就知道是誰家的。就算他們之間有再大的仇恨，對著兩個白嫩嫩的小包子，也很難生出恨意。

耶律鶯小聲地嘲弄著耶律虎。「羨慕人家的孩子好啊？哥哥家的也不錯。」

耶律虎知道她在諷刺自己。他長年在軍營裡，自己的孩子都是放養的，遠沒有這兩個孩子看著討喜。但他也不覺得自己的孩子就差了，反倒認為這樣被千嬌萬寵的孩子，才成不了氣候。

此刻，還不到吉時，耶律虎突然出聲道：「尊敬的大周皇帝陛下，不知道您懷裡抱著孩子，有什麼特別的意思？」

明啟帝眼睛一閃，不解地道：「不知北院大王這話是什麼意思？朕不過是含飴弄孫罷了，哪會有什麼特別的意思。」

「啊。」耶律虎好似恍然大悟般。「那本王就放心了。前陣子本王聽聞貴國的太子殿下遇刺，生死不明，本王還擔心了好些天。如今見冊封大典好不容易要開始了，您又抱著護國公主的孩子，真是不讓人多想都不行啊！陛下是知道的，咱們草原上從來沒有那套男尊女卑的說法，原以為大周都是極為保守的，沒想到陛下竟敢讓護國公主坐鎮東宮，實在令本王十分欽佩。」

這番恭維之詞，可是將傳言當場揭開，攤在了明面上，大殿裡一時之間悄然無聲。

明啟帝還是不動如山，心裡有數的人，就更是文風不動，等著有人往皇上挖的坑裡跳呢。

在場大部分的人，則都是相信耶律虎的說辭的。

沈菲琪接收到沈飛麟的眼色，就咯咯地笑了起來。

孩子的笑聲突兀極了，在這大殿上，竟把眾人給嚇了一跳。

連明啟帝和白皇后都一臉驚訝。這可不是他們教孩子的。

沈懷孝臉都綠了。這是什麼地方，孩子們也敢撒野？他立刻出列，瞪了兩個孩子一眼，跪下請罪道：「陛下恕罪，都是臣教子無方，日後一定嚴加管教。」

明啟帝不樂意地瞪了沈懷孝一眼。「孩子還小，你瞪著眼嚇唬她做什麼？」

只見沈菲琪眼裡已經起了水霧，把頭埋在白皇后的懷裡，委屈極了。

「告訴外公，妳在笑什麼？」明啟帝並不介意這小小插曲，柔聲問道。

「笑那位伯伯啊！他分不清我娘和舅舅，可他們長得根本就不像嘛。」沈菲琪嘸著嘴，然後對耶律虎道：「對不起啊，伯伯，我不該笑你的，但你真的認錯了。」

明啟帝眼裡泛起笑意。這孩子配合得真是時候。

這會兒，只怕黃斌更加認定東宮太子是清河假扮的了。因為在黃斌的心裡，一定會以為今兒這一幕是他特意安排的，為的就是利用孩子的口讓眾人相信東宮裡的人，是真正的太子。黃斌一定會認為這是在欲蓋彌彰。

耶律虎眼睛一瞇，對沈菲琪哈哈一笑。「沒關係，伯伯不介意。」然後轉頭對沈懷孝道：「令嬡真是可愛。」

沈懷孝點點頭。「孩子還小，多有冒犯，大王不介意就好。」

耶律虎看了黃斌一眼。其實，他心中還是希望可以跟蘇清河合作的。如果黃斌不能成事，蘇清河就很有可能會被拱上太子的位置，他也等於多了一層保障。為此，他不惜再努力一把，眼前聯姻的好機會，他可不能輕易放過。

他笑得越發爽朗。「皇帝陛下，不瞞您說，這小姑娘本王真是愛到心坎裡了，恨不得搶回家啊。本王膝下有七個兒子，都沒有婚約，若是陛下捨得割愛……」

話還沒說完，大殿之外就傳來一陣沙啞的拒絕聲。「不行。」

緊接著，就見到太子一身杏黃朝服，緩緩走了進來。

大殿裡，頓時就靜了下來，卻沒有人向這個太子行禮。因為剛才他強勢拒絕耶律虎的行為，不得不讓人深思。這人要不是親娘，用得著如此激動嗎？

沈懷孝看著耶律虎的眼神，恨不得吃了他。大人再怎麼勾心鬥角、爾虞我詐都可以，卻不該把手伸到孩子身上。

不光是粟遠冽和沈懷孝惱了，就是誠親王和醇親王幾位皇子的臉色也都變了。他們兄弟鬥得最凶的時候，也沒人對孩子動過壞心，孩子可說是他們的底線，而耶律虎，明顯越界了。

耶律虎看著眼前的太子，臉上閃過一絲冷笑。「太子殿下莫非覺得小兒配不上……」

「北院大王哪裡的話？」說話的不是別人，正是跟著太子進來的萬氏。她此刻心情頗為複雜地看了一眼眼前的太子，她眼裡的「蘇清河」，才接著道：「父母之命，媒妁之言，琪兒可是父母雙全，婚事自該由父母作主，哪有讓舅舅作主的道理？」說完，她別有深意地看向「蘇清河」。「您說是吧？殿下。」

粟遠冽看著萬氏的眼神，透著冷意。

大殿裡的溫度彷彿一下子就降了下來。這是夫妻反目的戲碼呢，還是兩人根本就不是夫妻？別人會認錯了太子，太子妃作為妻子，總不會認錯吧。

第一百四十四章　配合

耶律虎嘴角一挑，似笑非笑地看向一身太子朝服的「蘇清河」，眼裡滿是玩味，好似在等著看眼前的人會怎麼處理。

此時，高長天從自己的位置上站出來。「陛下，臣代天下臣民請問，太子殿下他是否真的安好？」

良國公看著自己的兒子走出去，愣了一下，繼而面色大變。「逆子！孽障！你滿嘴胡話說的是什麼？太子殿下就在眼前，好不好難道你看不出來嗎？」說著，他就趕緊跑出來，匍匐在地。「陛下，請您恕罪，老臣教子無方，有愧於君啊。這孩子精神有些不大好，恍恍惚惚的，老臣這就帶他回家。」

「父親。」高長天忠厚的臉上顯出一絲凜然。「食君之祿，忠君之憂。咱們良國公府的先祖自從跟隨太祖以來，無不忠心耿耿，從來沒有因為自己的私利而置大局於不顧。兒子身為高家的子孫，就算是死，也要為了忠義而死，這是兒子作為臣子的本分。父親，您不該攔著兒子問明白。」

良國公頓時氣血上湧，一巴掌拍了過去。「你個混帳東西。」

他心裡清楚，這次，是真的被這個蠢貨兒子把全族給賠進去了。而今，保住爵位就不要想了，如果能保住高家一族的性命，那就是最好的結局。

他瞪著兒子。方才兒子的一席話雖說得慷慨激昂，其實說到底，都是糊弄人的假話，再怎麼遮掩，也掩蓋不了兒子話語中所透露出來的蓬勃野心。

但他能否定兒子的話嗎？不能。即便心裡知道兒子在打什麼鬼主意，他也不能承認，就算豁出這張老臉，他也要把話給接下來，還得想想該怎樣才能減輕罪責，給子孫後代留條命。

良國公的神色慢慢地緩和下來，他的目光似有若無地飄向黃斌。對自己的兒子，他是知道的，要是沒有人蠱惑，他斷然不會有如此的決斷。而黃斌，就是這個蠱惑者。

在官場上爭權奪利了一輩子，他非常明白皇上的心思。

良國公府其實已經沒有多少讓皇家忌憚的勢力了，要是能被圈養著，未嘗不是後代子孫們的福氣。況且，皇上的目標根本就是黃斌以及黃斌隱藏的勢力。

他閉了閉眼睛。誰讓自己的兒子蠢，一頭撞了進去呢。

高長天看著父親臉上的神色不停地變化，心裡還是有些膽怯的。但正如妹妹所說，富貴險中求，若這次能將自己的親外甥推上皇位，那麼，至少也能得到一個有封地的世襲罔替王爵，總比如今的良國公府強吧。

一個堂堂的良國公府，聽著威風赫赫，其實，也不過是個空殼子。

父親總嫌他沒出息，可他自己不也是守著祖上的基業過日子，甚至還把基業都給賠了進去。這麼想著，他臉上的神色就堅定許多。

良國公沒再搭理兒子，他又對著明啟帝叩頭道：「陛下，老臣慚愧。老臣年邁，早已不頂事了，膝下諸子，也就眼前這個孽障算是有幾分本事。這些年，老臣之所以不敢把爵位傳給他，不是貪戀權位，而是知道這孩子耳根子軟，容易受人蠱惑……」說到這裡，他話語一頓，還特意看了黃斌一眼。

如此一來，就連傻子也知道他所說的蠱惑之人是誰。

黃斌就算修養再好，也被這一眼看得有些發火。

聰明人也都明白了良國公這是要幹什麼，不過是禍水東引罷了，就差沒指名道姓的說，都是黃斌害了我兒子。

良國公好似為了證明自己所言不虛，接著道：「老臣那大孫女高玲瓏，若是沒有她繼母的逼迫，也不會走錯了路啊！而老臣這個兒子，更是連自家媳婦都不看好的無能之人，一個婦道人家的枕邊風都能動搖的人，哪裡禁得起有心人的暗算？」

「父親。」高長天滿面通紅。

在這大庭廣眾之下，一個四十多歲的人，竟被自己的父親這般挑破隱私，他恨不得把自己的臉皮揭下來。父親的話讓他頓時又羞又恨，無地自容。

沈懷孝在良國公提起高玲瓏的時候，心中不大舒服。是非曲直，眾人心裡都有數，也虧良國公臉皮厚，敢拿出來說嘴。

良國公像是沒發現眾人的不屑，接著道：「陛下，老臣年邁，子孫又無能，高家能有如今的一切，都是先祖的庇蔭。而先祖僅憑著當年那點微薄的功勞，就能讓祖孫後代錦衣玉食的過了數代，皇家的恩德，高家無以為報，再不敢尸位素餐。老臣特請交還丹書鐵券，並請陛下允許老臣帶著家中老小，回老家頤養天年。」

話音一落，滿殿譁然。

這可不是小事情啊！良國公府在大周是何等顯赫，無人不知、無人不曉，怎麼會想上繳丹書鐵券呢？

這是為了什麼？就為了高長天說的那幾句話？

但高長天好像只是詢問太子一事而已啊，這件事不管早晚都得爆出來的，早一步、晚一步有什麼差別，至於如此嗎？

良國公的反應，充分地顯現出這件事的重要性。

一時之間，眾人心裡更加驚疑不定。

良國公是公認的老狐狸，這隻老狐狸一定是嗅出什麼不尋常的味道，所以才祭出了這麼一招。

以良國公有利可圖就絕不放過的性子，之所以會下這個決定，一定是不得已而為之。眾人心裡不由得想到一個詞——斷尾求生。

捨了爵位，求得一門子孫平安。

若真是這樣，那麼坐在皇上和皇后身邊的人，就一定不是護國公主假扮的，而是真的太子！

一時間眾人都微微抬起頭，用眼角餘光去打量太子。

萬氏坐在太子的身邊，此刻也直直地朝太子看了過去。別人不敢盯著太子看，那叫犯上，可她是太子妃，有這個權力。

這麼一看，她瞬間有些失神。自己究竟有多少日子，沒仔細看過眼前這個人了？她的手微微有些發抖。太子的五官還是一樣，可身上的威嚴為什麼讓她有種快要窒息的感覺？她心中有些不確定了起來。

耶律虎看了看良國公，又轉頭看向太子妃，最後將視線落在黃斌身上。如果可以，他還真想一巴掌打在黃斌的臉上。黃斌做事有這麼不可靠嗎？

黃斌的臉色有些陰沈，手裡攥著的佛珠越握越緊。

就見高長天脹紅著臉，大聲道：「就算父親交還了爵位，但兒子還是大周的子民，大周的子民，就該知道大周的太子殿下究竟是不是真的安好？若確定太子遇刺只是一些無聊的市井流言，兒子自當領罪，絕不連累家門。」他被良國公的話氣得頓時失去了理智。

這個蠢貨！

不僅良國公在心裡罵道，此時不少人都默默在心中罵了一聲。

而黃斌的眼裡，卻閃過一絲光彩。

對！就該這樣，真假其實無所謂。

如果這個太子是真的，那麼被刺客擊殺的就是替太子去涼州的護國公主。這樣一來，皇上、皇后乃至太子會如此看重護國公主的孩子，也就無可厚非了。

然而，該怎麼驗證太子的真假？總不能讓當朝太子當眾寬衣吧，還要不要體面了？那麼，最好的驗證辦法就是太子和護國公主同時出現，可護國公主已死，也就無法在眾人面前證明太子的真假了。所以真的如何，假的又如何？只要能給他一個動手的藉口就好了，就算是真的也可以弄成假的。

黃斌能認為護國公主已經死了，大殿裡的許多人也同時想到了這種可能。

但只有耶律虎，他此刻脊背發涼，覺得事態比他想像得要嚴重許多。他百分之百肯定，護國公主是活著的，因為自己才見過她啊。

因此只有兩種可能。一種是黃斌失手了，這老貨誰也沒殺成；另一種可能就是上面坐著的是護國公主，但她不知道用了什麼辦法，讓別人以為死了的是她，而不是太子。

要是第二種可能，那這個女人就太可怕了。

可若是第一種可能，他心裡也覺得不大對。他跟黃斌之間，來往也不是一、兩天了，他深知黃斌這個人手裡的財富和資源有多龐大，要是連這點小事都處理不好，他這些年來早就死八百回了。

黃斌感受到了耶律虎的視線，心裡吁了一口氣。幸虧耶律虎不知道他的老底早被掀了的事實，要不然這傢伙要是臨陣倒戈，可就沒戲唱了。

大殿裡一時間都沒人說話，讓事情變得更加難測了起來。

忽然間，沈懷孝看著高長天，淡淡地道：「不知道世子想怎麼證明？護國公主是本駙馬的妻子，本駙馬的妻子身子不好，如今在家休養，這是眾所周知的事情。世子單憑幾句市井流言，就想叫堂堂的護國公主前來作證，難道不覺得可笑嗎？

「還說什麼忠心，世子的忠心就是懷疑太子？今兒敢懷疑太子，明兒世子又想懷疑誰呢？要是因為世子的疑心，就興師動眾……那麼，本駙馬是不是也可以說良國公府調兵遣將，意圖謀反，理當將高家人全押入大牢，然後再容你們慢慢地申辯呢？」

沈懷孝語調不高，話裡卻透著諸多嘲諷。

他瞥了一眼臉色已經沈下來的高長天和良國公。「別說護國公主的身分不容你們放肆，就憑護國公主是本駙馬的妻子，沒有本駙馬的允許，你們休想因為幾句傳言，就讓她拖著病體做什麼無聊的證明。

「其實，本駙馬根本不必與世子多費唇舌。世子膽敢懷疑儲君的真假，本身就是天大的罪過。」沈懷孝厭惡地挑挑眉。

高長天猛地站起身來。

「世子這是在做什麼？」一個聲音突兀地道。

高長天本來打算發飆，不想卻突然有人發了話。

這說話的人卻是誰也沒想到的一個人，竟然是前太子——如今的醇親王。

這位王爺自太子之位下來以後，低調得幾乎讓人忘了他的存在，但此時卻突然跳出來，真是讓人不得不多想了。

要是太子真有問題，那麼離東宮之位最近的，應該是醇親王才對啊。

他畢竟當了二十年的太子了，打小就是作為儲君被培養長大，也沒什麼劣跡，連被廢的理由也是因為太子不立庶子，根本就沒有否認他作為儲君的能力。

那麼一旦東宮的太子之位空了下來，醇親王才是不二人選啊。

眾人的視線都落在了醇親王的身上。他的風度儀態，那真是沒話說，讓人覺得威嚴不可侵犯。

高長天被這麼一問，一時不知道該怎麼回話。

醇親王像是沒發現眾人的打量與猜測，平靜地看著明啟帝道：「父皇，兒臣身邊的平仁，您是知道的。他出門替兒子辦事去了，之前曾傳回來消息說，恍惚間看見有個跟四弟長得頗為相像的人被盜匪截殺了，一箭沒入胸腔，只怕是活不成了。兒臣當時只當是奇聞，畢竟長相相似的人哪有那麼多，怎地偏偏被他給遇上了？如今，聽世子所言，這傳言倒是有些來頭。要不然，還是讓皇妹出來，解了大家的疑惑也好啊。」

大殿裡的眾人頓時倒吸一口冷氣。

這位前太子，該不會是想要跳出來爭奪太子之位吧？

如果眾人方才還有些不確定的話，現在則已有八成的人都敢肯定，上面坐著的太子，一定有問題。

要是沒有十足的把握，前太子醇親王會跳出來說話嗎？

二十年的時間，讓前太子擁有不少人脈和勢力。前太子要是個簡單的人，早被誠親王拉下來了。

前太子的能力，還是值得肯定的。而他在這個時候跳出來，必然代表著這個時機是最為恰當。

黃斌眼睛一亮，要是前太子肯參與進來，那就真的沒什麼好擔心的了。前太子手裡不可能一點勢力都沒有，若能在此時一起發難，那真是太好了。

黃斌摸了摸鬍子，第一個站出來聲援。「老夫贊同醇親王殿下的話。」

他明顯是在向醇親王釋出善意。

當時醇親王是太子的時候，黃斌作為誠親王的外公，可沒少給醇親王添堵，可沒想到轉了一圈，兩人的利益關係又一致了。

沈中璣眉頭一皺，心想要是上面坐著的真是護國公主，那對沈家來說，當然是再好不過。就算是為了孫兒，沈家也必須出一把力的。

於是沈中璣站起身來，朗聲道：「老夫不贊同。雖說臣不敢懷疑醇親王話裡的真假，但臣想，作為臣子，還是應該相信聖上的。陛下的態度，就該是臣子的態度。」

這話一出口，連沈懷孝都想笑。

沈中璣作為醇親王的岳父，以前對醇親王不可謂不好啊。兩人本該是同盟，跟黃斌站在對立面上，如今倒好，敵我關係整個顛倒了。

醇親王的話，眾人是信的。

黃斌身為丞相，自然也不會信口開河。

沈中璣明顯是在維護坐在上首的太子，這更肯定了這個太子的身分。要真是沈家的媳婦上位，沈家可是光榮顯耀了。

誠親王頗有深意地看了醇親王一眼。

沒想到醇親王一出手，馬上將黃斌給引了出來。再加上沈中璣的私心作祟，就將太子遇刺一事，在眾人心中給坐實了。

看來，兵刃相接就在眼前了。誠親王渾身不由得戒備了起來。

萬氏看到當下的情景，眼睛都紅了。黃斌難不成打算跟醇親王聯手？那自己的兒子還有幾成把握？如今她能依靠的，就只有蘇清河了。

於是萬氏眼圈一紅，站起身來，對著太子就跪了下去。「公主，求您看在太子殿下的分上，幫幫我，他們這是要逼宮啊。想想源哥兒和涵哥兒，那可是您哥哥的親骨肉啊！」

「住口！」白皇后怒目圓睜，眼淚卻頓時流了下來。她實在忍不住了，兒子簡直太委屈自己了。

可下面眾人一看白皇后哭了，太子妃又朝太子喊「公主」，都猛地站了起來。

誠親王差點沒笑出來。他突然覺得，老四還挺可憐的。

醇親王看了誠親王一眼。「這下子心裡平衡了吧？你瞧瞧老四的臉，跟吃了蒼蠅似的。」

誠親王哼了一聲。「我還沒你機靈，要不是你發話，這些傢伙且跳不出來呢。」

醇親王謙虛地一笑。他早就知道這根本是父皇設好的圈套，只等著敵人往裡頭鑽呢。可是黃斌那傢伙太過謹慎，硬是不入套，他只好撒了一把誘餌。果然，黃斌上當了。

他一點也不怕皇上和太子誤會自己。因為平仁早就跟著出海的人探島去了，這個提議還是太子主動提出來的，所以，平仁根本不可能看見什麼。

皇上和太子方才一聽他說的話，肯定就能知道他的意圖。這也算是他對老四這個太子的仁厚，投桃報李吧。

誠親王的人也跟著一道去探島了，所以，誠親王也明白他那麼做的意圖。畢竟，誰來演這齣戲，可都沒有他這個前太子有說服力。

雖說兄弟們都嫉妒老四，老四確實得了父皇的偏愛，比起他們來說，是幸運得多。但是，世事難圓滿，沒想到在夫妻緣上，老四卻是個悲催的。

他們兩人的王妃，那真是將他們放在心坎上的，而老四的太子妃，卻連自己的丈夫都認不出來。

誠親王和醇親王的心裡，頓時快意了不少。

這世上還真是有得就有失，也算不清究竟是誰占了便宜，誰吃了虧。

而萬氏被白皇后呵斥一聲，心裡頓時就委屈了。「母后，您只顧著自己的女兒，就不想想自己的親孫子嗎？」

粟遠冽頓時氣得發抖，他容不得任何人對母親不敬。他抬起手，一巴掌搧在萬氏的臉上。

萬氏身子一歪，嘴角就流下了血。她站起身來，瞪著「蘇清河」。「好一個護國公主。」

然後轉過身，面對著滿朝的大臣，跪了下來。「請諸位大人為了天下百姓，誅奸佞，為太子報仇。」

黃斌快步上前。「太子妃請起，老臣義不容辭。」

說完，他露出冷笑，看著明啟帝。「還請陛下還太子一個公道。」

高長天終於揚眉吐氣了，他大喊一聲。「來人。」

頓時，就有一百多名太監手持匕首衝了進來，將大殿裡的眾人團團圍住。

第一百四十五章　證據

大殿裡馬上騷動起來，幾位皇子和宗室在第一時間，來到了御座之前，擋在皇上和皇后的身前。

沈懷孝靠皇上和皇后最近，怕有個什麼萬一。

等眾人看到醇親王也站在皇上面前的時候，都懵了。

醇親王不是要反嗎？這是什麼意思？

黃斌陰沈地看了醇親王一眼。「果然是父子情深，沒想到醇親王有如此心胸，甘願出來做餌。不過。不過……」

「不過什麼？」大殿外一陣清脆悅耳的聲音傳來，頓時讓人臉色大變。

只見蘇清河一身戎裝的走了進來，手持寶劍，劍上還沾著血跡。

眾人都一副見鬼的樣子看著蘇清河。她怎麼會……

高長天大吃一驚，失聲道：「公主殿下在這裡，那上面的人是誰？」

蘇清河像是看白癡一樣看著高長天。「坐在太子位置上的，不是太子還能是誰？」

大殿裡瞬間靜了下來。

太子沒事，護國公主也沒事，但總要有人出事。

黃斌、高長天和太子妃，這幾個人大概不好過了。

還有北遼的耶律虎。雖然他是北遼的人，但也許會被列在大周黑名單上吧。

蘇清河擺擺手，那些原本手持匕首的太監，馬上退了下去。

黃斌和高長天的臉頓時黑了。原本安排要進行圍殺的太監，其中包含高家在宮裡的眼線，但大部分都是南越安插在皇宮裡的暗樁，沒想到居然全被換掉了。

明啟帝冷笑了一聲。「都各就各位吧，這場面可真是熱鬧啊。」

眾人悚然一驚，這才發現皇上由頭至尾都沒說話，就那麼靜靜地看著。

黃斌嘴角露出幾分陰冷的笑，也緩緩地坐了回去。

萬氏偷偷地打量著粟遠冽，一時之間不知道該說些什麼才好？她此時才覺得真正害怕了起來。若是太子一直都在東宮，那麼她的所作所為，豈不是都當著太子的面？

她狠狠地閉上眼睛。這次真的完了，有這樣一個犯了大錯的母親，會連累孩子的，她不能連累孩子，她得想想辦法。

粟遠冽沒心思管萬氏，他看見蘇清河身上有血，皺眉道：「不是有老五和老六嗎？怎麼還自己動手了？」

「沾上的。」蘇清河颯然一笑，才道：「回稟父皇，全都已經料理乾淨了，五弟和六弟正在善後。」

高長天的臉色一時間煞白。原來六皇子榮親王，他的親外甥，竟將他給賣了。

蘇清河見父母和孩子都沒事，就將手裡的劍遞給明啟帝身邊的福順，便坐到沈懷孝的身邊。

沈菲琪和沈飛麟也乖巧地從皇上和皇后身上下來，坐到了父母身旁。接下來肯定有大事要說，他們再坐在上面，就不適合了。

蘇清河面無表情地看了耶律虎一眼。這傢伙最懂得審時度勢，見黃斌失了勢，便意味著黃斌不能給他預想的好處。在這樣的情況下，他必然會向她示好，他身上還殘留著毒素呢，失了大利益，小利益他不可能再放過。

耶律虎攥起拳頭。今日的事，怎麼看都像是草原上打獵時候的誘殺，黃斌就是那隻被誘殺的獵物。不管這隻獵物有著多鋒利的獠牙，一旦被人盯上了，被人有計畫、有目的地算計了，他就再沒有逃脫的可能。

而他卻因為判斷失誤，被黃斌綁架了，這對他是非常的不利。儘管他是北遼的皇子，但他同樣需要大周的支援，不管是明裡的，還是暗裡的。他們需要鹽、鐵器和藥材，這些都只有大周能提供，要是沒有這些物資，再龐大的軍隊也會瓦解。

他需要同蘇清河改善關係，就必須將兩人最早訂下的計畫執行下去。否則，以蘇清河這女人的狡詐，他還真討不到好。

就在耶律虎要站起來說話的時候，耶律鶯突然先他一步站起身，來到皇上跟前。「大周皇帝陛下。」

明啟帝挑挑眉，看著耶律鶯。「這位是北遼的格桑公主吧？接下來是我大周的國事，不知妳有什麼想說的？」

耶律鶯從懷裡掏出一卷絹帛，雙手奉上。「尊敬的陛下，這是我父王交代本公主轉交的國書，還請陛下看一看。」

既然是國書，自然是大事。福順立即下去接了，又仔細地捧回來。

明啟帝接過來翻開，大致看了兩眼，臉上沒有絲毫意外的神色。「可真有此事嗎？」

耶律鶩點點頭。「證據確鑿。我北遼北院大王耶律虎，與大周的黃丞相勾結。黃斌每年向耶律虎提供大量的糧草、鹽和鐵礦，耶律虎則用此收益擴充私軍。現已查實，父王也已經下旨，削了耶律虎的爵位，貶為庶民。而黃斌與耶律虎交易所得到的馬匹，除了一部分已進入軍隊中，其他的都在馬場，那馬場就在北遼與北胡的交界處。」

大殿裡靜得嚇人。沒想到得了便宜的北遼，居然把黃斌給賣了。至於倒楣的耶律虎，就這樣被自己的父親和國家給拋棄了。

耶律虎的臉色白得嚇人。他怎麼也沒想到自己會是這樣的結局？

大周管不到他身上，對於大周朝臣恨不得殺了他的目光，他毫不在乎，他真正痛苦的是，他被他的親人和族人給出賣、拋棄了；然而，他的所作所為，卻都是為了北遼好。他雖喜歡權力，也渴望權力，但那是因為他有自信，認為自己有能力可以讓北遼因為他而變得更好。

怎麼到頭來，他竟然錯了呢？

什麼叫私軍？當初他的軍隊在戰場拚死拚活的時候，怎麼不說是私軍？說到底，還不是因為自己的人馬已經威脅到部族的權益。

耶律豹這個蠢貨啊！他怎麼就看不明白部族的缺陷和弊端呢？一個由四分五裂的部族所

組成的國家，豈能長久？

耶律虎狠狠地閉上眼睛。他不能反駁，因為只要反駁了，就等於是在為黃斌脫罪，那麼，只會將大周的皇室和蘇清河這個女人全都得罪。到時候，他就真的沒有活著回北遼的可能了。

可他若是不反駁，承認了這項合作，就是將黃斌的罪給定死了；但同時，也相當於承認自己居心叵測、組建私軍，如此他在北遼的處境，只會雪上加霜。也正因為自己若是承認，必然會付出極大的代價，才越發能證明他與黃斌一事是千真萬確的。

這是一個兩難的選擇。一種的結果是死，一種的結果是生不如死。

但他依然選擇了生。哪怕背負叛逆的罪名，哪怕往後他只是一個庶民，他也要活下去。他是馳騁草原的耶律虎，不能死得不明不白，他還有很多事情沒完成。

耶律鶯靜靜地看著耶律虎，等著他的選擇。

耶律虎點點頭，朗聲道：「十六年前，是黃大人身邊的一位諸葛先生，主動聯繫……」

接下來，耶律虎用他超強的記憶力，背誦著黃斌與他的每一次交易。交易的日期、交易的物品和地點，參與的人有哪些，他都說得一清二楚，比帳本還清晰。

最後，他道：「其實，黃斌也不算是個漢奸，對於他，我是仔細查過的，畢竟我不可能跟一個不知根底的人合作；而且，我必須知道他的過往，從中找出把柄，才能相互牽制。我查到他是南越的後人，如此一來，跟他合作就再沒什麼好顧慮的，因為他對北遼至少是無害的，卻最見不得大周好。再說，他能毒殺自己的原配妻子，就代表這個人夠狠，沒有人性。

和這樣的人合作，不需要有道德包袱，我的顧慮也就小多了。我可不希望自己的合作對象，是個扯後腿的廢物。」

耶律虎的一番話，一時間激起千層浪。

黃斌多年來之所以能夠橫行霸道，依靠的不就是先帝對他的庇護嗎？大家信任的不是他黃斌，而是先帝。

可誰也沒想到，黃斌原來擁有這樣的身分。

黃斌臉上沒有任何多餘的表情。「一個敵國之人的證詞，就妄圖構陷先帝定下的輔政之臣，也太兒戲了些。陛下就不怕世人以為您處置了臣，是因為中了北遼的離間計？」

蘇清河不由得在心裡一讚。這老傢伙果然有幾分道行，耶律虎和耶律鶯的證詞，最大的缺陷就是他們的身分難以取信於大周子民。

她冷笑一聲。「他們的話不可信，那麼，本公主就叫幾個說話可信的人來。」

蘇清河的臉上帶著笑意，眼裡卻一片冰冷。她拍拍手，外面的人魚貫而入。

「黃貴妃娘娘，是你的嫡長女。」

「啞奴，伺候了你近四十年。」

「輔國公夫人江氏，是被你當作義女養大的私生女。」

「大駙馬，是你的孫子。」

「諸葛謀，是你的幕僚。」

蘇清河指著大殿裡的人，一一介紹。每介紹一人，黃斌的臉便黑了一分。

這些證人，有他的嫡女，有私生女，也有名義上的孫子，血緣上那也是親外孫，跟他不僅有血緣關係，更要緊的是他們身分貴重；而另兩名證人，是他最親近的人，這樣的人，知道的事情可就太多了。

啞奴的出現，他不意外，唯有諸葛謀，他完全沒想到諸葛謀竟會背叛他。

黃斌看著諸葛謀。「你很好！夠聰明啊！」

蘇清河打斷他的威脅，笑道：「你也不必如此。能活著的話，誰想求死呢？既然知道你身邊有如此一個重要的人，本公主怎會不留意？」

諸葛謀其實心裡特別冤枉，他可不敢主動背叛，但這位公主突然出現在他面前，他就知道主子謀劃的事情已成功不了，識時務者為俊傑，他好歹也要先保住命再說。如今更是敗局已定，他不得不為自己考慮。「主子，招了吧，咱們敗了，兵馬都已繳械了，咱們什麼都沒了。」

黃斌冷笑一聲，喝道：「住口！」

他冷厲地瞪了諸葛謀一眼，才看向蘇清河道：「倒是老夫小看公主殿下了。」

「好說、好說。」蘇清河擺擺手。「多餘的話就別說了，先去大牢裡待著吧！」

等黃斌一被押出門，她就命人直接殺掉，根本不需要什麼口供。黃斌心機太深，不可多留。

「難道你們以為老夫會完全不留後手嗎？」黃斌瞥了明啟帝一眼。

蘇清河眼睛一瞇，抬頭跟粟遠冽對視一眼，兩人都警惕起來。

黃斌哈哈一笑。「先奉殿可是供奉著粟家的列祖列宗，陛下難道不打算要粟家的先人了嗎？」

「你做了什麼？」粟遠洌問道。

「只要老夫出事，先奉殿可就要起火了。」黃斌悠悠地道。

這下子，在場的宗室臉都黑了。

蘇清河在心裡其實是鬆一口氣的。牌位而已，又不是活人。在她的心裡，只要不出人命，就不算大事。但她知道，這話可不能亂說，這是價值觀的問題。

國之大事，唯祀與戎。先奉殿，指的就是祀。

以這個時代的價值觀，那就是了不得的大事。

黃斌果然奸詐。誰都沒想到，他居然會在死人身上作文章。

第一百四十六章 人質

黃斌的臉上露出愜意的笑容，他放鬆地坐在自己的位子上，看著幾個證人，臉上露出一絲嘲諷。

明啟帝眼裡布滿陰霾，他想起了自己父親死後所受到的羞辱。難道今天，他還要再讓自己的列祖列宗再受一次羞辱嗎？不！不能。他的手狠狠地攥緊，臉上卻越發平靜。

粟遠冽看了蘇清河一眼，右手做了一個小小的動作。蘇清河點點頭，表示明白，剛要行動，就聽見一陣稚嫩的聲音。

「娘。」沈飛麟板著臉叫道：「他說的先奉殿是不是在東面，裡面燒著香的那個？」

蘇清河的動作一下子就僵住了。她是知道自己兒子的，他在這個時候說話，必然別有用意。於是她轉過身，點點頭。「是啊，怎麼了？」

沈飛麟赧然道：「前幾天，兒子一個人去那兒玩，發現供桌下面有很多罐子，那罐子裡裝的全是桐油……」

蘇清河都還沒開口說話，大殿裡就響起一陣抽氣聲。

沈飛麟一點也沒受影響，接著道：「兒子當時就是覺得好玩，就讓小太監把油給換了，裡面全換成水了。」

眾人頓時都放下了一顆心。沒有助燃物，這火只要救得及時，就燒不起來。

黃斌的臉色變得難看至極。

蘇清河心裡卻知道，這孩子的話八成是假的。在這皇宮裡，想換根蠟燭都不是件容易的事，更何況還是從先奉殿裡頭換東西。那地方，連接近都接近不了。

沈懷孝又如何不明白這個道理，只怕這孩子是為了爭取時間，他必須配合。於是臉上便帶了怒色，呵斥道：「你真是越發混帳了，什麼地方都敢去！」

「是本宮讓孩子去的，駙馬訓斥孩子做什麼？這孩子就是福祿厚，你看看，這不是立下大功了嗎？」白皇后站了出來，完全是一心溺愛孫兒的祖母形象。「麟兒，到外婆這裡來，以後別回家裡去了，回去也是被教訓，外婆可捨不得。」

沈飛麟也機靈，馬上鑽到白皇后懷裡不出來，又伸手悄悄地在明啟帝的手上寫了個「誑」字。

明啟帝這才恍然，深深地看了沈飛麟一眼。這孩子真是了不得，居然可以在這麼短的時間內，想出法子拖延。

黃斌此刻已靜下心來，他提出了疑點。「孩子的話只怕是假的。換罐子可不是一件小事，怎麼就沒人發現呢？」

沈飛麟猛地回過頭，一臉的驕傲。「哼！這你就不懂了，小爺告訴你，這件事簡單得很。」他稚嫩的臉上露出幾分洋洋得意。「你知道我娘是誰嗎？我娘除了是護國公主，還是金針梅郎的弟子。別看小爺年紀小，醫術不敢說，但藥材還是認識不少的。有一種銀蘭草，御花園裡就有，這種草只要沾上一些，就能使人迷迷糊糊的。那守著先奉殿的太監，可不就中招了？醒來還以為自己打盹呢，能發現才有鬼。」

他一副對黃斌嗤之以鼻的樣子。「再說了，這宮裡灑掃的小太監多了去，他們都知道我是誰，可不敢違逆我的意思。我讓他們一人搬一個，不消一刻鐘就換完了。咱們換罐子時走的還是狗洞，後面就是沒人居住的芳華殿，誰能發現啊？真是笨死了。就算有人看見了，誰敢亂說話？看小爺不揭了他的皮。」說完，他鼻子一哼，斜睨了黃斌一眼。

蘇清河臉色跟著陰沈下來。「娘教你醫術，是讓你用來整人的嗎？回去給我跪兩個時辰。」

「外婆救命。」沈飛麟帶著哭腔，直往白皇后懷裡鑽。

沈菲琪窩在沈懷孝懷裡，咯咯地笑道：「活該，就得罰他。」

沈飛麟惱怒道：「姊姊沒有一點同情心。」

沈菲琪跟著做鬼臉，一副無法無天的模樣。

大殿裡的人都覺得這兩個孩子，還真是被慣壞了。

「不許瞎鬧。」沈懷孝轉過身朝蘇清河微微地點頭，抱起沈菲琪就往外走。「你們這樣鬧，大人要怎麼說話？」

沈菲琪一把抓住蘇清河肩頭的衣服。「娘，憑什麼讓我出去？」

蘇清河將她的手掰下來。「先出去，聽妳爹的話，別吵！要不然妳也得跟著罰跪。」

沈菲琪馬上縮了手，窩在沈懷孝的肩頭上被帶了出去。

出了大殿，沈菲琪才將袖子裡的玉珮掏出來給沈懷孝。「娘偷偷塞給我的。」

沈懷孝接過來，那是一個調兵用的兵符，他心裡一鬆。如此正好，原本他是想找五皇子和六皇子幫忙的，不過，這樣耗費的時間可就長了。

大殿裡，蘇清河看了粟遠冽一眼，微微地翹了翹右手的拇指。

粟遠冽鬆了一口氣，然後朝明啟帝閉了閉眼。

明啟帝心中大定，看著黃斌道：「你說得對，孩子的話也不可盡信，若是遺漏了一、兩罐沒換出來，同樣有風險。你雖可惡，但也已風燭殘年，又能活多久？朕還不值得為了你就讓祖宗們冒風險。說說你的條件吧！」

黃斌嘴角一挑。「這才是陛下的風格，永遠都是求穩妥的性子。」

明啟帝不置可否，等著黃斌接下來的話。

「老夫要離開，平安地離開皇宮。」黃斌的視線落在蘇清河身上。

就聽蘇清河噗哧一笑。「你該不會是想叫本公主送你離開吧？拿本公主做人質，還真是個不錯的主意。」

黃斌陰冷地一笑。「老夫還真沒這個膽子讓護國公主做人質。正如陛下所言，老夫活不了幾年了，但還不想死在妳手上。妳不僅上過戰場，還渾身是毒，讓妳相送，那真是老壽星吃砒霜，嫌命長啊。」

蘇清河眼睛一瞇，看著黃斌。這老小子腦子還挺清楚的。

就見黃斌衝著白皇后看去。「老夫要讓小侯爺相送，公主殿下以為如何？」

小侯爺，說的就是白皇后懷裡的沈飛麟。讓兒子做人質，是任何一個母親都不能容忍的。

「不用難為一個孩子，孤給你做人質，豈不是更好？」粟遠冽站起身來，朝黃斌走去。

黃斌往後連退數步。「太子殿下最好不要再往前走了。你可是戰場名將，自千軍萬馬裡拚殺過來的，你只會比護國公主更危險，老夫還沒那麼蠢。以老夫這殘破之軀，唯一能對付的，也就是小孩子了。」

這老貨無恥得這般坦然，倒叫人不知道該怎麼接話。

「你想對付小爺啊？」沈飛麟帶著稚氣的臉，透著幾分不以為然。「小爺還沒遇到過對手呢。」他一副不知天高地厚的樣子。

沈飛麟正要往下走，卻被白皇后死命拉住不放。「不能去！」她的臉瞬間就白了。

「沒事。」沈飛麟跟泥鰍似的溜了下去，白皇后要追卻已來不及。

但粟遠冽卻沒有剛才那般擔心了。看這小子剛才跑出去的動作，那可是龍鱗的招式，這小子絕不像看上去的那般無害。

蘇清河臉色蒼白，心揪得緊緊的，但還是控制著自己，沒有去阻攔兒子。因為兒子剛才給她打了手勢，表示他要自己解決。他的袖裡放著小匕首，是淬過毒的，就是遼東衛所遇刺那晚用過的匕首。

她本來可以阻止，但她沒有，不是不心疼，而是孩子選擇要自己承擔。她一直都知道這個孩子有心結——上輩子的心結。他總是期盼自己強大起來，他想證明自己是有用的。

她不能像對待普通的孩子一樣對待他。

蘇清河沒有動，但是輔國公動了。那可是他的親孫子啊！

「黃斌，你這個老匹夫，你放開麟兒，老夫給你當人質！」沈中璣站出來，瞪著眼睛，恨不得吃了黃斌。

沈懷忠快步跟過去。「你放了孩子，我給你當人質！」

沈中璣和沈懷忠站出來，是出乎沈飛麟預料的，他的心情頓時有些複雜。

黃斌的手搭在孩子稚嫩的肩膀上。「呵呵，你們父子倆還沒有這個孩子值錢呢。」

「老匹夫！」沈中璣眼睛都紅了。

蘇清河勉強保持鎮靜。她不能慌，她得想辦法分散黃斌的注意，給孩子製造出手的機會。

誠親王和醇親王默默地站起來，朝黃斌的背後移動。

蘇清河將一切都看在眼裡，領了這份心意。

她看著黃斌，嘴角露出嘲諷的笑。「你跟你的爹娘一樣，骨子裡都是懦弱的人。」

黃斌的眼睛一眯。「妳讓人查老夫了？」

蘇清河沒否認，她鄙夷地一笑。「你知道你父母是為了什麼而死的嗎？」

黃斌攥起拳頭，惡狠狠地看著蘇清河。

蘇清河露出殘忍的笑意。「你這個人道貌岸然，唯獨對女人的態度非常奇怪。你殘忍地殺了自己的原配妻子，殺了對你傾心相許的青樓名妓，為了什麼？是因為你心裡有病。因為你疑心你的妻子不夠專一，你怕她們跟你的娘親一樣，是人盡可夫的女子。」

「妳閉嘴！」黃斌的手劇烈地顫抖起來，臉色瞬間蒼白如紙。

蘇清河臉上的笑意越發濃了起來。「你知道無塵是什麼人嗎？他出家以前，是你娘的恩客。你娘這樣的暗娼，能攀上無塵這樣的人……」

「別再說了！」黃斌喊得聲嘶力竭。

此時，沈飛麟小小的身子突然晃了一下，腳下往右滑一步，匕首從袖中亮了出來，閃過一道寒光，緊接著，便傳來黃斌的悶哼聲。

等眾人都反應過來，才發現沈飛麟已經跳離黃斌好幾步遠了，同一時間，沈中璣及時衝過去，將孩子抱進懷裡。

大殿裡的人被這場變故驚得還沒回過神來，就聽見外面「嗖」的一聲，好似有什麼東西飛上了天。

突然間，大殿中一個身穿四品武官服的人撲了過來，直接朝沈中璣攻來。

沈懷忠是輔國公世子，即便沒上過戰場，卻也是個練家子。這突襲之人本想一擊而中，可沒想到被沈懷忠攔了下來。

以沈懷忠的手段，他還不看在眼裡，但失去了先機，就再沒有取勝的可能，因為身後的幾個武將已經朝他撲過來，敗局已定。

一擊不成，他馬上順手揪了一個人質，退到黃斌的身邊。能進大殿的，身分都不一般，皇上可不會看著他們就這樣送死。

等他挾持著人質退到自家主子身邊，心裡頓時一鬆，卻又覺得主子的眼神有些奇怪。這一看才發現，這人質不是別人，正是輔國公夫人江氏。

江氏可是自家主子的私生女啊，這武官頓時就僵住了。

蘇清河有一種想笑的衝動。

有誰會奮力去救江氏呢？蘇清河搖搖頭。估計真心想救她的人，一個也沒有。

她將兒子從沈中璣的懷裡接過來，宛如珍寶般抱在懷裡，再也不敢將兒子交給任何人。

江氏成為人質，眾人也都收了手。

大家心裡都明白，這兩人不過是困獸之鬥罷了。

第一百四十七章　反撲

黃斌覺得自己的傷口並不深，但力氣卻一點一點地在消失。

他艱難地撐著身子，見大殿裡能用的下屬只有這一人，心裡越發緊了起來，問道：「發信號了吧？」

「是，已經發了。」那武官長得並不出色，完全是放在人群中也不會被注意的人。

聽了他們的對話，眾人才知道方才那一陣響聲，是放信號彈的聲音。

外面很安靜，沒有傳出半點喧譁聲，黃斌的臉色越來越難看。難道先奉殿的桐油真的被換了？

此時，沈懷孝抱著閨女疾步走了進來，回稟道：「啟稟陛下，先奉殿共發現桐油一百二十斤，已處理妥當；準備縱火的人也被羈押了，英郡王正在處理後續，請陛下放心。」

明啟帝點點頭。「做得好。」他將視線又轉向沈飛麟，眼裡滿是讚許。

眾人這時候才明白過來，什麼把桐油換成水，完全是假的，不過是為了爭取時間而已。

如此突發事件，一個孩子卻能想到這樣的藉口，真是讓人不得不刮目相看。

蘇清河將兒子抱到沈懷孝身邊，用眼神示意他看好孩子，她則冷笑著朝黃斌走去。「如今你連個孩子也控制不住，看來是走到末路了。」

黃斌睜著眼睛，人卻已跌落在椅子上，渾身提不起一點勁。

蘇清河也不上前，就站在那裡看著黃斌。打倒一個人，不僅要消滅他的肉體，更重要的是摧毀他的靈魂。

「剛才咱們說到哪兒了？」蘇清河看著黃斌，輕輕一笑。「說到你的母親是個暗娼……那你的父母又是怎麼死的？聽說是在你中秀才的時候自縊了。怎麼，嫌棄靠出賣身子掙銀子養你的爹娘丟人了？

「你逼死父母，殺了原配妻子和她肚子裡的孩子，更對恩師一家趕盡殺絕。這一樁樁、一件件的惡事，足夠你下十八層地獄。那通往地獄的路上，一定有很多人等著你，等著挖你的心、吃你的肝、喝你的血。」蘇清河的表情陰森，彷彿從地底下冒出來的奪命修羅，讓黃斌狠狠地打了一個哆嗦。

這些人，都是他不願意提起和想起的人。

那武官聽得有些愣怔。提拔自己的恩師真的做過這些事嗎？

江氏聽了蘇清河的話，整個人都充滿了暴虐的氣息。她的母親、她自己，還有她的兒子，都是被眼前這個畜生給毀了！她猛地掙脫那武官，拔下頭上的簪子，就朝黃斌刺去。

黃斌被沈飛麟的匕首刺中，已中了毒，渾身都不能動彈，因此江氏的簪子刺過來的時候，他連躲的力氣都沒有。

他彷彿看見了吊死在屋梁上的父母和死在血泊裡的妻子，他們正慢慢地一步一步向他走來。他怕了，真的怕了。

他們死了，卻永遠活在他的夢魘裡，早已成了他的心魔，揮之不去。

他像是又回到了小時候的那個家，父親總是在廚房沒完沒了地喝著酒，而母親則永遠都在臥房裡，每天有不一樣的男人進進出出，裡面傳來那時候他還聽不懂的喘氣聲。

他一個人，坐在院裡的臺階上，從屋裡出來的男人總是哄著他管他們叫爹，叫一聲爹就給一個銅板，他只是用烏黑的眼睛看著他們。那時候他想，遲早有一天，他要那些欺負他娘和看不起他爹的人統統去死。

沒有一個人願意跟他玩。因為在別的小孩眼裡，他就是個雜種，有時候，就連他的父親看他的眼神，也帶著些許複雜。後來，他慢慢就懂了，父親那是在懷疑他是不是他的親兒子吧？他至今都記得那種眼神，對他來說，那是何等的羞辱啊！

還有他的恩師，他真的是個好人嗎？誰知道呢，反正他不喜歡那種憐憫和同情。

還有無塵，他的恩人，也是他的仇人。無塵教他如何在這個世上生存，在無塵的身上，他唯一學會的東西就是虛偽和道貌岸然。當他把和善、忠直、有能力、處世公道、沒有私心等等這些偽裝全披在身上，且看不出違和感的時候，他就遇到了先帝。

先帝，是一個讓他感到自慚形穢的人，他敬著先帝，卻又畏懼先帝。於是，在先帝晚年，他將先帝變成跟他小時候一樣，遭人唾棄。

他在心裡告訴自己，自己所做的一切都是為了南越、為了族人，也是為了完成父母的遺願，以及報答師傅的教導。可只有他自己知道，自己是多麼嫉妒先帝。

同樣是人，同樣生活在這片土地上，但人的命運怎麼就如此不同呢？先帝憑什麼可以高高在上，貴為九五之尊，他卻只能沒入塵埃，任人踐踏？憑什麼先帝的父母出身光鮮，高貴無雙，而自己的父母卻卑微如螻蟻，骯髒不堪？憑什麼先帝才華橫溢，能力出眾，而自己卻連個進士也中不了，只能是個小小的舉人，還得看人多少臉色，說多少阿諛奉承的話，才能有被提拔的機會？

人與人之間，怎能如此不公平？

不過還好先帝的遺體仍在他手上，將來他必定讓先帝以僕人的身分，葬在自己身邊。活著他比不過先帝，死了也要比過。

至於，是不是能奪了氣運，誰在乎呢？他的後人，沒有一個能讓他掛心的。

他從不會為自己的兒孫費心，那是因為他怕他們跟他一樣，長大了要反噬父母。果不其然，他的嫡女千方百計地算計了他；至於啞奴，他也是剛剛看見他護著黃貴妃才想明白的。啞奴還真是個記仇又不忘恩的人。

尖利的簪子沒入他胸口，鮮血噴出來的時候，他只能眼睜睜地看著。疼痛就這樣降臨到自己身上，他的喉嚨不由得發出一陣悶哼聲。

殺他的是他的親生女兒，讓他不由得呵呵笑出聲來。果然是報應嗎？然後，他就看著自己的下屬，將匕首插在自己女兒的後背上。

他頓時就笑了，暢快地笑了。儘管他是個人渣，但一樣有人會為他報仇。

江氏感覺到了疼痛，她慢慢轉過身來，看了一眼冷漠地站在門口的兒子，還有袖手旁觀的丈夫。她知道，沒有人會心疼她，也沒有人會為她難過，這樣的死法對她而言，或許是最好的結果。

那武官看著江氏倒在自己的腳下，一時間愣住了。

其實他聽了護國公主的痛斥，真的一點也不想幫自己的主子了，殺江氏完全是出自本能，不過卻也注定了他的結局。

沈中璣一個箭步跨過去，拗斷了他的脖子，算是為江氏報了仇，也了斷他們夫妻之間的情分。

黃斌就這樣死了，被他自己的女兒殺死了，臨死之前，還被蘇清河揭開他最不願意為世人知道的過往和身世。即便有活著的機會，他也不會選擇活著，因為對他而言，尊嚴是比性命更加重要的。

大殿裡充斥著血腥的氣味，福順招招手，就有人上前將屍體拖了出去。

蘇清河心裡依舊憋著一口氣，怎麼也吞不下去。這麼簡單就讓黃斌死了，還真是便宜了他。她正要說話，就聽外面有人稟報的聲音。「高貴妃娘娘到，英郡王殿下到，大公主殿下到。」

蘇清河和粟遠冽對視一眼，兩人心裡都不由得提高警覺。

高貴妃和大公主可都不是安分之人，她們在這個時候出現，究竟想幹什麼？而且，怎麼偏偏跟老五一起進來了？

再說了，大公主那邊不是已經派人控制住了嗎？她怎麼還能進宮？

還想不出個所以然來，只見三人已進了大殿。讓人意外的是，老五一直朝著坐在上面的明啟帝搖頭，眼底滿是焦急。

蘇清河看著老五，這才注意到他身後跟著一個貓著腰走進來的太監。

「攔住他們。」蘇清河馬上喊道。要是沒有看錯，老五應該是被人控制住了，他沒法子說話，也動不了。

她一喊出聲，老五臉上的表情就明顯放鬆下來。

沈懷孝和幾個武官馬上將他們幾人圍起來。

英郡王身後的太監也直起了腰，用匕首抵在英郡王的咽喉上。「我家主子呢？」

這個人原來是黃斌的死士頭領，叫做無名。

高貴妃冷眼看著無名，提醒道：「你家主子交代過，如果他有什麼意外，讓你必須聽命於本宮，希望你還記著。如今他已死，該怎麼做你不會不知道吧？」

主子是安排他輔佐高貴妃沒錯，並吩咐絕不可讓粟家好過。但高貴妃配嗎？她連自己的兒子都掌控不了，還能成什麼事。若自己能守著主子，而不是去幫助什麼高貴妃，或許主子就不會……

無名心裡悲憤，手抖了一下，匕首劃傷英郡王的脖子，鮮血瞬間就流了下來，

「老五。」明啟帝站起身來，眼裡滿是焦灼。

粟遠冽起身走了過去。「你的手最好穩一點，要是孤的弟弟再受到一點傷害，孤不保證會給黃斌一具全屍。」

「卑鄙。」無名看著粟遠冽，眼裡滿是怒火。

蘇清河冷笑一聲。「跟你這樣一個連人都算不上的工具，沒必要多費唇舌。」她把視線對準高貴妃，然後又似笑非笑地看了良國公一眼。「良國公，先前您說世子糊塗了，那麼高貴妃如今的作為又是什麼意思呢？究竟是高家蠱惑了娘娘，還是娘娘蠱惑了高家？」

良國公的手不由自主地顫抖起來，嘴角一歪，口水就這樣順著嘴角流了下來。看來是受了太大的刺激，中風了。

高長天和高貴妃都嚇了一跳。不管平時有多少不滿，那都是自己的親爹啊，看著親爹就這樣倒在自己面前，兩人身為子女，怎能不焦急？

高長天馬上過去扶起良國公，但高貴妃跨出一步之後，卻又馬上退到了無名的身邊。

蘇清河眼睛瞇了瞇，這高貴妃還真是冷靜啊。她微微一笑，道：「良國公這是中風了，只要本公主略施一針，就能復原。高貴妃，妳若是讓人放了老五，本公主就救良國公一命，怎麼樣？」

高長天馬上抬起頭，看著高貴妃道：「快放人啊，救爹要緊。」

蘇清河看著高長天的眼神不禁緩和了一些。幸好他還沒到泯滅人性的程度。

高貴妃臉上露出掙扎之色，良久，才搖搖頭。「以咱們高家的所作所為，她能真心救父親嗎？別作夢了。」

高長天愕然地看著高貴妃。「妳瘋了，他是咱們的親爹！」

高貴妃扭過臉。「爹年紀大了，有些病痛很正常。」

高長天扶著良國公，不敢置信地看著高貴妃。他會走到今天，雖然一部分是因為自己的野心，但另一半的原因，卻是心疼妹妹和外甥，心疼他們由高處摔下所受的種種委屈。可沒想到，到了現在，卻把自己的親爹搭了進去。他雖不滿意老爺子的守成及不知變通，也不喜歡被老爺子責罵，但到底是親生父子，哪裡能看著老爺子這樣而不醫治呢？

蘇清河不由得有些齒寒。權力真是個可怕的東西，能讓人為之瘋狂，失去良知，徹底地泯滅人性。

良國公靠在兒子身上，不禁老淚縱橫。他這是造了什麼孽啊？

蘇清河看向明啟帝，就見明啟帝微微點了點頭，她才將繞在手指上的金針取下來，一針扎在良國公的頭頂。不一時，就見良國公的手果然不抖了，嘴角也正了，只是明顯虛弱了許多。

高長天站起身來，朝蘇清河磕了三個頭，緊接著他轉身對明啟帝道：「陛下，臣認罪。」

「高長天！」高貴妃尖利的嗓音傳了過來，眼裡滿是被背叛的怒火。

她惡狠狠地盯著蘇清河。「是妳！都是妳挑撥離間，讓咱們兄妹失和。無名，趕緊殺了她。」

「住手！」大殿外傳來一聲怒喝，只見六皇子榮親王滿臉通紅的走進來。

高貴妃意外地道：「誰讓你來的？快走！這裡的事與你不相干。」

榮親王將視線落在被挾持的英郡王身上，搖搖頭，低聲道：「母妃，別做無謂的掙扎了，父皇早就知道了。」

「不可能。」高貴妃搖搖頭。

「是兒子告訴父皇的，母妃。」榮親王看著高貴妃的眼睛，嚴肅地道：「這一切都是父皇早就安排好的。」

「你竟然早就知道這是個圈套？」高貴妃看著兒子，瞪大了眼睛。

榮親王點點頭。「是的，兒子什麼都知道，但還是將母妃和舅舅引了過來。」

「你還真是你父皇的好兒子，你可真對得起我。」高貴妃受到了不小的打擊，身子有些打晃。

「兒子都是為了母妃好……」榮親王想要解釋。

高貴妃哪裡聽得進去。「你什麼都別說了！」她看向兒子的眼神透著失望，然後輕聲道：「敗了就敗了，本宮寧死也要拉個墊背的。」

她厲聲道：「無名，殺了五皇子！」

「他死，我也死！」榮親王亮出匕首，抵在自己的脖子上。

看著用刀抵住脖子的兒子，高貴妃驚怒交加，眼睛猛然睜大，額上的青筋直跳。「好啊，看來任何人對你來說，都比我這個做娘的重要，是吧？」

榮親王看著自己的母親，眼淚順著臉頰直流。母親怎麼就不明白其中的利害關係呢？老五是他的兄長，他確實是不能眼看著自己的兄長死在自己面前，但他真正不能讓老五有事的原因，卻是因為母親。老五一旦出事，母親和高家他就再也保不住了。自己的母親若害死了自己的哥哥，他還有什麼臉面為母親、為高家求情？

父皇雖然可能會看在自己的面子上，不會要了母親的命，但那種活法，真的就比死去好嗎？

如今的白皇后，曾在冷宮裡待了二十年，可她卻生活無憂，被照顧得妥妥當當。若是母親被放逐冷宮，父皇會給她這樣的待遇嗎？對於一個殺了他兒子的女人，父皇一定恨不得千刀萬剮，怎會給她好日子過。

還有高家……高家所犯之事，已沒有挽回的餘地。父皇即便放了他們一條生路，但也要看是選擇怎樣的方式。

將高家人貶為平民，發配回鄉，或是發配到苦寒之地。

這兩種方式，帶來的結果卻是迥異的。高家人回了祖籍，還有祭田和老宅可以安身。良國公府家大業大，光是祭田，就有不少了，這些田地，足夠養活高家一大家子，過上富足的生活，雖然沒有權勢，但也比一般人家要好很多。再加上他這個王爺，只要他還在，就沒人敢欺負高家。如此積蓄上十幾年的力量，好好培養子嗣讀書，高家也就起來了。

但今兒個，但凡老五受到一點不可挽回的傷害，高家就得跟著陪葬，即便是自己求情，父皇的選擇也一定是發配邊疆。發配的路上什麼情況都有可能發生，高家一家子都是養尊處優的人，無論如何是活不成的。母親怎麼就想不通這個道理？

他把匕首往自己的脖子上又送了一分，鮮血頓時就冒了出來。

「不要！」高貴妃淒厲地喊。

「老六……」明啟帝擔心孩子真的會想不開。

英郡王看著這個弟弟，眼裡滿是複雜。碰上這樣的母親，也是這個弟弟的命不好。

蘇清河心裡焦急。暗衛有一部分被派去處理黃斌的近身護衛，還有一部分守著皇上、皇后，還有太子，他們的職責就是護衛主子，除非自己護衛的主子受到生命威脅，否則絕不會出手。這種做法其實是正確的，他們怕有人調虎離山，所以不會輕易出手。

如今能動用的，只有大廳裡的幾個武將。她怕刺激到無名，根本不敢從外面調集人馬。

只見沈懷孝暗中看了她一眼，意思是讓他去解決眼前的危機。

蘇清河卻不打算讓他去。以無名的身手，沈懷孝也不一定會贏。說她自私也好，什麼都好，她這一刻可不想讓孩子的父親去冒險。

她的視線落在了大公主身上。

大公主從進來以後，就一直縮著沒說話。她知道這次是自己魯莽了，才會直接栽在父皇的手裡。

她和高貴妃不一樣，高貴妃只是父皇的妃嬪，如何處置全看父皇的意思。即便看在老六的面子上，只怕高貴妃往後的日子也不會好過。

而她是父皇的女兒，還是長女，父皇未必有多喜歡她，卻從來沒有苛待過她。這次的事情，雖然鬧得有些過火了，她相信父皇依舊不會要了她的性命，但禁足是少不了了，這一禁足，恐怕就別想再出來。雖然她在公主府裡什麼也不會缺少，但她還是無法忍受那樣的日子，她必須為自己爭取一個立功的機會。

所以，蘇清河的眼神落在她身上時，她馬上就明白了。於是她不再猶豫，抽出腰上的鞭子，直接打在無名的手臂上，同時，一腳踹在老五屁股上，將他從無名身邊踹了出去。

她是公主，從小就有專人教導騎射，一手鞭子更是得到過名師的指點。她之所以能得手，一方面是因為自己有幾分真本事，另一方面則是無名沒有防備自己的緣故。但緊接著，蝕骨的疼痛就從胸口傳來，她知道，自己是被無名的刀給傷了。

粟遠冽早已悄悄地靠近他們，在大公主出手的時候，他一把接住老五，又順手打掉老六手裡的匕首，並馬上將兩人送到皇上的近前，那裡才是最安全的。

而沈懷孝則趁此連同幾名武將一起攻向了無名，將無名圍起來。

蘇清河趕緊跑到大公主身邊，用針封住了她的大穴，又餵她吃了兩粒藥，才道：「放心，死不了。這次的傷妳也不會白受，父皇不會追究妳的罪責的。」

大公主這才安心地暈了過去。

蘇清河環顧一周，看了一眼退到門邊的大駙馬。「是不是該由你照看她？」

大駙馬看著大公主的神色透著複雜，他快速地走過去，將大公主抱到一邊。

蘇清河吁了一口氣，見兩個孩子被沈中璣和沈懷忠護著，就放心地轉過頭，看向戰局。

無名的身手確實了得，她已經在考慮該怎麼用毒才不會傷到別人。

此時，就聽高貴妃大聲喊道：「無名，不要戀戰，該為你的主子報仇了！」

無名一聽這話，完全不顧攔著他的刀劍，哪怕受傷，也要衝出重圍。

他身上雖已鮮血淋漓，卻還是躍起身子，朝明啟帝而去。

第一百四十八章 謀算

龍鱗守著明啟帝，絕不會讓任何人靠近。因此蘇清河等人心裡雖緊張，卻沒有多少擔心。

但此時，萬氏突然朝無名的劍撲了上去，嘴裡喊著「護駕」。

粟遠冽大吃一驚。萬氏這是要幹什麼？他急忙出手，想要阻攔無名的攻勢，可是，無名的劍是傾盡全力的最後一搏，哪裡會手下留情。瞬間，那一劍穿過萬氏的胸膛，鮮血噴灑而出。

萬氏不管做了多少錯事，卻也是他的結髮妻子。因此粟遠冽馬上補了一刀給無名，為萬氏報了仇。

蘇清河趕緊湊過去，將手裡的金針刺在萬氏的身上，依她的醫術，應該還能救得回來。

「公主殿下。」萬氏強撐著身子，嘴裡冒著鮮血。她的聲音雖含糊不清，可蘇清河還是聽得懂的。

「不要說話。」蘇清河只想著要救人，沒多去思考。

「不用救了，救也救不活的。」萬氏的臉上帶著笑意。「我死了，那就是為了救駕而亡……太子他……他就不會……遷怒我的孩子。如此孩子們嫡子的身分……就永遠也無人可以撼動半分……不管將來太子……娶誰……想必都不敢怠慢了……救駕而亡的……太子妃的孩子。」

蘇清河整個人都愣住了。

萬氏因為知道自己這次躲不掉罪責，為了不讓孩子有一個謀逆的母親，所以，她選擇了死亡。她的目的根本不是救駕，因為皇上壓根兒不用她救。

她是在算計，算計了大家，也算計了自己的死。在眾目睽睽之下，她喊著救駕，撲向了刺客。不管真相究竟是如何，這個女人都成功了。

蘇清河將視線對準不知道什麼時候已走近的太子身上，心裡複雜難言。

粟遠冽看著萬氏，不知道在想些什麼。

萬氏突然抬起手，將胸口的劍又轉動了一下，她悶哼一聲。「公主殿下……我不能活著……死了……才沒人追究……」

只有死了，才沒人會追究她的過往；只有死了，她才能保全她的名聲；只有死了，兩個孩子才不會被她拖累；也只有死了，這個救駕的功勞才能坐實了，才能給兩個孩子留下一張護身符。

萬氏，這個讓蘇清河喜歡不起來的女人，就這樣死在了自己的面前。她那最後的一下，幾乎是把她自己的血肉給絞碎了。

她連自己的死都要算計，令蘇清河對她突然就恨不起來、也討厭不起來了。說到底，那不過是一個母親為孩子所做的最後的選擇。

明啟帝也沈默了。他在沒有任何危險的情況下，被救駕了，但他不能追究，只能默認。

不為別的，就為了兩個孫兒，他必須得將這次被萬氏所算計的怒火給吞下去。

大殿裡充斥著血腥的味道，明啟帝閉了閉眼，才道：「讓人將高貴妃送回廣陵宮，沒有朕的允許，就不要出來了。」

榮親王知道，這只怕是最好的結果。於是他低下頭，默然不語。

高貴妃幾乎無法承受這樣的失敗，她拔下頭上的簪子，就要朝自己的脖子刺下去。榮親王馬上用自己的胳膊去擋，那尖銳的簪子直接扎在榮親王的胳膊上，高貴妃馬上鬆了手。

「母妃，兒子不想變成沒娘的孩子。」榮親王跪在高貴妃的腳下。「您回去吧，兒子會去看您的。您必須活著，咱們母子才能再見面。」他將胳膊上的簪子拔下來。「您活著，兒子才能活下去；您死了，兒子會跟著愧疚而死的。」

高貴妃呵呵地笑了兩聲。萬氏為了兒子，不得不死，而她則是為了兒子，不得不活下去。這就是作為母親的選擇。

就這樣，高貴妃被囚禁了，高家則被發落回原籍，良國公府從此不復存在。

沈家因為沈鶴年的參與，被奪了爵位，從國公府貶為侯府。除沈中璣這一房，其餘皆被發配回原籍。這已經算是格外開恩，輔國公府也就這樣消失了。

烜赫百年，在大周朝舉足輕重的兩大國公府，就這樣煙消雲散。要不了十年，就沒有人記得他們曾經的輝煌。

而黃家比較慘，除了大駙馬之外，其餘人都下了大獄，秋後只怕要問斬。

大公主身受重傷，明啟帝雖沒有懲罰她，但再也沒有以往對她的那般關心了。

大駙馬則拒絕回沈家，他跟著大公主回了公主府。他們是夫妻，這輩子都得綁在一起。如今，兩人一個是不得聖寵的公主，一個是沒了家族支持的駙馬，就這麼過一輩子吧。

而萬氏的死，還真是給人留下了天大的難題。對她所生的兩個孩子來說，尤其如此。

源哥兒看著蘇清河，紅腫著眼睛問道：「姑姑，您的醫術不是最好的嗎？怎麼就救不回母親呢？」

蘇清河的嗓子像是被堵住了一般，一句話也吐不出來。她該怎樣跟孩子解釋？難道告訴孩子事情的真相嗎？她閉了閉眼睛，睜開後帶著幾分清明。「孩子，大夫是人，不是神。治得了傷，救不了命啊。」

這些話對於一個孩子來說，理解起來有些艱難。源哥兒把這些話默默地記在心裡，他想，等到長大以後，他總會明白的。

涵哥兒在失去了母親之後，驟然之間長大了。他靠在哥哥的身上，小聲地抽噎著。

粟遠冽的太子冊封儀式，最後只是簡單地進行一些必要的步驟就禮成了。事情最終發展成這樣，是當初誰也沒有預料到的。

儀式完成後，眾人都散去了。

蘇清河讓自己的兩個孩子先跟著母后回了寧壽宮，自己則起身去了東宮的書房。她想，哥哥也許需要找個人來說說話。

此時，太子坐在書房的椅子上，整個人都籠罩在暗影中。

「哥。」蘇清河輕輕地叫了一聲。「你還好嗎？」

「坐吧。」粟遠冽嘆了一聲。「她雖然可惡，但我從沒想過要讓她死。沒想到，這個女人會這般決絕。」

蘇清河坐在他的對面。「每個人都有自己的選擇，嫂子也一樣。身分的變化帶來的不僅是榮耀，還有權力。權力是個醉人的東西，生在皇家，咱們知道這權力膨脹的後果，但嫂子卻只嚮往著權力所帶來的美好。」

「若哥哥只是個郡王或親王，嫂子會是個和哥哥舉案齊眉的妻子。」蘇清河嘆了一聲，才道：「哥哥後悔往前走這一步嗎？」

粟遠冽搖搖頭。「不後悔，也不能後悔，畢竟退一步就是萬丈深淵。我常常在想，要是她肯多信任我一分，是不是就不會走到今天這一步？」

「夫妻也是需要緣分的吧。」蘇清河勸解道：「如今，還有源哥兒和涵哥兒需要哥哥好好安置呢。」她說完這句話，沈默良久，才道：「今後，只怕還有更麻煩的事情。」

等太子守完一年喪期，就該娶新的太子妃了。該選擇什麼樣出身的女子為繼室，就成了擺在面前不得不解決的問題。這個女子的身分不能高過萬氏，以免繼室所出的嫡子壓過原配的嫡子。太子往後還會娶側室，這東宮也就要跟著亂起來。

她能想到這些，粟遠冽也能想到。他搖搖頭，苦澀地一笑。「天下的大事可多了，內院的事情，我也就沒了心思。至於孩子，我也心疼啊，以後端看他們自己的造化吧。如今說這些，都為時過早。」

蘇清河見他心情雖然不好，卻也沒到影響思路的程度，就起身告辭。哥哥也許更想一個人靜靜地待一會兒。「我去看看娘，估計她心情也好不到哪兒去。」

粟遠冽點點頭。「妳去吧，我沒事。南越的事情還有許多咱們不清楚的細節，我得琢磨琢磨，妳先去陪陪娘吧。」

蘇清河見他又要忙公事，便叮囑張啟瑞照顧好太子，就告辭了。

寧壽宮已經亮起燈，白皇后看上去還有點愣怔。

「娘，您還好嗎？」蘇清河有些擔憂。今兒在她的面前，死了好幾個人，白皇后能面無異色地堅持下來，已算是難得了。

白皇后看著閨女，輕輕地搖搖頭。「娘還不至於那般沒用。」她嘆了一口氣。「就是心疼妳哥哥罷了。」

太子要面對的問題，是個無解題，蘇清河一點辦法都沒有。

她轉移話題，道：「娘，女兒想把兩個孩子接回去住。以後，進宮小住可以，常住就算了。」

白皇后皺了皺眉，沈默良久才道：「妳是顧念著源哥兒和涵哥兒？」

蘇清河點點頭，沒有再多解釋。

白皇后呼了一口氣。她心中早已明白了。以前，那兩個孩子有太子妃這個親娘照看，她這個祖母自然是不用管的；但如今太子妃沒了，兩個孩子又不能接到寧壽宮來，怕把他們的心養大了。既然連太子的兩個嫡子都不能放在皇后身邊，那麼別的孩子就更不適合了。

如果一意孤行，不僅朝臣們會多方猜測，時日一久，就連孩子之間，只怕也要生出嫌隙來。

她拍了拍閨女的手。「妳的顧慮是對的，娘不是糊塗不講道理的人。反正孩子們都在皇宮裡念書，天天都能見到，住在哪兒都沒關係。」

蘇清河這才舒心一笑。「娘明白女兒的苦心就好。」

於是，沈菲琪和沈飛麟給白皇后磕了頭，就跟著蘇清河出了宮。他們雖然不捨，但還是更想回自己的家。

直到坐在馬車上，兩人繃著的臉才露出笑意。

蘇清河還怕兩個孩子被今日的場面嚇著，小心翼翼地問道：「都還好嗎？」

「都好。」沈菲琪安撫蘇清河。「今兒大伯抱著我，擋著我的眼睛。」

蘇清河鬆了一口氣。「那就好。」她把閨女抱進懷裡，露出柔和的笑意，接著又把兒子拉到身邊，表揚道：「麟兒做得好。」

沈飛麟釋然一笑。他總算派上用場了。

沈懷孝等在宜園的門口，接了母子三人。今兒一天，過得驚心動魄，如今一家人能團聚在一起，算是難得的幸福。

秋意漸漸濃了，晚上更添幾分冷意。

梳洗過後，一家人圍坐在鍋子邊上，倒也其樂融融。
太子妃薨了，三個月內不能吃葷。這鍋子是用各色蕈菇燉出來的，吃著也鮮香。
「今晚別回你們的院子，先跟爹娘一起住幾天。」沈懷孝開口道。
「咱們住暖閣。」沈飛麟搶先道。他不好意思再跟爹娘睡在一張床上。
蘇清河點點頭。「那就去睡吧，今兒也累了一天了。」
等把孩子安置妥當了，沈懷孝才道：「正如妳所料，耶律虎被人刺殺。不過，我已經安排人把他給救了下來，雖受了傷，但是傷得不重。妳打算拿他怎麼辦？」
蘇清河的身子向後一仰，靠在沈懷孝身上。「這傢伙得放回去北遼。只有他回去了，北遼才能更熱鬧一些。咱們大周可暫時沒精力跟北遼周旋。」
沈懷孝點點頭。「聽妳的。」

當窗外再次飄起雪花的時候，蘇清河不由得又想起遼東衛所，那個小小的四合院。如今，隔著琉璃的窗戶，再次看著外面飛揚的雪花，竟有種恍若隔世的感覺。
外頭傳來兩個孩子打鬧的聲音。
蘇清河不免挪了挪身子，調整了角度，循著聲音望過去。
麟兒的武功應該是有些長進了，琪兒扔過去的雪球，竟沒有一個能沾到他的身上。他腳下的步法看起來還真是有些門道。
沈懷孝一進院子，一個小人影就竄了過來，往他身後一躲。不用看也知道這麼索利的準是麟兒。「又在鬧什麼呢？」

話音才落，眼前白光一閃，一個不大的雪球正好落在他的胸前，他就這樣被閨女扔過來的「暗器」給誤傷了。

「爹爹。」沈菲琪不樂意地嘟著嘴。「爹爹幹麼護著他？」弟弟最討厭了，耍了她半天，跟遛狗似的，可她卻一下都沒砸中他。

沈懷孝趕緊對閨女道：「是爹爹的不是。」然後佯怒地看向兒子。「你怎麼回事？姊姊要打你，你就要站著讓姊姊打嘛，怎麼能跑呢？不懂事，太不懂事了。」

沈飛麟趕緊正色道：「爹爹教訓得是，姊姊是咱們家的頭號姑奶奶……」

沈菲琪如何聽不出兩人話裡打趣她的意思，眼珠一轉，便直接團了一個雪球，高高地扔了過去，正好砸在父子兩人身後的梅樹上。

樹上的積雪撲簌簌地往下落，弄了父子二人一身的雪。

得手的沈菲琪撒腿就跑，一路都是她咯咯的笑聲。

「瘋丫頭。」沈懷孝嘴上抱怨，但眼裡的笑意卻怎麼也擋不住，他吩咐沈飛麟。「你跟過去看著點，小心滑倒。都別玩得太野了，一會兒該吃飯了。」

沈飛麟應了一聲，就追了過去。

沈懷孝看著兩個孩子的背影，不由得笑了起來，這才拍了拍身上的雪，往屋裡走去。

蘇清河下了炕，將他迎進來，埋怨道：「你不叫他們回來，還放出去撒野，一會兒該著涼了。」

「沒事，他們知道輕重。」沈懷孝擋住了蘇清河正要替他解開衣裳的手。「我身上涼，別凍著妳。」

蘇清河也不勉強，她親手倒了杯薑棗茶給他遞過去。「趁熱喝了。」

沈懷孝接過來，不由問道：「剛才見妳在窗口發愣，想什麼呢？」

蘇清河搖搖頭，笑道：「想遼東的四合院……」

沈懷孝不樂意地道：「四合院裡可沒我這個人。我說公主殿下，您這是什麼意思？」

「真是的。」蘇清河白了他一眼。「明知道我不是那個意思。」

沈懷孝笑著摟住蘇清河的肩膀。「我知道，妳要的也不過是平平安安，歲月靜好。」

蘇清河靠在沈懷孝的身上，耳邊傳來兩個孩子由遠及近的笑聲，她不由得翹起嘴角。

「這樣的日子，真好。」

第一百四十九章　前世

我在成為沈飛麟之前，應該叫譚青。要是我的記憶沒錯，這個世上真有生死輪迴的話，我想，我上輩子一定是以譚青的身分存在過的。

我記得，我的家在皇宮裡。我爹是天下之主，是代國的皇帝；而我的母親，則是林貴妃，一個備受帝王寵愛的妃子。

在我的記憶裡，我很少見到母親，每次見到母親時，都是我必須吃藥的時候。

我不知道我好好的，身子也沒有不舒服，為什麼要吃藥？但只要能見到母親，吃那苦苦的藥我也是願意的。

我的乳母，每次知道母親要見我時，都心驚膽戰，只有我跟她在一起的時候，她才會小聲念叨一些話。說什麼孩子沒病吃藥不好，就算皇上來得少了，也不能拿著哥兒爭寵之類的話。

那時候我還小，不懂這些話中的意思，可後來，我慢慢地就懂了。

原來，我吃藥的真相，竟是如此不堪。

自我懂事以來，我的身子一直不好，弱不禁風，但乳母說我生下來的時候，是個八斤重的健康孩子。我想，大概是這些年沒病亂吃藥，把身子給吃壞了吧。

我並不是母親唯一的兒子，我的上面還有兩個哥哥，他們都非常強壯健康。

母親不喜歡我，我不知道是不是因為我的出生？

母親在生我之前，已經生養了兩個孩子。女人的青春就那麼幾年，生養了兩個孩子之後，就算保養得再好，也不可能跟嬌嫩嫩的小姑娘相比。因此父皇去母親宮裡的次數，便越來越少，父皇的精力完全被更年輕貌美的妃嬪給占據了。

而我的母親大概不是這麼想的，她把失寵的原因全歸罪到我的身上。在她看來，若是沒有懷上我，她就不會被停了綠頭牌，也不會失去為父皇侍寢的機會。

所以，我不討母親喜歡，是在母親肚子裡就注定了的。

我一出生，母親一個人就有了三個兒子。三個兒子，足以讓母親在宮裡有著非比尋常的地位，而且，還有一個好處，就是多了一個爭寵的工具。

我病了，父皇總是要來看一看的。而我的母親便會打扮得格外精緻，等父皇來了，就守在我身邊梨花帶雨地哭。

五歲以前，我還不懂這些事，還曾因為母親的關心多少有些高興。吃完藥，我也會撒著嬌，要求母親餵我吃蜜餞。

再大一些之後，我就懂得看人的臉色，也懂得其中的內情。所以，當我在母親眼裡看到不耐煩的時候，我便再也沒有撒過嬌，也沒提過任何要求。可從此之後，我也不再乖巧地配合母親。

每次母親說我身子不好，要吃藥的時候，我眼裡都會露出厭惡又無奈的神情，而這樣的神情，我一定會恰好讓父皇也瞧見。

我覺得父皇心裡其實是知道的，知道母親的所作所為，但他卻是以看戲的心態，欣賞著這一切，哪怕這裡面有著一個無辜的我。

父皇有許多的兒子，他不在乎多一個還是少一個；甚至，母親一個人生養了三個皇子，似乎也不是他樂意看到的。

我的母家姓林，是國公府第。母親有三個兒子，外祖家又怎會甘心受人驅使？

這也就解釋了為什麼我一直被這樣對待，卻沒人敢說一聲不對。母親屢屢能請來父皇看生病的我，不是因為我有多重要，而是父皇要給林家一個面子。

隨著我越長越大，父皇每次來看我，眼裡都帶著戲謔。他大概認為，我是個不懂得反抗的人，連自救都不會。像我這樣的廢物，在父皇的眼裡，都不配成為他的兒子。

我從來不逃避父皇的視線，在我看來，自救又能如何？成為這樣一對奇葩父母的兒子，是我的不幸。再說，當一個廢物，沒人會在意，只要沒人在意，應該能活下去的吧？

我就這麼磕磕絆絆的長大了。

自從我搬到皇子所，我的身子確實康健許多，最起碼不是走一步、喘兩口的景況了。再也不能當母親爭寵的工具，這一點，想必母親一定不怎麼高興吧。

父皇從來不會對我的學業有過高的要求，我也不會在別人面前展露我的才華和能力。事實上，我是這些兄弟裡面學得最好的人，不過，若想要活下去，最好要懂得守拙，一旦露出鋒芒，我恐怕就看不到第二天的太陽了。

我覺得，父皇養兒子就像是在看鬥獸。他將這些兒子放在一起撕咬，最後能從這個鬥獸場出來的人，就是勝利者。

我像是一個旁觀者，看著在場中廝殺的兄弟，心裡泛起了陣陣寒意。

父皇似乎開始覺得這樣事不關己的我很有意思，總是若有似無地打量著我，這讓我連參加宮宴的心情都沒有了。

我一直稱病，再也不肯出院子，每天陪伴我的，也就是那一架子、一架子的書。

我覺得我是超然的，不用在父皇面前跟兄弟們互相撕咬。可是，有些場合，我還是不能避免要參加，比如新年宴會。

我的母親林貴妃不知道是不是出於想要展示母愛的考量，在新年宴會中，將我拉到她的身旁坐了，還說了一些噓寒問暖的話。

我面無表情。感動這種東西，在我看清楚父母的本質之後，就再也沒有過了。

母親的話說得和緩，還說過完年後，要為我選一位皇子妃的事。

我立刻知道母親叫我坐在她身邊的用意了。原來，過了這麼多年，母親終於又在我的身上發現了另一個用途，就是聯姻。

她一定是想要替兩個哥哥爭取更多的支持，所以，想要用一個皇子妃的位置，來拉攏朝臣吧。

我默然。因為即便我反對，也是沒有絲毫效果的。

聽著母親一遍又一遍地誇獎某個姑娘，我就明白了她的打算。她選的人，竟是邊陲之地一個守將的女兒。

如此家世的女兒，就算給兩個哥哥做側室都不夠資格，可我的母親，卻打算用我的正妻之位換取守將的支持。

我沒有鄙視人家姑娘出身的意思，只是透過這件事，更加明白我在母親心目中的地位。在母親眼裡，我也只配得上這樣的女子。

而母親則找了一個冠冕堂皇的理由，說是軍戶人家出身的姑娘身子壯，好生養。在母親的眼裡，我是活不長的吧？所以娶一個好生養的姑娘，留下血脈，是一件特別重要的事。

她能為我想到這一點，也算是盡到她身為母親的職責了。可是，母親卻從沒在乎過我心裡的想法。

當她明確地表示我不是一個長壽之人的時候，她一點也沒想到我的心其實是在滴血的。這份母愛，實在太過殘忍。

儘管自己對於母親並未抱有期望，但還是被這突如其來的提議，打擊得遍體鱗傷。

接下來的整場宴會，我都是有些恍惚的。

刺客是怎麼來的？這場刺殺又是如何開始的？我完全沒有印象。

等我清醒的時候，身上已傳來一陣劇痛。

我的身後是我的母親，她緊緊地把我拉在她的身前，不讓我移動半分，但她的嘴裡卻哭喊著。「青兒，娘的好兒子，你怎麼這麼傻？你還年輕，為什麼要救我？你要是有個三長兩短，可真要了為娘的命。我的兒啊……」

接下來的話，我已經聽不清楚了，但我知道，我死後，一定會很風光地被下葬。為母擋刀，這樣的孝心足以感天動地。

然而，真相卻是那般血淋淋——是我的親生母親，拉了我為她擋下那致命的一刀。

不知道這個真相當時有沒有人看到？但這一切對我來說，已經不重要了。

我不知道人死之後，會是什麼樣子？

應該會有黑白無常來接我的吧？這一點我也不確定。

當我再度有意識的時候，已身在一個狹小又溫暖的地方。眼睛看不到，但耳朵能聽見不時有水流動的聲音，還有「噗通、噗通」規律跳動的聲音。

我的手腳是伸展不開的，我的身邊似乎還有一個傢伙，緊挨著我在呼呼大睡。

這一切都讓我覺得詭異非常。當我聽到柔和的女人說話聲時，我才有點明白。我怕是已經託生在這個女人的腹中，要成為她的孩子了。

我的心情複雜極了。在我的心裡，對於母親的印象一直停留在林貴妃身上，她給了我太多負面的情緒，使我對母親很是排斥。

輕柔的女聲每天都會不停地叫著寶貝，再用手撫著肚子。這讓我有點想哭的衝動，因為我從來就不是誰的寶貝，從來都不是。

那個聲音總是說著許多千奇百怪的故事，什麼被大野狼吃掉的小紅帽，白雪公主和七個小矮人之類的。

故事中的小紅帽是善良的，我想她大概是期望自己的孩子是個善良的人吧。

我心裡有些黯然。像我這樣的孩子，永遠也成不了善良的人。

沒想到接下來，那個聲音又道：「故事是好故事，但千萬別當真。有時候寧願做大野狼，也別做小紅帽。」

我不知道自己當時的心情，是不是叫做驚喜？或許是有一些的吧。

我有點好奇這個要把我生出來的女人，會是個什麼樣的女人？

日子就在我整天無聊地聽那些幼稚的故事中度過了。

等外面傳來女人的呻吟聲，緊挨著我的傢伙開始急切地想要出去時，我便知道出生的時刻到了。

緊挨著我的傢伙先我一步，一直往下墜。

我都能感受到肚子中傳來的陣陣痙攣，讓我很不舒服，但那個女人卻只是輕聲地呻吟，還有條不紊地安排穩婆和婆子、丫鬟們該做的事。又是讓人準備吃的，又是讓人把消毒好的剪子和白布拿出來。

我是見過生孩子的。母親……喔，不，林貴妃已經不再是我的母親。

林貴妃的宮裡有一些常在，這些女人在生孩子的時候，那喊聲恨不得將房頂給掀了。不知有多少人跟著忙前忙後，太醫更是隨時聽命。

而即將要生下我的女人，卻自始至終都是一個人指揮著一切。

那時我就已經意識到了，這個我將要生活的家庭中到底缺了什麼？它缺的就是男主人。

從在這個女人的肚子裡以來，我都沒有聽到這個女人的丈夫，也就是我這一世的爹的聲音。看來，我這一世的命也不會太好。這個女人不是被丈夫厭棄了，就是沒有丈夫。

不管我願不願意，我還是出生了。

我的出生算不上順利，因為在我之前，有個胖丫頭花了太長的時間。等再一次呼吸到空氣，我哇哇地哭了。我不知道是什麼原理，但是當能呼吸的時候，嘴裡就不由自主地哇哇出聲了。

我無法看清楚將我帶到這個世界上來的女人是什麼樣子，卻知道她充滿了欣喜。

我無法拒絕這樣一個母親的哺乳，真的無法拒絕。她總是知道該怎麼照料我，才能讓我覺得舒服。

過了幾天，我也不知道究竟是幾天，等我看清楚眼前女人的時候，我眼裡閃過了一絲驚詫。她是個漂亮的女人，跟林貴妃的妖媚是不一樣的，她身上自有一種高貴清華的氣質。

我瞬間就知道，她是跟林貴妃完全不同的人。可這樣的一個女人，怎麼會被丈夫厭棄呢？這點令我百思不得其解。

後來我才知道，我出生的人家實在是一點也不顯赫，只是一個百戶之家，出生地也是在苦寒的遼東，而這個只是小小百戶的男人，竟然還失蹤了。

我有些同情這個女人。但讓我感到奇怪的是，這個女人身上沒有半分失去丈夫的陰霾，似乎只要擁有他們姊弟兩個，她就已經知足了。

我的出生對這個女人來說，真的如此重要嗎？

第一百五十章 今生

事實證明，生下我的女人，真的是一個合格的母親。

她不論是對先我一步出生的那個小胖妞或是對我，都一樣的好，這就證明咱們兩個在她的心裡，是沒有區別的。可能是上一世受到太多不公平的待遇，讓我覺得這樣挺好。

作為嬰兒，吃喝拉撒不能由自己控制，是一件很尷尬的事情。但當我看到這個女人拿著我拉的便便細細地觀察的時候，我心裡是有所觸動的。

我覺得這一次我或許是幸運的。正因為有著成熟的思維，才能讓我看懂這些日常瑣事中所透露出來的情感。

我原本一直以為，是家裡的條件不好，才請不起乳母。

等時間一長，我才發現家裡其實是有不少傭人的。有伺候起居的丫鬟，有灶上的婆子，有看家護院的夥計，還有跑腿的小廝。家裡請乳母的銀子還是有的，但她還是堅持自己餵養，即使養孩子是一件非常麻煩的事。

半夜的時候，她總是隔一會兒就起來，不是餵咱們吃奶，就是看看咱們是不是尿了、拉了？她好似永遠都無法安心地休息，卻不知道疲憊。

其實，作為嬰兒是很容易餓的。我也不哭，覺得忍一忍就過去了，不想讓她老是起來。可她從來不會因為咱們不哭鬧，就錯過任何一次餵奶的時機。

我一天天地長大了，這才恍然發現，跟我一起出生的胖丫頭有些不對勁。
我不哭不鬧，是因為我的小身子裡裝著老瓤子，那麼這個小丫頭呢？她是怎麼回事？
等開始學說話的時候，那小丫頭脆生生地喊著娘，而我，卻怎麼也喊不出來。儘管我心裡認可這就是我娘，但我沒有在她的眼裡發現失望或不喜的神色，她只是愛憐地摸了摸我的頭，一切都一如既往。
那一刻，我心裡是恨自己的。我怎麼能如此傷一個母親的心呢？
可是，午夜夢迴，上輩子的過往總是不停閃現，我不知道該不該相信眼前的一切？
我想，我大概是真的怕了吧。
我還是不說話，那些下人恐怕都當我是啞巴，我卻一點也不在乎。
母親從來不出門，她總是片刻不離地守著咱們，彷彿只要一眨眼，咱們就會消失了一般。對於這一點，我還是滿意的，至少沒人來打擾我平靜的生活。
兩歲過後，母親開始教咱們認字。
她從沒把我當成一個不正常的孩子看待，我的一切，母親都包容了，沒有絲毫的不喜，反而多了幾分憐惜。
這讓我心裡頗有些不是滋味，總覺得我這般對這一世的母親，是不公平的。
母親從來不會在咱們面前提父親，我也只知道父親姓沈，這還是從咱們姊弟的名字裡知道的。她是個特別奇怪的人，好似認為沒有父親之於咱們，並不是一件多要緊的事。
可是，人活在世上，最重要的就是父族，沒有父族，就是沒有根的浮萍。

我不知道她會如何安排咱們的未來，我只是被動地接受著她的教育。突然有那麼一天，那個胖妞居然說，因為我的關係，會害死娘。平靜的日子突然間開始風波不斷。

我的所有神智，都在母親撲過來為我擋下一箭的時候，被喚醒了。原來真的會有那麼一個人，不顧自己的生死，只是一心想要保護我。我覺得，這或許是老天爺對我的補償。

也就是在那一天，父親回來了。接受父親，並不是一個艱難的過程，因為我冷硬的心，已在這三年裡被母親一點一點地融化了。

父親的回歸、舅舅的出現，讓母親的身分浮出了水面。我本來以為這一世能平凡過一生的，可事與願違。只要跟皇家沾上邊，就別想糊裡糊塗地過活。

自從父親回來後，我懸著的心也放下了。家裡有個男人，還是個看起來很有責任心的男人，是一件讓人安心的事。

外面的事，我是管不了的。儘管偶爾能聽到一些消息，卻遠遠不夠我做出判斷。母親雖然不會避諱咱們，甚至還會特意說一些隱秘給咱們聽，但也只能讓我猜出一二。不過，有舅舅和父親在，還有母親所展露出來的能力，我並不特別擔心將來。

咱們跟著父親和舅舅離開了遼東，前往涼州。

在涼州，我的生活進入了另外一種狀態。

父親對我非常重視，他在我面前總是試圖扮演嚴父。

習武，是我上輩子想做而沒有做成的事，也是我的一個心結。我總覺得，我要不是過於懦弱無能，也不至於有那樣的結局。

父親的身手很好，這讓我打從心裡敬佩。他教給我的兵法，跟母親那種紙上談兵還是不大一樣的。於是，我開始了習武生涯。

有了父親，我就有了父族，但對於父族，我是不喜歡的。自從聽到關於沈家的事，我便有些排斥沈家。因此，對父親的信任，我也是有所保留。我不知道，在他的心裡，究竟是沈家重要，還是咱們母子更重要一些？

我害怕回到京城後要跟沈家打交道，我也害怕自己要受別人牽制。那時候，是我第一次萌生了要有自己的暗衛勢力的心思。

我只能用我自己的一些散碎銀兩，偷偷摸摸地培養著我找來的人；而且，我所做的第一件事，就是監視我的父親。

當然了，這件事做得並不成功。父親早就發現了，只是沒有拆穿我罷了。

而母親，則是默默地給了我不少私房錢，讓我做我想做的事。

在涼州，我最大的收穫，應該就是培養了如此一批忠心耿耿的屬下。在我的一生中，不管經歷了怎樣的風雨，他們都始終不離不棄，陪伴我走過無數的艱難與坎坷。

後來，舅舅和母親奉旨回京城，咱們一家也都跟著一起離開了涼州。

京城是讓我感到惶恐的地方。雖然這輩子和上輩子是兩個不同的世界，但有些東西卻又驚人的相似。我怕看見皇宮，怕勾起一些不愉快的回憶。

可是，不管我願不願意，我還是來到了京城。而這個時候，我的身分已經變了。我的父族是輔國公府，我的母族是皇家，我的母親更成了護國公主。單憑這些，我就知道，我的身分已算是極為顯赫的。這個天下，能讓我低頭的人已經不多了。

這對我來說，其實是一件好事。畢竟我曾是皇子，若真的成為百戶之子，見了誰都得點頭哈腰，估計連我自己也受不了。

京城的府邸很大，也很漂亮，是連曾經作為皇子的我都沒有享受過的待遇。

外公和外婆很疼我，是真心的疼。也許是我的長相占了便宜，我長得像舅舅，也像外公。所以外公看著我的眼神很特別，像是透過我在看他的過去，也在看舅舅的過去。

我知道，不管是外公還是舅舅，他們都有一個不怎麼愉快的童年。

在年幼的時候，他們受了太多的苦楚，因此他們看見我，就像是看見小時候的自己。他們拚命地寵我，一方面是真的疼愛我，一方面也是透過我，在彌補自己的童年。

不管大人的世界如何風起雲湧，我身在孩子的世界，卻該是簡單又純粹的。怎樣表現才能恰如其分，我必須拿捏好分寸，畢竟我的情況特殊，要是引人懷疑就不好了。

等我住進了皇宮，我更得收斂自己的鋒芒，做一個真正的孩子。

於是，我便滿皇宮的溜達撒野，外公從來都不管我，也不讓別人管我，全憑我樂意。以外公的話來說，就是這天下都是他的，他的外孫有哪裡是去不得的？

我就這樣成了宮裡的小霸王，沒人敢惹我。

後來我進了御書房，才發現有這麼多宗室的孩子。宗室的孩子都是皇家的子嗣，而我，卻是姓沈。別人看著我的眼光帶著嫉妒也就罷了，我卻在舅舅家的表哥眼裡，同樣看到了不服輸和嫉妒。

但無所謂啊，他們不過都是小孩子而已，我一個大人，跟孩子計較什麼？舅舅對我真的很好，我讓著他們也就是了。

可是，我幾乎忘了，皇家從來就沒有真正的孩子。在舅舅成為太子之後，兩位表哥之間的關係，突然就緊張了起來。

對於這兩位表哥，不論我偏向誰都是錯的。我這才發現，即便再活一世，我也不見得更高明。

上輩子，我有兩個同母所出的哥哥，那兩位哥哥相互之間的關係，也是有些對立的情緒在。

如今，兩位表哥的所作所為，就如同上輩子兩位哥哥的重現，讓我夾在中間左右為難。原來在這世上，想要左右逢源、兩面討好，是多麼不容易的一件事。

那時候我就想，為什麼我要在你們中間選一邊站？為什麼不是你們選擇站在我的身後？這種想法就如同一顆種子，深深地在我的心裡扎了根。

在皇宮裡，我收穫最大的不是大人們所說的大儒的教導和數不盡的人脈，而是一個讓我的生活多了另一面的人——龍鱗。

他像風一樣，不知道什麼時候開始出現在我的周圍，盯著我的一舉一動。老實說，這種生活在別人眼皮子底下的感覺，實在是不怎麼美妙。

我不知道他想幹什麼，他的出現讓我一度非常地困惑，我不喜歡這種事情不在我掌控之中的感覺。所以，儘管我知道他的存在，卻盡可能地無視他。

可不管我關不關注他，他都在我的生活裡，如影隨形。

接著我就發現，哪怕是我待在乾元殿，待在外祖父的身邊，龍鱗也是在的，而外祖父身邊的人，竟沒有絲毫排斥。

那個時候我就知道了，這個龍鱗應該是外祖父的人。

我一時不知道龍鱗對於我的觀察，是出於自己的好奇心，還是出於外祖父的授意？這讓我踟躕了起來。

在宮裡，我比以前更加謹慎，但還是無法擺脫龍鱗的跟隨。他就如同黏在我後背一樣，想起來都有些毛骨悚然。

「你是誰？到底想幹什麼？」我忍無可忍，決定直接面對他。

「小子，拜我為師怎樣？」龍鱗的聲音帶著一股惡作劇的味道。

我沒有急著拒絕，我得先弄清楚他究竟是誰，跟著我到底是想幹什麼？難道，是我露出了什麼破綻，被發現我其實不是如同外表般是個孩子？

我與龍鱗進行了長時間的拉鋸戰。他向我展示實力，我也炫耀了一把我的才智。

再後來，我才知道這個龍鱗真的不是外人，他是我的外叔公，也就是外祖父的親弟弟，母親的親叔叔。

如此身分的人，也該是一位王爺才對，他卻躲在暗處從不示人，甚至很少有人知道他的存在，而皇家的族譜上更是沒有他的痕跡。於是，我馬上意識到，這其中一定藏著皇家的重要秘密。

我本來不想參與，我想要逃離，或許告訴外公和舅舅，甚至讓母親知道，都能輕而易舉地解決這件事。但我的心底隱隱有個聲音，讓我否定了求助的想法。

我太渴望強大、太渴望擁有自己的勢力，龍鱗的出現，就像是為我的世界打開了另一扇門。

看得出他來找我，也是私下說服我，畢竟我的母親一定不會允許我走向黑暗的道路。而龍鱗，不知道是出於什麼樣的心態，或許是好奇，或許是惜才，就這樣打定主意選擇了我。

最後，我還是偷偷地拜了龍鱗做師傅。

我相信我拜師的事情，龍鱗一定不會隱瞞外祖父。但可能是怕我的母親反對，又或者有別的考慮，外祖父一直裝聾作啞，一副完全不知道這件事的樣子。

外祖父大概也希望我能走上這條路吧。

這是我夾在兩個表哥之間，唯一能做的選擇。我誰也不親近，自己也擁有誰都無法忽視的力量，誰上位了，我就傾向誰，這才是最正確的選擇。

儘管這一切都不能讓表哥們知道，但對我來說，心中卻坦然了。

我開始裝傻充愣。反正我還是個孩子，我可以什麼都不懂的。

當我在大殿裡給了黃斌一刀，從他手上順利逃了出來，卻同時也在一些人眼裡暴露了我與龍鱗的關係，比如舅舅和母親。

舅舅什麼都沒說，只是抱著我嘆了一口氣，看著我的眼神充滿了歉意。在他看來，我完全可以不必如此辛苦地過活。因為暗衛營的訓練，說是暗無天日也不為過，舅舅也是從小習武的，深知其中的苦楚。

母親看著我，也是什麼都沒說。過了很久她才問我，你知道跟著龍鱗，以後過的會是什麼樣的日子嗎？

我想我是知道的，但聲音卻像是堵住了似的。我只能點點頭，因為我在母親的眼裡看到了無奈和疼惜。

其實，對於母親知道龍鱗，我心裡還是很詫異的。畢竟，龍鱗的存在在皇室內部，都可以說是秘密中的秘密，可母親她卻是知道的。

我不禁有些明白母親在外公和舅舅心目中的位置，那絕對是無可替代的。

父親對於我的變化，沒有多問，只是看著我的眼神透著深思。

在我的眼裡，父親一直是個非常聰明的人，他作為駙馬，跟皇家的關係處理得極好，既能獲得皇家的信任和倚重，又從來不會犯皇家的忌諱，其中分寸的拿捏，可不是任何人都能掌握得恰如其分。所以，我面對父親總是謙虛而又恭謹的，我希望從父親的身上，學到更多東西。

我的學習生活，確實異常艱苦，尤其是習武，那簡直像是在地獄般的煎熬。

我唯一能做的，就是堅持。

對於這樣的選擇，我也後悔過，尤其是在母親看到我身上的傷痕，止不住雙手發抖的時候。

我清晰地記得，母親當時的表情是一如既往的鎮定自若，可替我上藥的手，卻顫抖得抓不住藥瓶。後來，我從姊姊那裡知道，母親哭了一整個晚上。

母親對我的決定從沒有過任何質疑，哪怕知道我心中滋長了野心，她也沒對我說過半句否定的話。

她給予我許多關注和疼愛，卻從不干涉我的決定。這樣的尊重，讓我覺得心裡很溫暖。

我有野心，但我不能任由我的野心滋長，我不能做一個為了權力什麼也不顧的人。外公的疼愛和舅舅的看重，這些感情沈甸甸地掛在我的心上，束縛住了我的手腳。

我不能成為一個忘恩負義的人。粟家之於我，不僅是必須仰望的皇權，還是與我血脈相連、休戚與共的親人。

未來會是什麼樣子，我不知道，但我一定會記住做人要有良心。不管以後的路上會發生什麼事，我都要做個有良心的人。

對得起別人，也對得起自己。

——全書完

2017年2月出版

娘子押對寶

文創風 491～492

這個時代的女子過得太拘束，
她想讓她們的生活也能海闊天空，
於是，大燕朝討論度最高的「公瑾女學館」就此開張……

同舟共濟，幸福可期／新綠

張木盼著能嫁個好郎君，不求大富大貴，只求兩廂情願，
只是前夫家一直死纏爛打，大有不弄死她不罷休的意味，
好不容易擇了個好姻緣，卻時不時冒出覬覦自家夫君的小娘子，
她要斬斷前夫這朵爛桃花，又要護住得來不易的家，
沒想到在古代經營婚姻竟這般不容易！
關於夫君吳陵，他是木匠丁二爺的徒弟兼養子，真實身分是個謎，
不過對張木來說，只要夫妻攜手並進，簡單過日子她便心滿意足，
尤其相公寵她護她，看似溫和俊秀，其實閨房之樂也參透不少，
她異想天開想經營女學館，他也把家當雙手奉上。
她本以為兩人風雨同舟，就沒有過不去的風浪，
豈料某天相公離家未歸，她這才明白他其實大有來頭，
他的深藏不露，原來是有一段不堪回首的過去──

文創風
517

鳳心不悅 5 完

國家圖書館出版品預行編目資料

鳳心不悅 / 桐心著. --
初版. -- 臺北市 : 狗屋, 2017.04
冊 ; 公分. --（文創風）
ISBN 978-986-328-718-6（第5冊：平裝）. --

857.7　　106002032

著作者　桐心
編輯　江馥君
校對　黃薇霓　簡郁珊
發行所　狗屋出版社有限公司
地址　台北市104中山區龍江路71巷15號1樓
電話　02-2776-5889～0
發行字號　局版台業字845號
法律顧問　蕭雄淋律師
總經銷　知遠文化事業有限公司
電話　02-2664-8800
初版　2017年4月
國際書碼　ISBN-13　978-986-328-718-6

本著作物由北京晉江原創網絡科技有限公司授權出版

定價250元
狗屋劃撥帳號：19001626
網址：love.doghouse.com.tw　E-mail：love@doghouse.com.tw